하늘과 땅

Eg es föld (Himmel und Erde)
by Sándor Márai

하늘과 땅

산도르 마라이 산문집

솔

차례

하늘과 땅 · 7

시론詩論 · 137

후추와 소금 · 289

옮긴이의 글 · 411

하늘과 땅

나는 하늘과 땅 사이에 산다. 불멸의 신神적인 것을 가슴에 품고 있지만, 방 안에 혼자 있으면 코를 후빈다. 내 영혼 안에는 인도印度의 온갖 지혜가 자리하고 있지만. 한번은 카페에서 술 취한 돈 많은 사업가와 주먹질하며 싸웠다. 나는 몇 시간씩 물을 응시하고 하늘을 나는 새들을 뒤쫓을 수 있지만, 어느 주간 신문에 내 책에 대한 파렴치한 논평이 실렸을 때는 자살을 생각했다. 세상만사를 이해하고 슬기롭게 마음의 평정을 유지할 때는 공자孔子의 형제지만. 신문에 오른 참석 인사의 명단에 내 이름이 빠져 있으면 울분을 참지 못한다. 나는 숲 가에 서서 가을 단풍에 감탄하면서도 자연에 의혹의 눈으로 꼭 조건을 붙인다. 이성의 보다 고귀한 힘을 믿으면서도 공허한 잡담을 늘어놓는 아둔한 모임에 휩쓸려 내 인생의 저녁 시간의 대부분을 보냈다. 그리고 사랑을 믿지만 돈으로 살 수 있는 여인들과 함께 지낸다. 나는 하늘과 땅 사이의 인간인 탓에 하늘을 믿고 땅을 믿는다. 아멘.

용감한 사람들

나는 무익한 것도 느낄 수 있는 용기를 가진 사람들, 과감하게 무익한 생각을 하는 사람들만을 존중한다. 우리는 모두 지나치게 목표 지향적이다⋯⋯ 아주 유능하다. 나는 용기있게 '나' 또는 '아름답고 무정한 권태여, 나는 너를 사랑한다' 같은 말들을 생각하는 사람들을 높이 평가한다. 그러나 '현실적인 가능성과 관련하여⋯⋯' 라는 말로 하루를 시작하면 좋은 생각이 떠오를 것처럼 구는 사람들은 절대로 높이 사지 않는다.

성령 강림절

꽃다발 대신 폭탄.

모험

당신은 살아 있다. 그런데 별안간 모험이 당신을 향해 달려든다. 대체 그것은 어떤 모험인가? 당신은 사람도 사귀지 않고 값싼 하찮은 기쁨과도 담을 쌓은 채 오롯이 혼자 지낸다. 그런데 지금 당신 주변에서 무슨 일인가 벌어진다. 오후 네시, 갑자기 삶이 어수선하고 위험해진다. 사방에서 그런 징후가 보이고, 평범한 것이 예사롭지 않게 느껴진다. 운명의 사자가 문고리를 잡아당긴 듯 문이 열린다. 햇빛이 암살범의 칼날처럼 당신의 심장을 찌른다. 당신은 숨을 죽이고 기다린다. 단조롭고 권태로운 존재 깊숙이 뚫고 들어오는 것은 어떤 모험인가? 그러다 문득 당신은 깨닫고 얼굴이 창백해진다.

당신은 살아 있음을 깨닫는다. 그것이 바로 유일한 모험이다.

✳
반 고흐

반 고흐의 작품 가운데 '화가가 아침에 일하러 간다'는 표제의 그림이 있다. 이 그림은 화가가 영원히 붙잡고 싶은 세계를 보여준다. 초원, 골짜기, 집. 그러나 그 세계는 반 고흐라는 화가의 세계일 뿐, 지리책의 세계와는 아무런 상관이 없다! 초록빛 초원, 푸른 하늘, 붉은 지붕은 화가의 눈이 세계를 응시한 찰나에 존재했을 뿐이다.

그 시선은 구체적이고 전문적이다. '광기에 사로잡힌' 화가는 쌍안경으로 보듯 세상을 아주 객관적으로 관찰했다. 이 위대한 화가는 세상에 대한 비전을 품고 있으며, 건축가 사무실의 유능한 설계사처럼 자신의 비전을 가식 없이 객관적으로 그린다. 이런 점에서 세상에 대한 비전이 없이 환상적으로 선을 긋고 색을 칠하는 풋내기 화가와 구분된다. 이 위대한 화가는 하늘을 바라보면서 성실하게 대지를 그린다. 풋내기 화가는 조급한 마음으로 하늘을 그리면서, 걱정스럽게 자신의 티눈을 바라본다.

✳

관여자

그렇다, 하느님은 언제나 우리의 일에 말없이 관여하시고 정확한 결산을 요구하신다. 아주 엄정하고 객관적이며, 결코 감상이나 동정심에 사로잡히지 않으신다. 하느님과 함께하려면 주의하라.

✳

발라톤퓌레드

'한가로운 산책', 뵈뢰스마르티의 소설에서 뭇 여성들의 선망을 받는 퓌레드의 신사들이 연인들의 뒤를 쫓아가던 울창한 가로수길, 키스팔루디 극장의 폐허, 요카이와 명성을 날린 루이차 블라하가 거닐던 오솔길의 발자취. 이것은 헝가리 고유의 순수한 소시민적 문화다.

그러나 푸른 창공 아래, 이 샘터와 나무 밑에서 병든 심장을 치유하려는 자들이 자연을 길들인 듯 풍경마저 온아溫雅하다. 풍경이 병든 이들에게 부드럽게 적응한 것이다. 처음으로 다소곳이 살짝 죽음을 맛본 사람처럼, 풍경은 생기 없이 우아하게 늘어져 있다. 유혹하듯 부르는 정다운 풍경이 말한다.

"서두르지 말라. 잠시 걸음을 멈추고 한숨을 돌려라. 나무들이 살랑이는 소리가 들리지 않는가? 나무들이 너에게 말을 하지 않는가."

발길을 멈추고 나무들의 살랑이는 소리에 귀를 기울이면, 서둘러서 애석하다는 말이 무슨 뜻인지 문득 이해가 간다.

발라톤퓌레드 : 헝가리의 벌러톤 호반에 위치한 요양지. 심장병 환자를 위한 요양소와 온천장으로 유명하며, 역사상 처음으로 헝가리 말로 연극을 상연한 키스팔루디 극장이 있었다. 헝가리의 문인 모르 요카이의 박물관과 당대의 유명한 여배우 루이차 블라하의 별장 소재지이기도 하다.

미할리 뵈뢰스마르티(1800~1855) : 헝가리의 시인. 주로 조국에 대한 사랑을 읊은 시와 영웅 서사시, 역사극을 남겼으며, 심장병을 앓아 발라톤퓌레드에서 요양했다.

모르 요카이(1825~1904) : 헝가리의 문인. 역사적인 소재를 낭만적으로 다룬 작품을 많이 남겼으며, 현재까지 헝가리에서 가장 사랑받는 소설가 가운데 한 명이다.

루이차 블라하(1850~1926) : 살아 생전 헝가리 최고의 뛰어난 가수며 배우로 이름을 날렸다. 본명은 루이제 라인들.

❋

표시가 있는 남자

추락하여 승객 전원의 목숨을 앗아간 사고 비행기에 타려다 만 사람이 좌석 번호가 적힌 비행기표를 말없이 보여준다. 그렇다, 그 사람도 하마터면 저세상으로 갈 뻔한 것이다.

그러나 그는 비행기와 함께 추락하지 않았으며, 이제 운명 아니면 우연이 선사한 목숨, 이유를 알 수 없고 이해할 수도 없는 선물을 안고 여기에 서 있다. 이 선물을 어떻게 할 것인가?…… 선물로 받았으니 낭비할 수도 있지 않을까. 그러나 선물로 받은 생명, 귀중한 목숨이니, 행여 미풍에 흔들리거나 위장병에 걸릴까 흥분하지 않을까 조심할 수도 있을 것이다. 운명이 그에게 무슨 의도를 품고 있는 게 분명하다. 그는 좀 얼이 빠진 듯 보인다. 지금까지는 그저 목숨을 부지했지만, 이제는 자신이 살아 있다는 것을 분명히 의식한다. 이런 놀라운 인식은 그를 거의 우울하게 만든다.

만남

맞다, 훗날, 아주 먼 훗날 우리는 그런 사람들을 만난다. 자신의 운명을 다른 사람과 진지하게 결합시키고 기쁨에 들떠 흥분하기보다는, 같은 운명을 짊어진 사람의 눈을 창백한 얼굴로 진지하게 응시하면, 이런 만남은 전혀 감격스럽지 않다.

'아, 바로 자네들이었어!'

이런 생각을 하면서, 전에 어디서 보았는지 기억을 더듬는다. 그들을 수술대에서 혹은 영원한 신의를 맹세하는 교회에서 보았고, 또 그들이 법관 앞에서 거짓 선서를 하는 것도 보았다. 영아 살해범과 모친 살해범, 영감의 무아경 속에서 신에게 귀의하는 위대한 예술가, 인간의 운명을 묵묵히 받아들이는 영웅으로서 그들을 보았던 기

억을 떠올린다…… 그 사람을 어디선가 보았으며, 이제
마침내 인정하고 받아들인다. 어느 날 우리는 그런 사람
을 만나면 인정하고 받아들인다. 그 순간 정적이 감돈다.

"그래, 그래."

우리는 중얼거린다. 그런 순간이 오면 우리는 늙기 시
작한다.

✻

짧은 가을

숨막히게 무더운 날들 사이의 짧은 가을. 나무와 돌,
아스팔트 길이 부옇게 가물거리고, 시가지는 병든 육신
이 식은땀에 절어 괴로워하는 병실의 악취 비슷한 시큼
한 냄새에 싸여 있다. 그러나 이날 아침은 빛이 평소와
다르게 비친다. 더 흐릿하고 생기가 없다. 향연 다음 날
아침의 김 빠진 미지근한 샴페인처럼 대기가 발효하는
듯하다. 이런 냄새는 자극적이고 왠지 섬뜩하다. 꽃으로
뒤덮인, 격렬하고 관능적인 여름의 향연 후 찾아온 각성
의 순간. 제정신이 들면서 머리가 지끈거린다. 우리는

아직 자신의 내면을 깊이 돌아보지는 않는다. 그러나 사기꾼이 마지막 남은 돈을 세듯이 지나간 시간을 헤아리기 시작한다. 주연은 끝났다. 모자를 이마 깊숙이 내려써라. 짧은 가을이다.

✳

민주주의

"독재 정권에 폭탄과 유황을…"

이집트의 칠 년 환난과 지옥을 축수하는 분노한 민주주의자의 말을 듣고 나는 생각했다.

— 그래, 결국은 민주주의가 승리할 게야. 하지만 분노와 절망에 사로잡힌 이 민주주의자가 믿는 수단, 이런 방식으로는 아니야. 민주주의는 나팔 소리 요란하고 깃발이 나부끼는 전쟁터에서, 흠없는 완벽한 무적의 민주주의 돌격대가 수십만 폭군들의 시체를 넘어 힘차게 진군하는 역사적인 순간에 승리하지는 않을 게야. 민주주의는 그렇게, 절대로 그렇게는 승리하지 않아.

— 민주주의는 우리가 모르는 사이 너와 나의 마음속

에서 조용히 승리할 게야. 언젠가 우리 모두 좀 더 교양을 쌓아서 보다 인간적이 되는 날, 좀 더 계몽되어서 보다 나은 사람이 되고, 좀 더 인내심을 길러서 보다 남자다워지는 날 ─ 독재는 언제나 남자답지 못한 망상이기 때문이지 ─ 민주주의는 반드시 승리하게 되어 있어. 그날이 언제냐고? 화요일? 아니면 토요일? 그렇지는 않아. 최후의 승리는 정확하게 정해진 날에 쉽게 얻을 수 있는 게 아니야.

✳

집

신문에서 주택 광고를 읽을 때마다 ─ 광고가 신문 한 복판을 차지하든 어느 한 귀퉁이에 있든 상관없다 ─ 내 마음은 괜스레 뒤숭숭해진다. 마침내 편히 쉴 수 있는 집을 돌아보고 세들기 위해서 당장 모자를 쓰고 서둘러 가야 할 것만 같아 가슴이 따끔거린다.

✤

초하루, 월요일

초하루, 월요일이다. 나는 새로 일을 벌이지 않는다. 다만 지난 월요일에 시작한 것을 접안렌즈와 날카롭게 간 도구를 이용하여, 헐레벌떡 끙끙거리며 힘이 닿는 한 계속하고 싶다. 나는 초하루, 월요일에 세상을 구원하거나 뒤흔들고 싶지 않다. 맡은 일을 다하고 의무를 완수할 때까지 그저 초하루, 월요일에도 이 세상에 존재하고 싶을 뿐이다. 너무 겸손하다고? 아니 반대로 야심에 넘친다. 초하루, 월요일에도.

✤

시계

아니, 인생의 시계와 역사의 시계가 불길할 정도로 장엄하고 정확하게 언제나 정오나 자정에 울리는 것은 아니다. 행복한 시대의 아들들은 시계의 숫자판에서 오 분 전에 여덟시였거나 칠 분 후면 두시 십오분이 될 거라는 정보를 읽는다. '이었다'와 '될 것이다' 사이를 채우는 시간은 평화라 불린다.

1867년과 1912년 사이에 사람들은 언제나 두시 십오분 아니면 여덟시 반일 거라고 생각했다. 그러다 시계 바늘이 질주하기 시작했고, 갑자기 모든 시계가 자정을 가리켰다. 이제 다시 우리는 어디선가 손에 초시계를 든 사람이 초침의 흐름을 세듯이 살아간다.

1867년 : 17세기 말부터 오스트리아 합스부르크 제국에 합병된 헝가리는, 합스부르크의 일방적인 전제 정치를 거쳐, 1867년에 오스트리아와 헝가리 제국 안에서 동등한 권리를 보장받는 조약을 체결했다.

＊

향락주의자

그의 나이 일흔일곱이다. 이곳 온천장에서 간병인의 보호를 받으며 병든 심장을 치유할 약초를 찾고 있다. 이따금 아주 정중한 태도로, 방금 산책로에서 사귄 여자와 한밤의 밀회를 흥정하듯 엉큼한 미소를 지으며 간병하는 부인을 돌아본다. 완벽하다.

그는 외알 안경을 쓰고 초록색 실크 스카프를 두르고 발목에 하얀 각반을 차고 도장 반지를 끼고 있다. 또 새 털로 엮은 듯 가볍고 세련된 밀짚모자를 쓰고 다닌다. 날마다 양복을 갈아입고 샘 가에 나타나서는 숭배자들을 탄복시키고 현혹시킨다. 사람을 잘 사귀며, 고상하지만 까다롭지는 않다. 독일어, 프랑스어, 라틴어, 영어를 간간이 섞어 재치있게 들려주는 이야기는 그가 마시는 약수의 탄산가스처럼 입에서 술술 쏟아져 나온다. 주로 여자들, 도박판의 싸움, 고상한 친구들이 이야기의 대상이다. 언젠가 니스에서 영국의 어느 귀부인이 이런 말을 했어요…… 한번은 영국에서 나인 후에 에이스를 꺼냈지요…… 그때 파리에서 스페인의 황태자가 말했어요…… 그런 모든 모험의 희미한 후광이 교활하고 노회하며 불운한 대머리 주변을 은은히 감싼다. 도장 반지를 낀, 고결해 보이나 방탕한 주름진 손, 점잖은 척 굴지만 신뢰할 수 없는 많은 동지들의 손을 붙잡고 여인들을 애무하고 카드를 펼치던 손을 이따금 피곤한 듯 가슴에 갖다 댄다. 그렇다, 커다란 도박판이 막을 내린 것이다. 판돈은 향락이었다. 고액의 슬픈 판돈. 이제 그는 후회스러우며, 막상 판돈을 손에 거머쥐었을 때의 기쁨을 상실했다고 말할 수도 있을 것이다. 그러나 사실 하나도 후회하지 않았다. 향락주의자인 그는 이곳에서 그다지 유연하지 않은 걸음으로 간병인의 팔에 의지하여 값비싼 주사약, 심장을 튼튼하게 하는 강장제가 기다리는 약제실을 향해 서둘러 복도를 지나간다. 모험, 최후의 비밀스러운 모험을 향해 급히 발걸음을 옮긴다. 왼쪽 눈에 외알 안경을 눌러쓰고, 의심쩍은 눈빛으로 죽음을 곁눈질한다. 인정할 수밖에 없는 불편한 관리나 되듯 죽음을 이리저리 살펴본다. 그가 상류 계층에 속하지 않는다는 사실을 넌지시 깨닫게 해도 해가 되지는 않을 것이다.

✻

부고

그가 세상을 떠났다. 오욕 앞에서 도망친 것이다. 폭력과 횡포가 그를 죽음으로 몰아넣었다. 그의 묘비에 뭐라 쓸 것인가?

그의 죽음은 인간으로서의 내 품위와 명예, 나를 위한

것이기도 하기에, 나는 그에게 많은 빚이 있다. 그러니 이 세상 그 어느 묘비명보다도 고매한 찬사를 쓰려 한다.

"그는 인생의 의미, 연민과 명예를 알았다."

✳

꽃의 언어

유월. 우리는 문득 집과 세상, 삶이 꽃으로 가득한 것을 깨닫는다. 이 얼마나 보기 드문 진기한 현란함인가! 이 현란함은 사람을 지치게 하는 악의적인 것, 생명을 위협하는 부패한 것, 삶을 숨기고 있으며, 수백만에 이르는 낱말을 구사한다. 그러나 나는 아주 근본적인 개념들만을 안다. 장미, 패랭이, 앵초. 이것들은 꽃의 언어에서 주어고 술어다. 이런 기본적인 낱말 뒤로 바질에서부터 팬지까지 무한히 많은 수식어가 이어진다.

쉽게 불타오르는 여름은 뭔가 불만스러운 듯 꽃의 언어로 우리에게 말을 한다. 무슨 말을 하려는 것일까? 삶과 죽음 사이에서 짧은 순간, 우리에게 뭔가를 알려준다. 여름은 말한다.

"세상은 유용하면서 넘치게 풍성한 것이다. 숨을 들이마시고 기억을 되살려 마음껏 낭비하라. 이 넘치는 아름다움. 너는 그것을 느끼지 못하는가?……"

맞다, 주위를 돌아본 나는 놀라 눈으로 보고 느낀다.

바질 : 꿀풀과의 일년초. 여름에 자백색의 꽃을 피우며, 향기가 아주 강하다. 향미료나 치료제로 많이 사용된다.

❋

세상을 떠난 사람에게

친구여, 자네가 세상을 떠났다는 소식을 방금 들었네. 죽은 자네 모습이 커다랗게 확대되어 한순간 내 시야를 가득 채우네. 생전에 자네가 위대했는지는 잘 모르겠네. 하지만 자네는 인간이고 예술가였어.

질병과 가혹한 운명이 자네의 얼굴을 일그러뜨려 놓았지. 자네는 쉰 살의 나이에도 겁 많고 짓궂은 개구쟁이 같았어. 마치 세상을 향해 늘 조롱하려는 것 같았지. 자네는 귀 멀어 말 못하는 사람으로 태어나서, 초인간적인 힘으로 말하는 것을 배우고 언어를 습득했어. 귀가 들리지 않는데도, 말년에는 신음을 하고 그르렁거리며 더듬더듬 동물적인 소리로 인간적인 것을 표현했어. 말을 하면서 온갖 끔찍한 형상들과 필사의 투쟁을 벌이는 것만 같았네. 칼리반 같았다고 할까.

그러나 자네는 경직되어가는 외마디 형상들을 통해 세상을 향해 할 말을 했네. 세상을 떠날 무렵에는, 거대한 회색 공간 안에 작은 사물들만을 그렸지. 나는 이해하지 못했지만, 그것이 진실이고 자네가 품고 있는 환영을 달리는 전달할 수 없다고 믿었네.

여자들은 자네를 이용했지만, 변태 성욕자가 동물들을 이용하듯이 감정이 없었네. 자네는 어깨를 으쓱하면서 그들을 사랑했어. 그런데도 자네에게는 그로테스크한 불멸의 고귀함, 신들린 듯한 과장되고 냉혹한 고귀함이 있었어. 그래, 친구여, 자네는 진실을 기억하고 표현하려고 했네. 예술가였지. 자네가 이런 말을 조소하는 걸 잘 아네. 그런데도 자네를 생각하면 저절로 고개가 숙여지네.

칼리반 : 셰익스피어의 희극 『폭풍우』(1611)에 등장하는 조야粗野하고 원시적인 인물. 또는 그와 비슷한 사람을 가리킨다.

✷
대성당

　오래전부터 사람들은 대성당을 예술품으로 바라본다. 뾰족한 아치 아래를 거닐고, 그림을 조각한 의자와 귀중한 예술품들에 감탄한다. 모든 것을 깍듯이 예의를 갖추어 바라보고 탄복한다. 물론 당연한 일이다. 피렌체와 샤르트르, 파리, 카샤우의 대성당.

　그러나 슬픔과 절망, 경험을 안은 삶이 대성당 위를 스쳐간다. 어느 날 우리 은발의 님징네, 노인들은 기도를 하거나 잠시 눈을 붙이려고 아니면 그저 추억에 잠길 생각으로 피렌체, 샤르트르, 파리나 카샤우의 어스름한 대성당을 찾아드는 초라한 노파들을 시샘한다. 그들은 자신들이 예술품 앞에 무릎 꿇고 있다는 사실을 예감조차 못한다. 대성당은 그런 사람들을 위해 지어진 것이다. 그들의 예감 없음이 바로 대성당의 진정한 의미다.

샤르트르 : 프랑스의 북서부에 위치한 도시. 샤르트르의 대성당은 고딕 성당의 특징을 가장 전형적으로 나타내는 프랑스의 대표적인 건축물이다.

카샤우 : 산도르 마라이가 태어나고 자란 도시로, 그의 삶에 지울 수 없는 깊은 흔적을 남겼다. 수백 년 동안 북부 헝가리의 경제, 문화, 교통의 중심지였으나, 1945년 이후 슬로바키아에 합병되었다.

✳

겨울잠

겨울이다. 나는 곰이나 죽은 자들처럼 곤히 잠을 자고 싶다. 아, 잘 수만 있다면 얼마나 좋을까! 겨울과 고독에 몸을 숨기고, 황량한 어스름 속에서 덥수룩한 털에 싸여 웅얼웅얼 잠꼬대를 하며, 산딸기 덤불, 삶의 몸짓과 햇빛을 꿈꾸는 것이다, 오롯이 혼자서. 세상 만사에서 벗어나 더 이상 기분 상할 일 없이, 숨막히게 가슴 조이는 고독 속에서 잠을 자는 것이다. 혼자 있음은 운명이고, 무감각한 고독은 삶이다. 죽은 자들처럼 끈질기게, 고집스럽게 자는 것이다. 잠을 자면서 더 이상 보지 않고, 잠을 자면서 용서한다. 나는 용서하고 싶은 탓에 ― 용서받고서 ― 잠을 자려 한다.

✻
죽은 갈매기

석양이 질 무렵 죽은 갈매기 한 마리가 밀물에 떠밀려 왔다. 갈매기는 두 날개를 활짝 펼치고 물보라 이는 짙 푸른 파도에 실려, 엄숙하게 박자를 맞추어 출렁거렸다. 마치 슬픈 대담한 모험을 마치고 두 대륙 사이에서 휴식 을 취하려는 것 같았다. 두 대륙, 두 기슭, 삶과 죽음.

죽은 갈매기는 날개를 활짝 펼친 채 고개를 옆으로 숙 이고서, 모든 걸 체념하고 부드러운 출렁임에 몸을 맡겼 다. 나는 강가의 난간 위로 몸을 숙이고 죽은 새를 오랫 동안 지켜보았다. 갈매기들은 어디에서 어떻게 죽는 것 일까? 하늘과 바다, 배들 사이에서 지치면 갑자기 추락 하는 것일까? 협심증이나 심장의 지방질 과잉 때문일까? 알 수 없는 일이다. 어쩌면 그냥 삶에 지쳐서 죽는지도 모른다.

아침나절 폭풍우가 수그러들었고, 휑하니 빈 부두에 서 바람과 물이 죽은 갈매기의 장례를 치렀다. 수면은 거대한 납골당의 대리석 판처럼 매끄러웠고, 푸른 창공은 신비하고 숭고한 왕릉의 둥근 천장처럼 보였다. 갈매기의 무덤은 왕릉처럼 소박하고 품위 있으며 표식이 없다. 비밀에 싸인 갈매기의 삶과 죽음. 자, 우리 경의를 표하자.

*

유리

구월이 저물어가는 어느 날, 이 깨지기 쉬운 형상, 세상을 유리로 감싼 듯 모든 것이 가슴 저리게 밝고 온아하다.

지금 구월의 유리 진열장 속에서, 세상이 진정 대가의 걸작이라는 사실이 분명하게 드러난다. 까칠한 잎새들이 제멋대로 늘어진 나무들은 아내가 집을 비운 사이 외롭게 빈방을 지키는 술 취한 남자들 같고, 왠지 짜증스럽게 꽃이 만발한 정원은 상여 같다. 겨우살이가 내려앉은 백양나무는 깃털로 장식한, 상여를 끄는 말처럼 보인다. 화사하고 투명한 구월의 햇살 가득한 초원. 정적이 감돈다. 머리에서부터 발끝까지 무장한 영웅이 곧 모습을 나타내 달리아를 도륙할 것이다.

지금은 모든 게 아득하고 꿈만 같다. 대기에 손을 대면, 유리를 두드릴 때처럼 차가운 소리가 들린다. 나는 정중한 태도로 진열장 앞에 서서 전시된 물건들을 욕심 없이 바라본다.

달리아Dahlia : 쌍떡잎식물 초롱꽃목 국화과의 여러해살이풀. 7~8월에 흰빛, 붉은빛, 노란빛 등의 꽃이 핀다. 꽃말은 정열, 불안정과 변덕이다.

✳

스체게드

티서에 대한 아픔, 귈라 유하츠의 환영이 배회하는 방사선 도로, 여유있게 굽이치는 길들여진 야수 티서, 어둠 속에서 여러 종파의 고적한 불빛들이 밤새 망을 보는 평원, 오백 년에 걸친 요리법이 응축된 할라슬레, 도시를 덮은 푸르름, 끝없이 펼쳐지는 평원의 모래 속에 갇힌 도시, 도시의 탑과 시인들, 끈기있고 과묵한 헝가리인들. 아픔과 정적. 새벽 두시, 나는 다리 아래로 내려간다. 꾸르륵거리는 물소리만이 적막을 가른다. 이 얼마나 친밀한 광경인가! 유서 깊은 친밀한 광경! 한밤중의 꾸르륵거리는 이 물소리를 언제 마지막으로 들었던가, 평원 너머로 별들이 지는 것은 언제 보았던가. 물과 흙냄새. 여기 어둠 속에서 헤매는 자 누구인가, 웬 금발 머리 여인이 이곳을 배회하는가? 이 무슨 바스락거리는 옷자락 소리인가?…… 여기 어디선가 안나가 돌아다닌다, 보이지 않는 시詩의 여신 안나. 저 아래 깊은 어둠 속에서, 물이 영원한 시행詩行처럼 소용돌이치며 흘러간다.

스체게드 : 헝가리 남동부의 저지대 평원에 위치한 대도시. 오랫동안 농업의 중심지였다.

티서 : 스체게드 시에 있는 강 이름. 1879년 티서 강의 범람으로 도시 전체가 황폐화되면서 세계적으로 이름이 알려졌으며, 당시 역사에 유례없는 국제적인 도움을 받아서 현재의 모습으로 완전히 새롭게 복구되었다.

귈라 유하츠(1883~1937) : 스체게드 출신의 유명한 서정시인. 詩의 여신 안나에게 바치는 섬세하고 다감한 사랑의 시를 많이 남겼다.

죽은 자

나는 그와 화해하고 싶어서 갔다. 그의 무덤은 꽃도

없이 황량했다. 그는 고독한 망자亡者였다. 묘지는 흙덩이 아래서 썩어가는 자가 죽어서도 우리들, 살아 있는 사람들, 반대자들, 세상과 화해하지 않았다고 알려주었다.

그러나 이제는 그와 토론을 할 수 없다. 세상을 떠난 사람들이 다 그렇듯이, 그는 인생에서 패배했다. 그러나 생전에 사람들과 벌인 절망적인 토론, 커다란 논쟁에서는 죽은 그가 강자였다. 그래서 나는 마음의 동요 없이, 이의 없이 묵묵히 그의 무덤가에 서 있었다. 침묵을 지키는 편이 현명했다. 세상을 떠난 사람의 무덤에서 지키는 침묵은 살아 있는 사람들이 수많은 낱말을 동원해도 절대로 해결할 수 없는 것을 해결한다.

✼

공장, 역학

아직까지 생명의 탄생을 보지 못한 사람은 삶의 어떤 것, 특정한 것, 학교에서 말하는 '근본적인 것'을 알지 못한다. 생명의 탄생을 체험하지 못한 사람은 역학에 대한 안목이 없으며, 생명을 창조하는 신비하고 무서운 공장을 알 수 없다. 생명이 탄생될 때 가동되는 힘, 삶과 죽음의 힘. 그 시간에 어머니와 아이는 맹목적인 본능으로 어둠 속에서 길을 찾아 더듬거린다 — 삶과 죽음 사이에서. 그 순간에 힘이 솟구치면서, 마치 지진처럼 어머니의 몸을 밀고 폭파시킨다. 피와 태반 대신 뜨거운 마그마와 화산재가 자궁에서 흘러나와도 보는 사람은 놀라지 않을 것이다.

그렇다, 나는 공장을 보았다. 숙연, 아주 숙연해진다. 잠시 후 아이가 울음을 터트리고 증인들이 슬며시 방 안을 떠나면, 미켈란젤로가 돌팔이고 뉴턴이 풋내기였다는 느낌이 든다.

✳

삼월의 눈

반들반들 윤이 나는 제비꽃으로 장식한 녹은 고급 아이스크림.

✳ 선물

그런데도 오늘 또, 언제까지나 그렇듯 삶은 우리에게 넘치도록 베푼다! 두 손 가득히 선물을 한다. 아침과 오후, 황혼과 별, 나무의 텁텁한 내음, 강을 흐르는 푸르른 물살, 빛나는 눈빛, 외로움과 소음! 이 모든 것이 존재하다니, 나는 얼마나 부자인가. 이 얼마나 풍성한 선물인가. 매 시각 매 순간 이렇게 넘치다니! 이것은 선물, 불가사의한 선물이다. 나는 머리가 바닥에 닿도록 감사하고 싶은 마음이다.

✳ 길 떠나는 사람

길 떠나는 사람을 태운 기차가 출발한다! 이민을 떠나는 사람들로 북적대는 차창에 선 그의 모습이 한순간 우리의 시야를 채운다. 내가 이별의 선물로 건네준 포도주 병을 팔에 낀 그의 눈에는 환희의 빛이 넘친다. 이제 그가 떠난다. 우리는 역을 나서면서 그의 운명, 그를 지금 무한한 공간, 낯선 시간으로 떠나보내는 운명에 대해 이야기를 나누고, 세상을 하직하기라도 한 듯 벌써 그의 장서와 유산에 대해 말을 주고받는다. 그러나 이제 그는 그런 이야기를 듣지 못한다. 세계를 향해 멀리 길을 떠난 것이다.

시내에는 그에 얽힌 추억만이 남아 있다. 뒤엉킨 회상과 슬픈 유년 시절의 기억. 길을 떠난 그는 우리 모두의 마음을 아프게 한다. 우리 모두는 그의 살해범이라 할 수 있다. 그래서 남자들이 흔히 그렇게 하듯이 목청 높여 그의 이야기를 한다. 그가 문학과 좋은 글이 뭔지 아는 사람이었다고 입을 모아 확정짓는다. 여자 운은 별로 없었다. 아니, 도통 운이라는 것을 몰랐다. 이제 그는 파리에 뿌리를 내릴 것이다. 다리 아래서 서럽게 신음하며 흑인 여인을 애무하고, 리투아니아의 망명자들과 헝가리 문학에 대해 토론할 것이다. 별처럼 외롭고 마귀 두목 바알세불처럼 비참할 것이다. 달을 베개삼고, 시체 공시장의 대리석 의자로 침상을 삼을 것이다…… 그런데도 나는 왜, 왜 그가 부러운가?

바알세불 : 신약성서에 나오는 악귀의 우두머리. 사탄과 같은 뜻이다(마태오 복음 12장 24절, 마르코 복음 3장 22절).

*

비

비가 내린다. 여인의 눈물처럼 따사로운 비가 내린다. 맛도 향기도 없이 그저 따사로운 비가. 그러다 저녁이 채 오기도 전에 벌써 잊혀질 것이다.

나는 비를 맛본다. 그리고 다른 폭우를 회상한다. 맛이 다른 눈물, 다른 운명의 뜨거운 방울이 뺨을 타고 흘렀던 기억을 떠올린다. 나는 두고두고 그것을 뇌리에 되새기고, 또 모든 것이 그것을 되새기게 한다.

*

장례식

거무스름한 은빛의 장중한 덮개, 향불과 음악, 형식

적이고 무미건조한 조문弔文이 있는 장례식은 향연이 아니다. 장례식은 폭발, 인생 최대의 큰 폭발이다. 상을 당한 사람은 가진 것도 슬하의 자식도 없이, 쓰레기 더미에서, 폐허 한가운데 삶의 파편 사이에서 몹쓸 병에 걸린 욥과 같다. 그는 먹구름 덮인 하늘을 향해 고개를 돌린다. 씻지 않아 악취를 풍기며, 비참한 고독 속에서 슬픔에 휩싸여 산다. 장례식은 더도 말고 그런 것이다. 나머지는 다 연습일 뿐이다.

욥 : 구약성서 「욥기」의 주인공으로, 가혹한 시련 속에서도 하느님에 대한 믿음을 굳게 지킨 인물을 대표한다. 욥은 잇따른 재난으로 모든 재산과 열 명의 자녀에다 건강마저 잃었지만 하느님에 대한 믿음을 끝내 버리지 않는다.

✳

위대한 작품

동이 틀 무렵 어두운 방 안에서, 나는 아버지의 사진 앞에 촛불을 밝혔다. 어둠 속에 앉아 오들오들 추위에 떨며 희미한 불꽃을 응시했다.

어찌된 영문인지 도통 이해할 수 없었다. 사진, 촛불,

어두운 방 안, 아버지는 세상을 떠나시고 나는 살아 있다니. 이해할 수 없었다. 그런데도 위대한 작품처럼 너무나 질서정연했다.

✳

가을 속의 여름날

시월 중순에 갑자기 여름이 된 것 같다. 과일주 냄새 가득한 끈적끈적한 여름, 말벌들이 윙윙거리는 소리를 들으며 꾸벅꾸벅 조는 가을 속의 여름. 숲들이 핏빛의 배경을 이룬다! 목양신牧羊神이 슬그머니 유형지에서 돌아와 여기 미코가세의 내 창문 아래서 피리를 부는 여름. 그런데 벌써 경찰관이 그를 부랑배라며 압송한다. 머리에 노란 나뭇잎을 꽂고 소란을 피웠다는 것이다.

우리의 가슴은 가을 햇살을 받아서 더 격렬하게 고동친다. 우리는 뭔가를 감지하고 빛과 향기에 취해 돌아다니며 부패하는 나뭇잎의 알알한 냄새를 들이마신다. 마치 임종을 앞둔 사람이 잠시 기운을 차리고 일어나 앉아, 포도주 한 잔을 마시고 삶의 달콤한 무의미함에 취해서 핏발 선 눈과 열에 들뜬 얼굴로 소리치는 것 같다. 그리고 나서 그는 베개에 머리를 박고 고꾸라진다. 지금 시월 중순에 우리는 그렇게 산다.

내일이면 다시 방에 불을 지펴야 한다. 그러다 이 세상을 하직하게 되겠지. 자, 우리 양지 바른 곳에 나가 앉아 — 말벌들이 윙윙거리는 소리가 들리지 않는가? — 말없이 과실주를 마시지 않겠나. 늦기 전에 미소를 짓고 삶을 즐겨보세.

목양신 : 목축과 숲의 신. 반은 양, 반은 사람의 모습이며, 피리의 발명자로 간주된다.

미코가세 : 산도르 마라이가 1944년까지 살았던 부다페스트의 거리. 당시 마라이가 살던 집은 수차례의 폭격에 의해 완전히 파괴되었다.

✳

철부지 소녀

명예 판사가 이따금 나를 찾아와서는, 전쟁이 어떻게 진행되고 또 어떤 결과를 낳을 건지 의견을 펼친다. 명예 판사는 나이 예순이 넘었으며, 늘 말쑥하게 차려입고 다닌다. 머리는 벗겨져 반지르르하고 영국식으로 짧게 자른 수염은 벌써 희끗희끗하다. 발끝으로 사뿐사뿐 걸음을 떼며, 집게손가락과 새끼손가락을 애교스럽게 추켜세우고 속삭이듯 가느다란 가성으로 이야기한다. 늘 껑충 뛰듯 달려와서 손에 입맞추고 보이지 않는 박차를 달그락거린다. 명예 판사는 학술원 회원으로서 궁정의 다과회에 초대를 받고 연병장에서 명령을 내리기보다는 상원에서 정치를 하고 되도록 전투는 하지 않으며 "여러분, 삼가 인사드립니다"라고 입을 뾰족이 오므려 말하는 프랑스 장군 아니면 영국 사람이고 싶어한다. 나는 때때로 그가 한쪽 무릎을 세우고 몸을 굽혀 절하지 않을까 기다린다. 그리고 하늘색 리본으로 묶은 갈래 머리가 그의 반지르르한 머리통 양쪽에 매달려 대롱거려도 놀라지 않을 것이다. 명예 판사가 철부지 소녀인 탓이다. 그러나 자신은 그런 사실을 모른다.

명예 판사 : 한때 헝가리 정부가 사회적으로 공헌한 사람에게 수여한 명예직.

✳
자정 미사

카샤우 대성당의 성탄절 전야 자정 미사. 나는 스무 해 만에 처음으로 다시 그 자정 미사를 보고 듣는다. 내 마음은 격정에 들뜨지 않고 차분하다. 대성당, 사람들의 얼굴, 잿빛 어린 누르스름한 그림자, 싸늘한 적막에 고결하고 영원한 것이 깃들어 있다. 그리고 이 모든 것 배후에 숨어 있는 어린 시절.

그렇다, 도시와 대성당은 변함이 없다. 도시와 대성당에서 어린 시절, 사람들, 시류에 영합하는 것, 변하고 사멸하는 것을 분리시켜야 한다. 이 도시가 피와 살, 뇌리에 영원히 아로새겨진 탓에, 여기에서 그런 것은 끔찍이 낯설다. 사실 우리에게는 아주 친밀했던 것만이 죽을 수 있다. 추억은 죽어서 차갑게 식는다. 그러나 도시와 대성당은 모든 추억과 변화를 냉정하고 도도하게 내려다본다. 위대한 예술품들이 자신들을 창조했지만 동시에 자신들도 창조한 사람을 내려다보듯이, 비인간적으로 무심하게 군림한다.

여름 병

여름 병은 고열과 함께 의식이 혼미해지면서 극적으로 진행된다. 감정이 풍부한 사람들은 걷잡을 수 없이 수다스러워진다. 이것은 여름 병의 증상 가운데 하나로, 결국 죽음을 초래한다. 불 같은 모험에서 돌아와, 해쓱한 얼굴로 비틀거리며 여름의 낯선 광경 사이를 헤매는 사람들도 있다. 그들은 마침내 집에 돌아온 사람의 씁쓸한 열광에 사로잡혀 삶의 증기와 내음을 맡고, 회상에 잠겨 삶을 더듬는다. 그런 사람들에게 삶은 장미인 동시에 이질, 사랑이며 인플루엔자, 수박이며 아스피린이다. 삶은 그런 원소들, 운명적인 현상들로 이루어진다. 여름에는 이런 사실이 쉽게 이해가 간다.

질병

질병, 누추하지만 아늑한 오막살이. 하늘 한 조각, 중국의 망나니들이 빈둥거리는 소련 비밀 경찰의 지하 감방 한구석, 모차르트를 연상시키는 실내 음악 약간, 쇠파리들이 오물 위를 날아다니는 스체케스페헤르바르 근교의 가축 시장 한 귀퉁이, '최후의 일들' 가운데 뭔가 일부, 그리고 실제로 '최후의 일'도 조금. 좋아하는 음식과 릴케 시의 리듬, 그러나 트림과 천상의 음악도 빼놓을 수 없다. 무엇보다도 운명이 부여하는 찬스, 살거나 죽을 기회, 그것을 놓치지 말라!

스체케스페헤르바르 : 헝가리의 벌러톤 호수와 부다페스트 사이에 위치한 중소도시. 이곳에서 16세기까지 헝가리의 왕들이 대관식을 거행했다.

✳

의사

성인들의 삶에서 의사는 교사, 근엄하지만 사랑의 마음으로 꾸짖는 부모, 그리고 다른 권위적인 인물의 역할을 서서히 떠맡는다. 마흔 살이 넘어서, 주치의, 이 존경스러운 인물이 음식점에서 가족들과 함께 돼지고기를

구워 먹으며 즐기는 광경을 보는 것만큼 곤혹스러운 일
은 없다.

✳

프로이트

프로이트가 여든셋의 나이로 런던 프림로즈 힐의 어
느 집에서 세상을 떠났다. 프로이트의 논제로 정곡을 찔
리고 상처 입어서 울부짖고 흐느끼던 군중들은 이제 그
의 추억에 덤벼들어 입맛 다시며 난도질하고 그의 학설
을 부인한다.

프로이트는 모반자였으며 위대한 문인이었다. 진정
으로 위대한 인물들과 혁명가들이 그렇듯이, 일관성있
게 체계적인 방법을 따랐으며 냉정하고 침착하게 목표
를 좇았다. 진실을 발견하는 것이 전부가 아니다. 발견
한 진실을 말해야 한다. 진실을 말하는 것 또한 전부가
아니다. 대리석 현판에 끌로 새기듯이 분명하게 규정지
어야 한다. 훌륭하고 현명하게 글을 쓰는 것만으로는 부
족하다. 위대한 문인은 아름다운 사물의 창조자도, 완벽

한 문장을 구사하는 사람도 아니다. 위대한 문인은 무엇보다도 개념을 만들어내는 사람이다. 프로이트는 위대한 문인, 개념의 창조자였다. 그의 학설과 실험의 의학적인 치료 가치는 그 문학적인 의미에 비하면 아주 미미하다. 프로이트가 창조한 개념들은 살아서 인류의 정신적인 순환계를 이룬다. '억제', '억압', '열등감' 그리고 살롱에서 오랫동안 농담거리로 주고받았던 모든 것은 오늘날 '예, 아니오'만큼 자명한 사실이다. 이것이 프로이트의 복수다.

물론 프로이트가 옳았다. 그는 고독한 힘이었으며, 성경의 인물들처럼 타협이라는 것을 몰랐다. 이 세상 모든 것에 이해심을 보였으며, 진정한 남자로서 용서할 줄을 몰랐다.

❋

시계

어느 날 파리에 전화를 걸었다. 서둘러 정신없이 주위섬기는 문장들 사이에서 멀리, 아득히 멀리 수천 킬로미터 넘게 떨어진 파리의 어느 방에서 열한 번 육중하게 울리는 시계 소리가 별안간 귀에 들려왔다. 그 울림은 매혹적이면서 동시에 두려움을 안겨주었고, 심금을 울리면서 시간을 초월하였다. 시계 소리는 우주를 향해 울려 퍼지면서, 방의 정취를 떠올리게 하고 집의 분위기를 느끼게 했다. 한순간 나는 부다와 파리에 동시에 있었다…… 세상에는 비밀이 없다는 생각이 들었다. 그 사실이 기쁘면서도 마음 한편으로는 아쉬웠다.

부다 : 다뉴브 강의 오른편 기슭에 위치한 부다페스트의 일부. 부다는 원래 독립된 행정구역이었지만, 1873년 페스트와 합병되어 헝가리의 수도 부다페스트가 되었다. 마라이는 이곳 부다의 미코가세에서 살았다.

르누아르

"르누아르는 하느님보다 훌륭한 그림을 그리려 하지 않았다."

어느 비평가가 르누아르에 대해 이런 글을 썼다.

이 글은 섬뜩하고 잔인하다. 섬뜩할 정도로 진실하고

잔인할 정도로 절망적이다. 물론 위대한 예술가라면 누구나 세계를 새로이 낳고 싶어한다. 예술가인 탓에, 불굴의 의지로 하느님보다 아름답게 새로 창조하고 정돈하고 싶은 것이다. 그러나 그런 의도가 황당하고 가망 없는 것도 확실하다. 그리고 하느님이 당신을 능가하려고 안간힘을 쓰는 예술가한테만은 동정심을 보이시는 것도 확실하다. 하느님은 인간적인 것을 다른 척도로 가늠하시며, 가망 없는 경쟁을 끈기를 가지고 주의 깊게 관찰하시기 때문이다.

수數의 가치

무능한 사람들만이 수를 함부로 다룬다. 진정으로 고결한 사람들은 수의 가치를 안다. 그러나 돈의 가치는 모른다. 수는 단순히 1이나 10이 아니다. 슈펭글러는 수에 보다 심오하고 비밀스러운, 때로는 성스럽기까지 한 의미가 있다고 말한다. 수를 어떻게 이해하고 수에 어떤 의미를 부여했는가에 따라서 소멸한 문화의 실체를 추정할 수 있다. '성스러운' 수와 운명적인 수, 또는 종교적인 내용을 가진 수가 있다. 이것은 미신을 믿거나 천리안을 가진 사람들에게만 해당되는 게 아니다. 상업 문명 속의 인간은 수의 본래 의미를 이해하기 어렵지만, 서서히 깨달을 수는 있다. 1, 죽음이 있다. 또 1, 삶과 1, 한 사람이 있다. 2, 사랑. 3, 가족. 그러나 수들이 그 본질을 은폐하거나 숨기는 무한함도 존재한다. 나는 천천히 더듬거리며 수를 센다. 살아 있기에 수를 센다.

오스발트 슈펭글러Oswald Spengler(1880~1936) : 독일의 역사가이며 문화 철학자. 대표적인 저서로 서양 문명의 몰락을 예언한 『서구의 몰락』이 있다.

✳

고향

공식적이고 역사적인 고향, 경찰이나 군대와 관계 있으며 법전法典에 부응하는 고향, 문장紋章을 앞세우고 깃발을 나부끼며 우렁차게 암호를 외치는 고향 속에서, 우리는 이를 악물고 끈기있게, 고통스럽게 주의를 기울여, 관대하고 섬세한 마음으로 늘 끊임 없이 진실한 고향을 찾아야 한다. 진실한 고향은 어쩌면 언어나 어린 시절, 플라타너스 우거진 길, 언젠가 열린 창문을 통해 세상으로 울려 퍼진 멜로디를 들었던 어느 단층집의 대문, 아니면 '저녁노을!……' 이라는 낱말일지도 모른다. 공식적이고 역사적인 고향, 문장을 앞세우고 깃발을 나부끼는 고향이 자꾸만 은폐하려드는 이 다른 고향을 나는 집요한 사랑으로 맹렬히 찾아 헤맨다.

✳

중국에

나는 린 위탕의 저서, 중국 국민과 고국 중국에 대한 지혜로운 책을 읽는다. 유화적이고 감동적인 내용이다. 내가 언제나 저력이 있다고 믿어온 세계관이 책 속에 들어 있다. 신중하고 강인하며 감성적이면서 절도 있고 가족적이면서 세계를 향해 열린 세계관, 굼떠 보이지만 영악하고 무심해 보이지만 끈기있는 이성적인 세계관.

중국 사람들은 누구나 시인이다. 삶을 사랑하면서도,

희미하게 빛나는 의식을 삶보다 높이 평가한다. 이 의식은 죽음을 피할 수 없는 존재인 인간의 마음을 삶과 죽음 사이에서 사로잡고, 삶의 모험 한가운데서 희생자를 겸허하고 품위있게 훈육시킨다. 중국의 나이 든 사람들은 모두 '영리한 늙은 개'이면서 시인이다. 그들은 지나치게 현명하면 안 되는 것을 알기 때문에 현명하다. 결국 모든 것을 해결하는 것은 삶이다. 그들은 완벽하게 표현된 감정과 사상이 삶의 의미라는 것을 아는 탓에 시인이다. 자, 우리 잠시 중국에 가보자.

린 위탕(1895~1976): 중국의 소설가이며 문예 비평가. 린 위탕의 작품 대부분은 영어로 번역 출간되었으며, 중국을 문화사적으로 연구한 저서들이 유명하다. 주요 저서로 『나의 국토, 나의 국민』『생활의 발견』 등이 있다.

✳

영악한 사람

그는 여러 가지 일을 통해서 불행이 뭔가를 배웠다. 그래서 불행을 위험한 화학 물질처럼 조심스럽게 다루며, 마스크로 얼굴을 가리고 고무 장갑까지 낀 채 전문가 특유의 불신과 호기심에 가득 차 불행에 접근한다. 영혼의 계속되는 극심한 긴장과 외부 세계의 불행한 우연이 영적으로 마주치면 일종의 번개처럼 불행이 발생한다는 사실을 그는 안다. 그래서 사생활에서뿐 아니라 공적인 생활에서도 사방으로 안전 조치를 취한다. 그렇게 위험을 줄이고서만 편안히 살 수 있다. 그러나 자명종을 맞춘 듯 스스로 정확하게 예견한 죽음의 시간에 이르면 다 부질 없는 짓이었다고 깨달을 것이다.

국화

머칠만 있으면, 겨울철의 공식적인 꽃 국화가 화려한 자태를 드러낼 것이다. 꽃 가게의 진열장과 살롱, 공동묘지에서 당당하게 자신을 과시하리라.

국화는 꽃송이가 크고 장엄하며 화려함을 자랑하는 차가운 꽃이다. 중국의 애견이나 아기 사자 같은 예쁜 동물을 보는 것 같다. 꽃송이는 단발머리 아니면 유명한 영화배우의 곱슬곱슬한 백금빛 금발 머리 혹은 영국의 부유한 상류 집안 출신 소년의 헝클어진 곱슬머리처럼 보인다. 국화는 죽은 사람 옆이나 살롱의 작은 탁자 위에서 품위를 자랑한다! 향기가 없으며, 상큼하게 목욕 단장한 고매한 아름다운 삼십 대 여인, 행복만 빼고 인생의 모든 것을 소유한 여인처럼 차가운 아름다움을 내보인다.

육감적인 장미, 다소곳한 패랭이, 투박한 바질은 국화의 그림자에 가려 고개를 숙인다. 나는 경외하는 마음으로 국화를 바라본다. 그리고는 몸을 굽혀서 바질 가지 하나를 서둘러 꺾어 맨 위 단춧구멍에 끼운다.

✳

바흐

바흐는 스무 명의 자녀를 두었으며, 바이마르와 쾨텐, 라이프치히의 궁정 지휘자였고 오르간 연주자였다. 찢어지게 가난했으며, 우리 같은 사람들이 일요 신문에 실릴 기사를 졸속으로 내갈기고 쓸데없는 요설을 끄적거리듯 스무 명의 아이들 틈바구니에서 오라토리오, 협

주곡, 조곡을 작곡했다. 나무들이 숨쉬듯이, 숲이 이야 기하면서 동시에 침묵하듯이 작곡했고, 하늘과 땅이 생기기 전 하느님이 불가사의한 멜로디, 화음을 가볍게 만들어냈듯이 작곡했다. 바흐는 스무 명의 아이들 가운데서 작곡을 했고 찢어지게 빈한했고 궁정 지휘자였고 변변한 외출복 한 벌 없었다…… 묵념, 묵념. 자, 바흐가 말을 한다. 귀를 기울여 들어보라.

고발

누구든 언제고 걸릴 수 있는 단순하고 평범한 질병을 객관적으로 간단히 묘사해보자. 고발의 형식으로 묘사하자. 질병은 바로 고발, 삶의 불가사의하고 조야한 고발인 탓이다. 가족이나 간병인, 심지어는 의사를 포함한 주변 사람 모두 의심에 가득 찬 눈길로 환자에게 말을 걸고 정식으로 심문을 하고 호되게 몰아세우고 괴롭힌다. 달리는 진실을 알아낼 수 없기 때문이다. 환자 가까이에 있는 사람은 누구나 고발인이 된다. 왜 병이 들었는가?

사람들은 묻고 기다리지도 않고 스스로 답변까지 한다. 몸을 차갑게 했거나 주의하지 않아서, 이런저런 일을 하거나 하지 않아서, 행복하지 못하고 불행해서, 다 지당한 말이다! 그들은 고개를 끄덕이며 확인하고 고발한다. 그러고는 고발인, 판사, 형리처럼 신속하게 행동을 취한다. 실제로 질병 깊숙이 은밀한 곳, 저 밑바닥에서 이러한 고발이 희미하게 빛을 발하며 달아오른다. 환자도 그런 사실을 안다. 그런데 무슨 이유로 고발을 당하는가? 어쩌면 과감하게 인생에 뛰어들어 용감하게 사랑하지 않았기 때문이 아닐까. 물론 인간은 사랑 없이는 살 수 없다. 이런 이유에서 지금 당신은 나에게 아스피린을 주고 목에 차가운 수건을 감아준다.

*

가을

가을은 변화고, 모든 변화는 인생의 위기다. 시인들이 믿듯이 '가을의 우수'만이 존재하는 게 아니라 가을의 소화불량, 관능, 죽음에의 불안, 야심도 있다. 그렇

다, 심지어는 특히 포도가 상큼하게 발효하는 날의 가을
병도 있다. 그리고 봄의 열병과 힘을 겨루는 가을의 흥
분도 있다. 마침 가을이라서 나는 이가 아프다. 시인들
이여, 가을을 힘차게 노래하라.

해먹

군함말고 또 어디에서 해먹을 볼 수 있을까? 이곳 추
크리게트에서 오랜만에 해먹을 본다. 황량한 정원의 나
무 줄기 사이에서 어린 소녀가 해먹에 누워 흔들거린다.
흔들리는 부드러운 그네 안에서, 신발을 신지 않은 늘씬
한 두 다리를 쭉 뻗는다. 늘어진 한 손에는 붉은 표지의
소설이 가볍게 들려 있다.

나뭇가지들 사이로 햇살이 해먹과 소녀, 붉은 소설을
비춘다. 이 모든 것과 함께, 이리저리 흔들리며 부유하
는 19세기, 한가로이 예스러우면서도 혁명적인 19세기
를 비추고, 또 보바리 부인과 파스퇴르의 자취를 비춘
다. 보바리 부인과 파스퇴르는 당시 햇살이 비치는 여름

날 오후 그렇게 해먹에 누워 두둥실 날았다. 그러다 때로는 정도가 지나칠 때도 있었다.

추크리게트: 소풍 장소로 유명한 부다페스트의 근교.

온유한 여름

산딸기 주스와 응고한 우유, 레몬수가 있는 온유한 여름의 세계가 존재한다. 그리고 대 화재와 유혈, 치정 살인의 또 다른 여름의 세계가 있다. 나는 두 세계 사이 어딘가에 산다. 그리고 소방대와 살인 사건 전담 수사반을 기다리면서 산딸기 물을 홀짝거린다.

손길

모든 게 달라질 거라고 기계적으로 그냥 따라 말하지 말고, 이제는 굳게 믿어야 한다. 어느 날 운명이 너를 손으로 건드리리라. 네가 예상했던 것과는 다르게, 다른 시각에 다른 의도로. 삶이 너에게 손을 대면, 너의 일상은 불가사의한 일들로 가득 차리라. 아스팔트에서 분수가 솟아오르고, 길 가는 사람이 너에게 마음의 문을 열고, 사자들이 손에서 음식을 받아먹으리라. 그 손길은 강하고 의도적이다. 하느님은 변덕스러운 분이 아니시다.

오한

자연이 감기에 걸린 듯 대기가 오한에 시달린다. 나무들이 콧물을 흘리고, 젖은 수건으로 감싸듯 안개가 밤의 초원을 덮고 있다. 국화가 예민한 아이들처럼 재채기를 하고, 보리수나무 꽃차 향기가 코끝을 스친다. 세상이 열과 오한에 시달린다. 아침저녁으로 일 그램의 아스피린을 주어야겠다는 생각이 든다.

답변

전혀 예상할 수도 미룰 수도 없는 운명적인 순간에 이따금 답변을 해야 한다. 모든 것에 답변을 해야 한다.

나는 누구인가? 내 계획은 무엇인가? 나는 평생 누구에게 반대하고 누구를 지지하려는가? 무엇 때문에? 어떤 능력과 정신적인 장비로, 어떤 도구와 수단으로? 가장 중요한 것은 무엇이며 또 목표는 뭔가?…… 전부, 전부 답변을 해야 한다. 나는 어느 정도나 뜻을 이루었는가? 스스로를 포기하고 희생하려는 마음이 아직 내게 남아 있는가? 아니면 그저 남은 것에 집착하고 연연하는가? 답변을 해야 하고 또 답변이 기대되는 중대한 순간이다. 그런 순간에는 심오하고 극적인 정적이 감돈다. 그러나 이런 물음들에는 말로가 아니라 삶으로만 대답할 수 있다는 사실을 너는 몸으로 체험하고 깨닫는다.

✳

벽

이렇듯 현명하고 박식하며 섬세한 사람이 있다니! 나는 열정적으로 그 사람과의 대화를 시작한다. 그는 상세하게 대답하고 적절한 자리에서 웃음을 터트리고 또 적당한 시점에서 진지해진다. 나는 정신을 가다듬고 온갖 능력을 동원해서 화살을 겨누고 빗나가지 않도록 주의를 집중한다. 그가 인간이기를, 그도 같은 종류의 인간이기를 두근거리는 가슴으로 바란다.

십오 분 후에, 나는 그가 같은 종류의 인간이 아니라는 것을 알아챈다. 왜? 이유는 알 수 없다. 그는 십오 분 전과 다름없이 현명하고 섬세하며 다방면으로 교양이 넘친다. 여전히 적절한 자리에서 웃거나 적합한 시점에서 진지해진다. 그러나 그 사이에 그가 나를 쫓아올 수 없고 내 말을 알아듣지도 못하는 한계에 이르렀다. 그는 내 말을 듣지도 나를 보지도 못하여 마치 벽에 대고 말을 하는 듯하다. 나는 기분이 상해서 입을 다문다. 그도 불신에 가득 찬 표정으로 침묵을 지킨다. 그러다 우리는 악수를 나누고 각자 제 갈 길을 간다.

눈이 내린다

"눈이 내린다." 이 두 낱말은 더없이 비밀스러운 기본
적인 삶의 정취를 불러일으킨다. "너는 행복할 수 있었
는데, 그 기회를 그만 놓치고 말았어"라고 이야기하거나
"조국, 조국, 조국"이라고 세 번 되풀이하여 말하는 듯
하다. 아니면 "기억이 나는가?"라고 묻는 것 같기도 하
다. 그런 감정에는 대답을 할 수도 없고 분석할 수도 없
다. 나한테 눈은 카샤우와 집이 현실에서 존재했던 때의
— 감정은 역사적, 객관적인 사실과는 무관하기 때문이
다 — 카샤우의 집인 동시에, 유년 시절, 청소년 시절,
뮌헨, 여행, 호텔 방, 잘츠부르크의 종, 해가 뜰 무렵 기
차의 삼등 찻간에서 인스부르크 너머 눈 덮인 산봉우리
를 바라볼 때 두방망이질을 치던 가슴, 추위로 붉어진
젊은 여인의 납작코에 내려앉은 눈송이, 톨스토이, 파리
의 유니버스 카페 오락실에서 마신 카밀레 차 한 잔, 그

리고 "눈이 내린다"는 두 낱말에 다 담겨 있는 탓에 헤아릴 필요도 없고 헤아릴 수도 없는 다른 많은 것들이다.

✳

공명심

그는 하느님의 명령으로 매일 아침 스트롬볼리에 불을 지피듯 성냥개비를 꺼내 불을 붙여주었다.

스트롬볼리 : 지중해의 시칠리아 섬 북쪽에 위치한 화산섬.

✳

운명

사람들은 언제나 운명이 번개와 번득이는 불꽃, 티파니와 북, 트럼펫을 거느리고 천둥처럼 요란하게 들이닥친다고 믿는다. 그러다 어느 날 운명에 부딪히면 그 매녀가 훨씬 더 섬세하다는 것을 깨닫는다. 폐암, 빈곤, 굴욕, 아니면 치명적인 사랑이 살며시 나타나 문을 두드리고는 정중하게 허락을 청한다.

"들어가도 될까요?"

그리고 나서야 들어온다.

✳

나이

어느 국가에게 그 잘못을 밝히는 것보다 더 절망적인 일은 없다. 그런 시도는 어떤 사람이 무슨 일로 고통을 겪으며 무슨 거짓말을 하고 어떤 비겁한 짓을 했는지 설명하는 것만큼 가망이 없는 일이다. 국가는 자발적으로 다른 나라의 도움 없이 몸과 마음으로 자신의 죄를 극복하고 발전하여 지금껏 고통스럽게 참아온 것이 무엇인지 의식하고 깨달을 때에만 건강해질 수 있다. 개인처럼 민족에게도 그것을 말로 설명하기는 어렵다.

국가는 서서히, 사람보다 더 서서히 성장한다. 미국 사람들은 지금 청년기에 이르렀고, 독일과 이탈리아 사람들은 한창 장난을 치는 나이이며, 프랑스 사람들은 오십 대이고, 영국 사람들은 오십 대를 넘어섰다. 러시아 사람들은 시간을 초월한다. 러시아 농부가 어느 정도 나이를 먹으면 몇 살인지 도무지 짐작이 가지 않는다. 러시아 농부의 나이는 절대로 알아낼 수 없다. 일본 사람들도 한창 장난을 즐기는 나이이고, 중국 사람들은 말없이 미소를 짓는 성인이다. 헝가리 사람들은 지금 삼십 대와 사십 대 사이에 있다고 생각된다. 그들은 이제 잘난 척 허풍을 치는 데서 벗어나 자신의 힘을 평가하고 사려 깊게 앞뒤를 헤아릴 줄 안다.

비

어디에선가 비가 내린다. 빗속에 보이는 풍경은 노르망디의 어디인지도 모른다. 김이 오르는 질퍽한 초원 한가운데에 외딴 집 한 채가 서 있고, 저 멀리 철로 건널목이 보인다. 반들거리는 미끄러운 콘크리트 길, 집의 덧창은 닫혀 있고 낙숫물 통에서는 자갈돌이 구른다. 집 안 어디에서도 불빛이 새어나오지 않는다. 현관에 음식 냄새가 배어 있고, 방들은 어스름에 싸여 있으며,

가구들에서 퀴퀴한 곰팡내가 난다. 새끼 고양이처럼 애처롭게 우는 추억들. 손으로 뜬 조끼를 입은 남자가 식탁에 앉아서 빗소리를 들으며 멍하니 하품을 한다. 그는 자신도 스스로 목숨을 끊을 수 있다고는 생각조차 하지 않는다.

✳

강도들

숲이 모조리 강탈당했다. 나무들은 앙상하고 마구 파헤쳐진 땅은 피에 젖은 듯 질퍽거린다. 까마귀들이 말할 수 없이 애통하게 신음하고, 검은 구름이 악행에 장막을 드리운다. 마치 범행 장소에 도착한 경찰관이 특별 기동대를 기다리면서 자신의 비옷으로 살해된 사람을 덮는 듯하다. 추레한 가운 차림의 초라한 덤불은 길가에 웅크리고 앉아 손을 비비며 하소연을 한다. 코에 안경을 걸친 까치 한 마리가 나뭇가지에서 내려다보며 분개하여 냉소적으로 묻는다.

"그래, 유럽이 뭐라 말하던가요?……"

일요일

스물다섯 해 만에 처음으로 카샤우에서 맞는 일요일 오후. 어린 시절 맛보았던 고통, 진한 고통의 냄새가 대기에 가득 배어 있다. 슬픔과 절망, 일요일의 어린아이들 마음 같은 초조함, 그 옛날 일요일에 가정교사가 가고 나면 실톱과 쥘 베른의 책, 쌓기 나무 블록만이 덩그러니 남았던 아이들 방처럼 어스름한 카페들…… 그때처럼 지금도 어디선가 피아노 소리가 들려온다. 비가 내린다. 창문 아래 길에서 슬로바키아 처녀들과 군복 차림의 헝가리 청년들이 노래를 흥얼거리며 어슬렁거린다. 시간처럼 깊은 절망감, 외부의 사건은 이 절망감을 해결할 수 없다. 일요일 오후에 나는 늘 서커스 구경을 가고 싶었다. 어린 날의 아픔이 오롯이 되살아나 다시 가슴을 짓누른다. 괴물, 끔찍한 기다림과 지루함의 괴물이 오늘도 이 집들, 창문 뒤, 대문 아래 웅크리고 있다…… 어쩌면 가장 슬픈 것은 지금도 보고 싶은 서커스의 곡예가 이제 이 세상에 존재하지 않는다는 사실이 아닐까.

쥘 베른(1828~1905) : 프랑스의 소설가. 근대 공상 과학 소설의 선구자로 많은 과학 모험 소설을 썼다. 주요 작품으로 『달세계 일주』(1965), 『80일간의 세계 일주』(1973) 등이 있다.

❋

의술

마침내 환자들도 글을 쓸 시간이 되지 않았을까. 나는 반대 진영이 구상하고 작성하여 증명하는 새로운 의술을 생각한다. 환자들도 아는 게 있기 때문이다. 맹장염이 어떻게 시작하고 발진티푸스가 어떤 증상을 나타내며 뇌막염이 어떤 특징을 나타내는지 안다. 우리들도 의사들처럼 몸으로 체험하여 최소한 그 정도는 안다. 우리의 설명도 타당하고 신빙성이 있다. 그러니 이제는 우리도 발언권을 얻어 입을 열자. 가르치는 바가 많을 것이다. 질병도 그것에서 배울 게 있을 것이다.

✳ 치아

간밤에 이가 모조리 빠지는 꿈을 꾸었다. 지혜를 알려
주는 온갖 책들과 점성가들의 말에 따르면, 이 꿈은 질
병과 죽음을 의미한다. 저녁 무렵 열이 오르면서 오한이
시작되었다. 나는 별로 놀라지 않았다. 폭풍에도 꺼지지
않는 등불처럼 꿈이 밤과 인생의 어둠을 뚫고 붉게 빛을
발한다.

✳ 탑

해가 비치는 곳은 사십 도에 육박하는 오후 네시, 마
태오 성당의 노르스름한 버터색 탑이 빛나기 시작한다.
빛이 광장과 탑을 과거로부터 끌어낸다. 터키인들이 방
금 도주한 듯, 성 주변의 골목길들은 적막에 싸여 있다.
염색공과 다리를 저는 보석상만이 할 일 없이 어슬렁거
리고, 닫힌 덧창 뒤에서는 뽀얀 살결의 여인들이 구혼자

를 꿈꾼다. 광장과 뜨겁게 달아오른 돌탑, 이 모든 것은 심오함과 잔인함을 숨기고 있다. 이것은 운명, 해묵은 태양, 오랜 세월에 씻긴 암석의 순간이다. 자, 우리 살아 가려면 서두르자.

마태오 성당 : 부다페스트의 다뉴브 강변 산 쪽에 위치한 성당. 13세기에 창건된 이후 현재의 모습을 갖추기까지 여러 차례에 걸쳐 증·개축되었으며, 오스트리아 합스부르크 제국의 프란츠 요셉 황제와 최후의 황제 칼 4세가 대관식을 치룬 곳으로 유명하다.

✳

누그러짐

나흘 동안의 열대. 흐물흐물한 동물적인 존재들, 부패하는 냄새로 가득 찬 후덥지근한 온실이나 중국의 고문실에서처럼 삼십오 도의 열기 속에서, 여름의 열에 들뜬 포옹 속에서 정신을 잃고 헐떡거린다. 아침에 나뭇잎들이 더위가 '누그러질' 것을 예고했다.

잿빛 구름, 선선한 미풍과 더불어 더위는 어김없이 '누그러지기' 시작한다. 그러자 온대 지방의 삶의 책임이 되돌아온다. 이제 우리를 불태우는 것은 여름이 아니라 우리의 영혼, 죄, 결점이다. 하느님이 아니라 일, 의무, 지루한 절망이 불을 지른다. 우리는 손에 모자를 든 채 현관문 안으로 목만 빠끔히 들이밀고서, 작열하는 태양이 아니라 질투에 불타는 사람들과 사랑하는 친구들의 얼굴을 바라본다. 누그러짐, 그래…… 누그러짐, 그것은 어디에 있는가? 인간의 기후에는 온대 지방이 없다.

❋

시로코

문과 창문이 닫힌 방 안에서 별안간 시로코가 울부짖으며 열기를 내뿜는다. 그것의 숨결은 병약한 여인의 입맞춤처럼 달콤하고 시큼하며 뜨겁고 음험하다. 세계는 여러 가지 기후대 사이에만 존재하는 게 아니며, 무한함 속에서만 완성되는 것도 아니다. 시로코는 전셋집 이층의 방 안에도 존재한다. 잠깐, 이마의 땀을 닦아야 한다.

시로코: 아프리카의 사막 지대에서 지중해를 향해 부는 열풍.

✼
정원

이제 완벽한 모습을 갖춘 정원이 성대한 초연, 화려한 공연을 펼친다. 모든 게 제자리에 있다. 양치 식물이 요염한 장미와 겁 많은 패랭이, 흥분하여 창백하게 질린 백합을 위해 길 양편에 장엄하게 도열해 있다.

정원은 그렇듯 비밀스러우면서도 평범한 존재의 의미를 이루는 유일한 내용과 목적으로 가득 차 있다. 정원은 원예사와 풀잠자리, 바람과 비, 하느님과 벌들이 힘을 합하여 만들어낸 것으로 넘친다. 불가사의한 공동 작업! 그들은 밤낮으로 정원에서 실을 잣고 엮었으며, 쌓았다가 허물고, 색을 칠하고 정돈하고, 모양을 만들고 다듬었다. 몇 달 동안이나. 이제 정원은 완숙한 자태를 자랑한다. 그것은 아무런 목적도 없으며, 유용하게 쓰일 생각도 없다. 그저 존재할 뿐이다. 이 얼마나 위대한 가르침인가! 너는 그것을 이해하는가?

✳ 베드로와 바오로

수은 빛의 하늘. 들판에서 김이 오르면서 납 섞인 증기를 품어낸다. 매독 오른 얼굴의 반점 같은 밀밭의 개양귀비꽃.

베드로와 바오로 : 성 베드로와 성 바오로 사도의 대축일인 6월 29일을 가리킨다.

✳ 칠월

발에 족쇄를 찬 벌거벗은 앗시리아의 포로들이 무심하고 잔인한 운명에 묶여 사십 도의 열기를 뿜어내는 구리 광산에서 절망적으로 신음했듯이, 도시가 나지막이 신음을 한다. 누가 우리의 신음 소리를 듣는가? 동지들이여, 신음 소리를 낮추세. 파라오가 잠을 자는 정오일세.

카샤우에서의 하루

그러던 어느 날 나는 기어이 카샤우에 갔다. 스체게드 아니면 마코에 가듯 특별히 흥분하거나 가슴 설레는 일 없이 급행 열차를 타고 갔다. 가는 도중에 그린의 『저널』을 탐독했다. 여행보다 책의 내용이 더 관심을 끌었다. 기차가 정차했고, 나는 여권과 비자 없이 카샤우에 내렸다. 역과 시내 사이를 가로막은 작은 숲을 가로질러 가서 호텔에 방을 잡고 여기저기 돌아다녔다. 옛집과 새로 지은 집들을 돌아보고, 우리가 한동안 살았던 전셋집에도 가보았다. 전셋집의 대문에서 뜰로 이어지는 어스름한 통로에서 박쥐들이 날아다녔다. 나는 누이동생들이 태어난 이층의 창문 앞에서 잠시 걸음을 멈추었다. 그리고는 건장한 체구의 아버지가 손에 엽궐련을 들고 쾌활하고 즐거운 표정으로 사십 년을 하루같이 다니신 층계를 내려가, 대문 위에 여전히 우리 집의 문장이 걸려 있는 다른 집으로 갔다. 또 나를 알아보는 사람 없는 레스토랑에 가서 산 위를 올려다보았다. 그곳 산 위 예배당에는 어느 겨울인가 들고양이 한 마리가 숨어 있었고, 우리는 산 속의 낡고 허름한 별장에서 전쟁이 나던 해 여름을 지냈다. 저녁에 나는 밤의 아가씨들이 사는 거리의 불 밝은 창가를 지나갔다. 근심 걱정 없이 자유로운 마르세이유 사람들처럼 밝은 진열장 뒤에 앉아 무심하고 처량하게 졸고 있는 매춘부들을 멍하니 바라보았다. 길이 끝나는 곳에서 산파의 간판이 보였다. 산파의 아들은 이름이 구르카였으며, 나와 같은 김나지움에 다녔다. 자정 무렵, 하얀 포석이 깔린 도미니카 성당 앞 광장에서 발길을 멈추었다. 달빛을 받아 은빛으로 빛나는 광장은 왠지 으스스했으며 중세와 교수형을 연상시켰다. 나는 생각했다.

"모든 게 제자리에 있어. 정말 아름답고 질서정연해."

경외심을 불러일으키는 아름다운 대성당, 힘차게 뻗은 아치와 원형 천장, 석주와 첨탑의 대성당만이 옛 모습 그대로일 것이다. 카샤우에서 나는 완벽하게 혼자였다. 어느 지하 주점에서 포도주를 마시고는, 호텔로 돌아가 하품을 하고 잠이 들었다. 그러다 꿈속에서 눈물이 글썽한 눈으로 한순간, 아주 짧은 순간 카샤우, 진짜 카샤우를 보았다.

*

성유물聖遺物

경건한 마음을 길러보자. 네가 지금 무심코 쓰다듬는 곱슬머리, 별 생각 없이 눌러 꺾는 손마디, 서재 책상 위의 종이 자르는 칼, 소파 앞에 놓인 샌들이 어느 날 성물이나 성유물이 될지도 모른다. 성녀 게노베바도 빗을 사용했으며, 성자 아우구스티누스도 저녁이면 신발을 벗었다. 또한 프란치스코 성인도 이따금 이발을 했다. 주변 사람들은 성인 프란치스코와 그가 사용한 물건들을 무심히 지나쳤다. 어떤 물건이 성유물이 되는 과정은 신비에 싸여 있다. 대부분의 사람들이 비열한 돼지가 되는 경험을 했기 때문에, 성인들 역시 인간에서 시작했다는 것을 망각해서는 안 된다. 믿어지지 않지만 사실이다.

게노베바 : 북유럽 신화에 나오는 여주인공. 브라반트의 공녀로 태어나 8세기 중엽 귀족 가문의 지크프리트와 결혼하였다. 남편이 전쟁에 출정했을 때, 집사 골로에 의하여 간통죄로 몰려 사형 선고를 받았다. 그러나 그 동안에 태어난 아이와 함께 숲 속에 숨어 살다가 전쟁터에서 돌아온 남편에 의해 6년 3개월 만에 구조되었다.

※
어떤 광경

병원의 대기실에 이탈리아 어느 도시의 광장을 흐릿한 물감으로 그린 유명한 그림이 걸려 있다. 광장에 운집한 군중들 한가운데서 한 영웅이 왼손으로 허리를 받치고 오른손으로 위를 가리킨다. 이 불멸의 위대한 광경. 군중들 속에서 자신이 도둑이 아니라는 사실에 대한 증인으로 하느님을 내세우거나 아니면 자신은 최선의 것을 원했으며 인류의 이익을 위해 행동했을 뿐이라고 맹세하는 인간. 오페라나 역사에서 볼 수 있는 일종의 근원적인 광경. 나는 그것을 볼 때마다 언제나 솟구치는 의구심을 누를 수 없다. 지상에서의 일을 위한 증인으로 하늘을 가리키는 사람은 누구나 의심스럽다.

※
연민

동물들은 연민을 안다. 그것은 원시적인 연민, 더듬

거리는 외마디 연민이다. 내가 어쩌다 삶이나 문학 논쟁에서 한 방 먹거나 아픈 곳을 찔리면 개는 정확하게 내 상처를 안다. 개는 다가와서 내 무릎에 머리를 올려놓고, 다 안다는 듯이 오랫동안 나를 바라보며 말없이 슬기롭게 위로한다. "기운을 내, 곧 다시 좋아질 거야." 개는 이런 말을 하지 않는다. 결코 좋아질 리가 없다는 것을 알기 때문이다. 동물의 연민은 고매하고 용감하다. 그들은 위로하는 게 아니라 확인할 뿐이다. 이런 객관성은 마음을 진정시키고 편안하게 한다.

❋

비밀

요즈음 나는 브렘과 프루스트를 번갈아가며 읽는다. 게르망트 공작의 살롱에서 일어나는 일과 샤를 씨가 시종장을 유혹하는 광경을 읽은 후에 호랑이들이 무척 굶주릴 때만 사람을 잡아먹는다는 내용에 관해 읽는다. 알베르틴이 처음으로 마르셀과 입맞춤하면서 느끼는 심정에 관해 몇 줄 읽은 다음, 갓 태어난 캥거루 새끼들이 어미의 주머니 속에서 눈이 보이지 않는 태아 상태로 몇 개월 더 살며 젖을 빨고 주머니 안에는 용변을 보지 않는다는 이야기를 몇 줄 읽는다. 즉 이 기간 동안에는 캥거루 새끼들이 대변이나 소변을 전혀 보지 않는다는 것이다. 이런 다양함은 자극을 주고 깊이 사고하게 한다. 이런 비밀을 접하면서, 나는 인간의 일이든 동물의 일이든 판단을 내리고 싶지 않다. 그저 새로 알게 된 사실, 즉 게르망트 공작 부인의 살롱이건 호주의 고원이건 지상의 동물 세계는 어디에서나 변화무쌍하며 불가사의하다는 사실을 받아들인다. 나도 그 정도는 이해할 수 있고, 이 정도 지각이면 사는 데 충분하리라.

알프레트 브렘Alfred Brehm(1829~1884) : 독일의 동물학자. 주요 저서로 유명한 『동물들의 삶』(1863) 등이 있다.

✳

바코니

한 손에 손도끼를 불끈 쥔 채 양다리를 벌려 말을 타고 밤새 배회하는 미친 여자. 화주火酒로 하루를 시작하며 피 묻은 손톱으로 짧은 파이프를 송곳니 사이로 밀어 넣고 화주에 취한 채 노획물이나 모험을 찾아 황무지와 브리지 클럽, 카페를 어슬렁거리는 여자. 모자에 깃털 모양의 풀을 꽂고 통 넓은 바지를 펄럭이며 법질서法秩序 밖을 떠도는 섬뜩하고 우스꽝스러운 여자. 헝가리의 순수한 베티아르. 실례, 베티아르 여인.

바코니 : 벌러톤 호수 북쪽으로 뻗어 있는 울창한 산맥. 한때 의적義賊 베티아르의 본거지로 유명했다.

베티아르 : 로빈훗 같은 헝가리의 산적. 주로 숲이나 저지대 평원에 은신처를 두고 활동했으며, 민요를 비롯한 민속 문학에서 고매한 의적으로 노래되었다.

✳

저녁들

저녁들이 벌써 깊어졌다. 한층 깊어지고 그늘도 늘었다. 저녁들의 내용은 간결하고 단조롭다. 나이 들어가는 사람들처럼 저녁들은 말한다.

"그늘에 주의하라. 그늘이 얼마나 늘었는지 보이느냐? 그늘도 현실이다."

저녁의 축축하고 어두운 덮개에 싸인 나무와 집, 지

저분한 정원들처럼 저녁도 현실이다. 우리의 삶은 공간에서처럼 저녁에도 일어난다. 죽은 자의 코처럼 별안간 저녁이 늘어난다. 저녁은 침묵을 지킨다. 그러나 그 침묵은 도전적이다. 문을 지나 저녁으로 들어가는 사람은 누구나 허리를 굽혀 절을 한다. 종들도 안달하듯 제멋대로 울린다. 무슨 일인가 일어나고 있다는 사실이 주의를 끈다.

파도

그가 뭔가 말하려 했다. 그러자 마치 호주머니 안에 넣어두고 잊어버린 작은 전등이 부드러운 헝겊을 뚫고 빛나듯이 그의 두 눈이 초점 없이 빛났다. 그가 한 손으로 관자놀이를 문지르며 진실을 말하려는 찰나, 큰 파도가 몰려와 모든 것을 휩쓸어갔다.

나는 물풀과 늘어진 죽은 물고기, 죽은 감정, 빈 통조림 깡통, 공허한 비탄을 끊임없이 단조롭게 찰랑거리며 쓸어가는 그의 말의 홍수를 들었다. 현실의 표면을 스치는 끝없이 단조로운 물살에 귀를 기울였다. 완벽한 문장의 큰 파도가 몰려와서는 이따금 기슭까지 넘쳤으며, 그의 삶의 안전한 울타리를 넘어 집의 담벼락까지 넘실거렸다. 나는 잠시 조용한 틈을 타서 손을 들어 하늘을 가리켰다.

— 왜 그러시죠?

그가 의혹에 찬 눈초리로 물었다.

— 달!

나는 대답했다.

— 잘 보시지요! 안 보입니까?…… 큰 파도.

✳

전망

호텔은 산 위 높은 곳에 위치해 있었다. 내 방의 발코니에서 멀리, 아스라이 멀리까지 시골의 풍경이 보였다. 큰 강과 도시가 보이고, 그 뒤로 언덕과 숲, 평야로 이루어진 그림 같은 시골의 풍경이 이어졌다. 나는 팔꿈치로 몸을 받치고 몇 시간씩 발코니에 앉아서 초가을의 여린 베일에 감싸인 풍경, 전망을 즐겼다.

멀리에서 보는 대도시는 낯설지만 품위가 있어 보였다. 줄줄이 늘어선 집과 건물들은 기하학 도식에서처럼 서로 잘 어울렸다. 단독 주택은 눈에 뜨이지 않는 대신, 밀집한 건물들과 시가지가 시야를 채웠다. 첫날 나는 시가지와 모형 같은 형상들이 빚어낸 전망에 감탄하며 공상에 잠겼다. 이튿날은 지루해서 하품을 하며 도시를 바라보았다. 멀리에서 윤곽만 보는 것은 재미없다는 생각이 들었다. 모여 있는 집들이 아니라 집이나 창문, 방 하나하나가 흥미를 끈다. 나는 '도시의 주민들'에는 관심이 없다. 기젤라와 하인리히라고 이름 불리는 유일무이한 존재만이 내 관심의 대상이다. 멀리에서 그저 아름다운 숲을 나타내는 회색 점은 의미가 없다. 한 그루의 나무, 내 창문에 그늘을 드리우고 작은 새가 앉아 노래하는 한 그루 나무만이 나를 황홀하게 하고 매혹시킨다. 창문을 닫아라.

✳

'당장'

'당장' 무엇을 할 것인가?……

이십 년 전부터 구상해온 소설을 드디어 쓰자. 그동안 나는 이 과제를 미루려고 수십 권의 다른 책을 썼다. 또 중국과 그린랜드로 여행을 하고, 가족을 일구어 적어도 아이를 셋은 낳고, 이따금 로빈슨과 카사노바처럼 자유로운 삶을 구가하고, 인간의 과거와 현재에 대해 확실한 것을 알려주는 삼, 사천 권의 책을 읽고, 독립하기 위해서 돈을 벌고, 더 독립적이 되기 위해서 모든 물질적인 욕구를 포기하고, 죽음과 친근해지고 삶을 사랑하는 법을 배우자…… 이제 이런 일들을 더 미루지 말고 실천에 옮겨야 한다. 이런 것들을 성취하지 못하거나 소유하지 못한 삶은 덧없고 의미없다. 이 모든 것은 내 의무이고, 또 당장 나한테 필요한 일이다. 인간은 죽음이 가까이 오면, 출발 오 분 전에야 짐을 꾸리지 않은 것을 알아차린 여행자처럼 허둥지둥 서두르기 시작한다. 그러니 자, 지금 시작하자. 당장, 우리 삶을 꾸리자.

✳
구월

인간은 차츰 세상에 익숙해지기 시작한다. 그래, 구월이다. 전문가가 진지한 표정으로 입맛을 다시며 햇포도주, 발효 중인 포도를 맛보듯이, 나는 구월을 맛본다. 구월마다 무게, 온도, 맛과 향내가 제각기 다른 것을 알 수 있다. 그렇다, 올 구월은 참 쾌적하다. 달콤함과 늦여름의 따사함, 꿀빛의 햇살, 시신의 냄새, 삶의 환희, 동의하면서 고개를 끄덕이는 지혜가 대기를 떠돈다. 꽤 근사한 구월이다! 나는 분필로 올 구월에 표시를 한다. 이 끓어오르는 구월의 열광이 봄에 무엇을 낳을 건지 벌써 기다려진다.

✳
엔디미온

제우스의 아들이 영원한 청춘과 불멸을 꿈꾼다면, 그 꿈은 얼마나 끔찍할 것인가!

나는 꿈에서 다른 것을 갈구한다. 내 소청.

"신들이여, 제가 삶과 화해하고 죽음을 받아들이며, 겸허하고 사람답게 여자와 환락, 야심과 풍경, 별들과 작별하고, 인간의 법칙에 따라 나이를 먹고, 또렷한 정신으로 품위있게 고통을 참아낼 수 있도록 도와주소서! 이게 제가 소청하는 전부입니다. 저를 버리고 떠나는 청춘은 기꺼이 포기합니다. 저는 뒤돌아보며 고집을 부리거나 한탄을 하지도 않습니다. 그저 감사하는 마음과 추억에 흐릿해진 눈으로 발길을 돌립니다. 지금 저는 장년의 차가운 빛 속에서 감정에 휩쓸리지 않는 현실, 안개에 덮이지 않는 현실을 보고 싶습니다. 그게 전부입니다. 제 소청을 들어주시겠습니까?"

그러나 신들은 묵묵부답이다.

엔디미온 : 그리스 신화에서 달의 여신 셀레네의 사랑을 받는 양치기 소년. 셀레네는 잠자는 엔디미온의 모습에 매료되어 그를 영원히 잠들게 했다.

✳
집을 세놓습니다

카샤우에서 우리가 전에 살던 집을 지나가는데, 일층 창문에 육필로 쓴 쪽지가 붙어 있다. '집을 세놓습니다.'

관리인이 열쇠 다발을 챙겨 들고 이층으로 인도한다.

"그래요, 집은 벌써 비어 있어요. 세들 사람을 찾고 있지요."

관리인은 말하면서 커다란 식당으로 통하는 문을 연다.

우리가 카샤우를 떠나게 되었을 때, 내 유년 시절을 보낸 집은 경매에 부쳐졌다. 굴뚝 청소부가 집을 낙찰받아 이사 들어왔다. 그런데 지금 집주인은 정원 쪽의 방들로 만족하고, 좀 더 편안하고 쾌적한 공간은 세를 놓고 싶어한다는 것이다. 나는 말없이 방 안을 둘러본다. 기둥과 아치가 있는 이곳은 식당이었다. 여기에서 층계를 내려가면 이탈리아의 파엔차산産 사기 난로가 있는 널찍한 갈색 홀로 이어졌다. 아버지의 어스름한 침실, 그 비밀스러운 동굴, 벽에 물소 그림이 그려진 산적 두목의 소굴 같은 그 방에 들어가려면 홀을 지나야 했다.

그리고 바닥이 아주 아름다운 길가 쪽에 있는 커다란 방의 한쪽 벽면을 따라 우아하게 곡선을 그리며 움푹 들어간 구석은 장서를 보관하는 곳이었다. 이제 이 모든 것은 텅 비어 새 주인을 기다린다. 나는 왼손에 장갑과 모자를 든 채 관심을 가지고 둘러보며, 집과 관련된 몇 가지 질문을 관리인에게 던진다.

그러고는 잠시 생각에 잠긴다.

'나는 진정으로 다시 이 집에서 살고 싶어하는가?'

내 안의 한 목소리가 대답한다. 날카롭게 외친다.

'아니.'

나는 다시 생각한다.

'이곳에서 보낸 어린 시절, 아니 그 모든 게 좋았던가? 다시 이곳으로 돌아오고 싶은가?'

그 목소리는 다시 단호하게 대답한다.

'아니.'

우리는 그렇게 집 한가운데 서서 휑하니 빈 벽들을 응시한다. 그런 다음 부엌을 둘러본다. 커다란 부엌은 덩그러니 비어 있으며, 자신을 존중해줄 것을 요구한다. 사방 벽에 빙 둘러 타일이 붙여진 이 부엌의 조리대에서는 한때 다른 세계의 사람들을 위한 음식이 요리되었었다. 집에서 일하는 사람들을 위한 방도 꽤 널찍하고 밝아 근사해 보인다. 이 벽들 안에서 이루어졌던 삶은 다른 종류의 시민 정신, 다른 종류의 평화를 위한 것이었다. 지금 집을 세놓으려는 굴뚝 청소부는 아이들 방을 자신이 사용할 새 부엌으로 개조하였다.

맞다, 이제 모두 나하고는 관계없는 지나간 일일 뿐이다. 그런데도 발길이 쉬이 떨어지지 않는다. 나는 쓸데없는 감상에 휘말리지 않으려고 애쓰며, 연구자처럼 주의 깊은 시선으로 빈집을 돌아보고 몰락한 세계의 설계도를 더듬는다. 여기에는 커다란 장롱이 있었고, 저기에는 피아노와 소파가 있었어. '중국 황태후의 품처럼' 아주 푹신하고 편안한 소파라고 우리 가족들은 말했었지. 아버지 침실의 세면대 위에 드러난 얼룩은 면도할 때 사용하셨던 거울의 크기를 나타낸다. 그 얼룩이 일시에 모든 것을 헤집어내면서 나를 놀라게 한다. 나는 갑자기 머리가 혼란스러워지는 걸 느끼고는, 몰락을 이겨낸 벽과 돌들을 몸서리치며 바라본다.

"아니, 집이 저한테는 맞지 않는군요."

나는 관리인에게 말한다.

"제 생각에는 좀 어두운 것 같습니다."

그러고는 서둘러 집을 나온다.

파엔차 : 예로부터 전통 도예로 이름이 널리 알려진 이탈리아의 도시.

✳

평화

나의 아들아, 네 혼자 힘으로 시작하라. 다른 도리는 없느니라.

✳

사랑의 선물

나는 구월을 조심스럽게 펼친다. 그러자 따사한 늦여름, 연극의 초연, 박수갈채, 꿀처럼 달콤한 진한 햇빛, 일 년에 한 번 서는 큰 시장의 로케트나 빙글빙글 도는 원반처럼 번쩍이는 황금색, 붉은색, 초록색, 노란색의 달리아, 이 모든 것에 의미를 부여하는 약간의 지혜, 이렇게 끝나버린다면 무슨 소용이 있겠느냐는 의구심, 청아한 소리를 내는 포도, 수정으로 만든 듯한 배, 오후의 고귀한 햇살, 남아 있는 숲, 그리고 저녁 여섯시 무렵 모든 것을 감싸는 안개가 자태를 드러낸다. 이 모든 것은 사랑의 선물처럼 나를 놀라게 하고 감동시킨다.

얼굴

나는 아버지의 얼굴을 공동묘지 예배당에서 마지막으로 보았다. 돌아가시고 하루가 지난 뒤였다. 생후 하루가 지나면 하루만큼의 나이를 먹듯이 그것도 나이라고 할 수 있다. 얼굴이 변해서 생전의 모습과는 달리 왠지 낯설었다. 코가 유난히 길어진 것 같았다. 묘지기가 관 주위의 꽃을 정돈하면서 좋은 소식이나 되는 듯 친밀하게 말했다.

"곧 누렇게 될 겁니다."

정말로 벌써 죽음의 노란빛이 보였다.

그러고는 조사를 낭독하고 노래를 불렀다. 나는 그곳 예배당의 문지방에서 마지막으로 아버지의 얼굴을 보았다. 위엄 어린 얼굴은 모든 것을 다 아는 듯했다. (죽어서 우둔하게 보이는 사람도 있다.) 그리고 우리들과 사람들, 세상, 그리고 그 누구도 용서하지 않은 얼굴이었다. 나는 평생 그 얼굴을 잊을 수 없다.

✳

관계

우리는 모든 인간 관계에서처럼 죽은 사람과의 관계에서도 변덕스럽다. 우리는 한동안 죽은 사람들에게 감격하고 열광하며, 그들이 완벽한 존재, 더없이 지순하고 순수한 초인간적인 이상理想인 것처럼 이야기한다. 그러다 어느 정도 시간이 흐르면 그들에게 싫증을 내고 넌더리를 치며 불만에 가득 차 공격적으로 그들과 언쟁을 벌인다. 다시 시간이 흐르면 그들을 비방하고 분노에 차 부들부들 떨며 이런저런 일이나 우리의 인생, 행복에 대해 해명하라고 요구한다. 세월이 많이 흐른 먼 훗날 다시 화해하고, 서로를 인정하며 용서하고 사과하면서 다정하게 대답한다. 세상사 모든 일이 인간 운명의 테두리 안에서 움직이고 존재하기 때문이다. 죽은 자들도 마찬가지다.

✳

가난한 사람들의 보물

몇 주일 전 새로 들어온 일하는 아이에게 거처하라고 부엌 옆 골방을 내주었다. 골방은 사 평방 미터 남짓한 크기로, 접이식 철제 침대를 펴놓으면 꽉 찬다. 소녀는 문에 박은 못 몇 개에 허름한 옷 서너 벌과 소지품 전부를 걸었다.

그런데 '집처럼' 익숙해지고 편안해지자 부끄러워하며 조심스럽게 보물들을 꺼내놓는다. 소녀는 예술품, 인조 대리석으로 만든 여인의 반신상과 작은 인형 하나를 가지고 있다. 게다가 보푸라기가 좀 일어난 낡은 비단 쿠션도 하나 있다. 이것이 소녀의 전 재산이다.

그 물건들은 내 마음을 깊이 감동시킨다. 바라보고 있

자니 눈물이 솟구친다. 그런 물건들을 과시용 장식품으로 여기는 소시민적인 세계에서 보았다면, 나는 혐오하고 경멸하는 마음으로 외면했을 것이다. 그러나 여기 일하는 아이의 방에서 그것들은 루브르 박물관의 귀중한 예술품들처럼 경건함과 숭배심을 불러일으킨다.

"세상에는 분명 아름다운 것, 경건한 것이 존재한다. 인간은 무엇이든 믿어야 한다. 예술이 없는 삶은 초라할 것이다!"

그 물건들이 말한다.

"살기 위해서는 뭔가 가치있는 것이 필요하다!"

나는 당황하여 말없이 침묵을 지킨다. 당연히, 보배 없이는 살 수 없다.

눈

삼일째 눈보라가 휘몰아친다. 기차들은 발이 묶이고, 시장의 식료품은 동이 났다. 눈이 이 미터나 쌓인 거리에는 자동차, 얼어붙은 차량들이 나둥그라져 있다. 창문의 커튼 너머에서, 세탁소에서 갓 가져온 듯한 또 다른 백색의 커튼이 나부낀다.

맞은편 집의 방호벽에 매달린 앙상한 포도나무 덩굴이 하얗게 눈에 덮여 있다. 마치 보이지 않는 손이 벽에 기호를 새긴 듯하다. 나는 이 문자를 해독해보려고 시도한다. 눈. 그 모든 것에 총체적인 것이 깃들어 있다. 그래, 나를 깊이깊이 묻어라—너는 그렇게 느끼고 전율한다. 하얀 가루눈이여, 찐득찐득한 오물과 집, 흔들리는 법질서, 지저분한 정열과 발이 묶여 그르렁거리는 차량 위에 너의 수건을 활짝 펼쳐라. 순백의 얼어붙은 청결함이여, 정적을 지켜라. 무언가 끝이 나야 한다. 한번은 끝장을 보아야 한다. 자, 오너라. 눈이여. 내리거라. 나는 이 완강한 정적을 잘 안다. 그렇게 시작했으면 그렇게 끝날 것이다. 우리 그것에 익숙해지자.

불

난로의 불이 활활 타오른다. 불꽃을 나부끼며 웅얼웅얼 뭐라 말을 한다. 화염이 쉬지 않고 이야기를 한다. 무슨 말인지 이해하려고 애써보아라, 주의를 기울여라. 그리고 헝가리 말로 옮겨보라.

불은 말하려 한다.

"다 태워버려라."

또 이렇게 말한다.

"태워서 정화시키고 소멸하라."

그리고 또,

"태워라, 태워라!"

무슨 말인지 안다, 별 도리가 없다.

❋

안데르센

잿빛 비단 커튼이 세상을 덮은 겨울날 오후, 모든 것에 스며들고 모든 것을 감싸는 물과 안개보다 가벼운 낯선 원소 속으로 온갖 사물과 생명이 가라앉는 것 같다. 그것은 어떤 원소일까? 안데르센의 동화에서는 사물과 사람들이 그렇게 살고 걸어다니며 그렇게 서로를 놀라게 한다. 겨울날 오후, 세상이 동화 속에서처럼 한 원소에 둘러싸여 있다. 그래, 일은 그렇게 시작되었다, 그것은 '동화 속의 세계'다. 그러나 어느 날 동화가 끝났다. 동화를 가방에 넣어 집으로 가져 가자.

❀
얼음꽃

자연이 그리는 그림을 자세히 보아라. 얼마나 세심하게 선을 그리는지 눈여겨보라! 눈과 추위, 얼음, 세상에서 가장 고귀한 재료로 그 얼마나 부드럽고 정확하게 작은 예술품을 만들어내는가! 본질적인 것만을 전달하고 형식의 마법, 조화와 근본적인 내용을 보여주고자 하는 일본의 예술가처럼 그 얼마나 세심하고 우아한가! 창문의 얼음꽃을 보라, 겸허한 마음으로 자연에게서 불굴의 정신을 배우라. 너는 맡은 임무를 그렇듯 신중하고 꼼꼼하게 성취할 수 없으며, 네 마음과 세계 깊숙이 뚫고 들어갈 수도 없고, 여러 가지 가능성을 충분히 심사숙고해서 선택하지도 않기 때문이다. 자연의 다른 물질적인 활동들과는 달리 '목적'을 좇지 않는 얼음꽃을 보라. 창문의 이 미소한 예술품이 너에게 선과 구성의 조화, 상상력을 불어넣지 않는가! 얼음꽃을 잘 보고 네 안을 들여다보라.

✳

빛

눈에 파묻힌 백색의 찬란한 겨울날, 집과 사물, 풍경이 스스로 빛을 발하기 시작한다. 존재하는 모든 것의 표현이고 의미인 불가사의한 원소가 마치 그것들 안에서 말을 하는 듯하다.

세상 만물이 어린아이의 상여 행렬처럼 흰빛과 금빛으로 덮여 있다.

어디선가 차갑고 낭랑한 목소리로 노래를 한다.

위대한 시인의 가슴도 그렇듯 차갑게 무정한 빛을 발한다.

온천장

오전의 낡은 온천장. 오십 년 동안 아무도 온천장의 벽에 새 못을 박지 않았다. 모든 게 바이차가 관절염에 시달리는 팔다리를 씻었던 그때 그대로다.

손님들. 마치 낯선 타국에 온 듯한 느낌이다. 류머티스에 걸린 수녀 두 명과 양 볼에 살이 통통한 신부. 수염을 양옆으로 동그랗게 말아 올린 장화 신은 남자들. 행실이 의심스러워 보이지는 않지만, 밤 화장의 흔적이 얼굴에 남아 있는 부인들이 이른 아침 삶의 독을 팔다리에서 씻어내려고 서둘러 달려왔다. 군복 차림의 대령과 소령. 후덥지근한 온천과 발 고린내. 온천장 복도의 흰 새장 속에 있는 깃털이 화려한 새 한 마리. 정적, 절망감. 힘을 발휘하여 변화시키는 것을 잊은 듯 정지한 시간.

요세프 바이차(1804~1858) : 헝가리의 시인, 언론가이며 평론가. 애틋한 서정 시와 애국심을 노래한 정치적인 시로 유명하다.

※

숲

이따금 나는 담배 연기와 커피 향내에 휩싸여 눈을 감고 침상에 누워서 숲을 본다. 이 얼마나 멋있는 광경인가! 나무들이 운명을 알리는 천사처럼 금빛에 싸여 있다. 나뭇진과 이끼 낀 나무 줄기, 머위와 축축한 갈대 내음이 대기에 짙게 배어 있다. 버섯은 오동통하고 작달만한 몸을 요염하게 활짝 펴고 나뭇잎 사이에 숨어 있다. 데이지와 물망초도 보인다. 죽은 아이의 시신이 숲 속 어딘가에서 부패한다. 양털 기름처럼 진한 공기가 반짝이며 향기를 내뿜는다. 여름도 가을도 아니다. 이 세상 그 무엇보다도 아름다운 숲이다. 이따금 나는 소파에 누워서 커피를 마시고 담배를 피우며 숲을 본다. 그러나 그냥 빈둥거리며 바라볼 뿐 결코 가지는 않으련다.

✳
들어오는 여인

그 여인은 들어오는 것말고는 할 일이 없었다. 그래서
살롱의 문을 열고 들어와 모여 있는 사람들에게로 가거
나 아니면 욕실, 또는 연인이 기다리는 침대로 다가갔
다. 훌륭한 성악가가 무대에 등장하거나, 교황이 경의를
표하는 속세의 신자들을 맞아들이려고 알현실에 나타나
거나, 아니면 사령관이 수염이 덥수룩하게 자란 해쓱한
시민들이 비단 방석에 담아 올리는 열쇠를 받으려고 점
령한 도시에 입성하는 것 같았다. 그 여인은 그렇게 들
어올 수 있었다. 그녀가 문에 모습을 나타내거나 침대에
자리를 잡으면, 보는 사람들은 엄숙한 기대감에 사로잡
혔다. 그러나 처음 등장할 때의 마법이 사라진 다음에는
아무 일도 일어나지 않았다. 평생 말과 행동으로 할 수
있는 것을 전부 들어오면서 해버린 것이다. 그러고는 그
냥 앉아 있거나 누워 있거나 아니면 대화를 나누었다.
세상이 갑자기 그녀를 덮어버렸다. 맡은 일을 다했으니,
더 이상 할 일이 없었다. 그녀는 그런 식으로 죽을 수 있

었을 것이다. 벌써 들어왔기 때문이다.

*

이름

나는 이따금 어떤 이름 때문에 무척 당황한다. 사람의 이름이면서 알프스의 꽃 이름이고 또 타자기, 베이킹파우더, 유아용 비누의 이름이기도 하기 때문이다. 이런 다양한 가능성은 나를 당혹하게 한다. 오래전에 자나깨나 그렇게 내 마음을 사로잡았던 이름이 세상 사람들에게는 타자기, 베이킹파우더, 알프스의 꽃, 유아용 비누를 의미하는 것이다. 그러나 나한테는 *그녀,* 오로지 *그녀*만을 뜻한다. 세상 만사가 다 그렇게 상대적이다. 이 이름의 개인적인 마법이 사라지고, 내가 잡화점에 들어가 한때는 운명이나 다름없었던 이름의 비누를 무심한 입술로 달라고 하는 날이 오지 않을까? 그럴 수도 있다.

이름 : 여기에서 마라이가 말하는 이름은 '에리카' 라고 추정된다. '에리카' 는 여자 이름이거나 히스과 꽃의 명칭일 뿐 아니라 여러 가지 물건의 상표로 사용되기도 한다.

✳

봄

강과 시내, 호수, 인간의 내장과 들짐승들의 신경 조직, 식물의 섬유소 그리고 죽은 자들이 인간으로서 최후의 존재 가능성을 누리는 무덤 속에서도 ― 이것은 확실하다 ― 부글부글 끓어오른다. 죽은 자들에게도 삼월은 봄이다. 말없이 누워 있는 그들은 코가 떨어져 나갔는데도 냄새를 맡는다. 온 누리 어디서고 봄은 온다. 나는 거의 음울한 시선으로 진지하게 봄이 열리는 광경을 지켜본다. 사멸만이 아니라 생성 또한 운명이기 때문이다.

✳

부활절을 일주일 앞둔 일요일

번쩍이는 세상의 진열장에 벌써 모든 견본품들이 진열되어 있다. 은방울꽃, 제비꽃, 앵초, 앙증맞은 꽃다발들. 오번 가나 본드 스트리트 고급 상점의 쇼윈도 같다. 그런 가게들에서는 장갑 한 켤레, 다이아몬드 하나가 안에서 고객을 기다리는 풍성한 상품을 암시한다.

"원하는 대로 마음껏 고를 수 있어요!"

부활절을 일주일 앞둔 일요일의 진열장에서 향긋한 제비꽃이 약속한다.

"들어와 보세요! 모든 게 다 있어요. 사라고 강요하지 않아요. 온갖 색채와 향기, 기적, 온 세상이 다 있어요! 전부 정찰제랍니다."

절대로 가격을 흥정할 수 없는 것이 하나 있다 — 삶.

오번 가, 본드 스트리트 : 고급 상점들이 많은 번화가. 오번 가는 뉴욕의 거리고, 본드 스트리트는 런던의 거리다.

✳

지구의

책상 한구석에 세계의 지형을 보여주는 커다란 지구의가 있다. 세계는 충격적인 구속이면서 영원한 무한함이다.

이제 나는 지구의를 가지고 시간을 보내지 않는다. 이

리저리 돌려보지도 않고 아프리카나 남아메리카를 손가락으로 더듬지도 않는다. 세계, 그것은 이제 소리쳐 부르지도 않으며 내 마음을 아프게 하지도 않는다. 나는 이따금 무심하게 지구의를 바라본다. 인간은 자신이 세계의 주인이며, 이 공동 재산의 무엇을 얼마만큼 어떻게 자기 소유로 하는가는 순전히 자신에게 달렸다는 사실을 차츰 깨닫는다. 나는 지구가 내 것이기도 했다고 따지며 누군가를 비난할 이유가 없다. 내가 지구를 어떻게 할 수 있었겠는가? 내 몫은 적었다. 그러니 정복자나 만족할 줄 모르는 탐욕스런 사람들처럼 제정신을 잃고 지구와 유희하기보다는, 아프리카처럼 세계의 일부이고 전혀 위험하지도 않고, 무한하거나 모험적이지도 않은 여기 이 5×6미터 크기의 방 안을 둘러보는 편이 더 현명하다.

*

옷 걱정

언젠가 우리는 원하는 대로, 취향과 타고난 성격에 따

라 완벽하게 옷을 벗거나 입어야 할 것이다. 우리가 옷을 입거나 벌거벗는 방식은 일반적으로 아무것도 나타내지 않는다. 오늘날 우리가 입고 다니는 옷은 벌거벗은 몸처럼 특성이 없다. 둘 다 순수한 상태가 아니다. 이미 말했듯이, 나는 옷 걱정을 한다.

✳

바람

서쪽에서 불어오는 바람이 아침에 나를 깨운다. 바람은 창문을 뒤흔들고, 삼월의 앙상하게 메마른 나무들의 신음 소리를 자아낸다. 들짐승, 나무와 풀들처럼 내 마음도 불안해진다. 나는 침대에서 몸을 일으키고는 동정을 살핀다. 윙윙거리는 바람 소리를 들으면서 상념에 잠긴다.

— 바람, 봄바람이여, 너는 나에게 어떤 향기를 실어다주는가? 이 세상에 어떤 불안을 가져다주는가? 바닷물을 스치는 미풍, 황야의 메마른 입김, 눈 덮인 산봉우리의 살을 에는 듯한 차가운 숨결, 노르망디 초원의 백리

향 향기, 브리타뉴 해변의 해초와 부패한 달팽이 냄새, 그 시큼한 맛을 잉태한 내음, 프로방스와 남쪽 해변의 미모사 나무에서 풍기는 달콤하고 진한 향기. 운명이나 무한함처럼 왠지 흥분시키고 섬뜩함을 자아내는 이 모든 것을 너는 가져다준다. 그것들을 내 창가로 실어와서는, 아침의 어질러진 내 침실에 그득 쏟아 붓는다. 바람아, 세상에 주의를 기울이라고 깨우쳐주어서 고맙구나. 내 마음을 울려 설레게 하고, 너와 닮았다고 느끼게 해주어서 고맙다. 네가 나를 프로방스나 죽음으로 실어다줄지 누가 알겠느냐. 바람아, 리어 왕에게처럼 내게도 울부짖어다오. 어머니가 병든 자녀를 쓰다듬듯이 신음하며 나를 어루만져다오. 때가 되면 나를 영원히 그 품에 안아줄 세상, 이 위대한 어머니의 소식을 전해다오.

힘

강의 얼음이 녹으면서 움직이기 시작했다. 물살에 떠내려가다 기슭에 부딪힌 얼음 덩어리가 강가의 난간을 잡아채고, 배를 묶어두는 통나무만 한 쇠말뚝을 쓰러뜨리고, 성냥개비 부러뜨리듯 가로등 기둥을 동강냈다. 불어난 물살과 요란한 소리를 내며 부서지는 얼음덩이가 며칠 전 그렇게 사납게 날뛰었다.

나는 햇살이 내리쬐는 강가에서 산책을 하며 쓰러진 쇠말뚝, 나동그라진 가로등 기둥과 철책에 놀란다. 이제 강가는 평화롭기 그지없고, 모든 게 빛나며 향기를 풍긴다. 종이 울리고 멀리에서 음악이 들려온다. 일요일이다, 경건한 휴일의 고요. 그러나 언제라도 이 고요를 파괴하고 우리에게 삶과 몰락을 안겨줄 무서운 에너지, 힘이 목가적인 풍경 뒤에 웅크리고 있다고 폐허와 파편이 경고한다. 나는 그런 힘들 사이에서 산다. 햇살이 밝게 비치는 고요한 강가에 서서, 나 자신의 운명이 넘실대는 것을 보고 날뛰는 소리를 듣는다.

대기

봄날 오전에 비행장에서 은빛 풍뎅이가 윙윙거리며

정처없이 대기를 떠돈다. 사월의 바람에 살며시 흔들리는 초원 너머 짙푸른 하늘에서 붕붕거리며 빙빙 돈다. 태양, 지구, 별들 사이에서 행복에 취해 정신없이 원을 그린다. 이 파괴적인 자유분방함과 무력한 당혹감. 자유만이 아니라 속박, 사멸과 죽음도 우리의 무정하고 냉혹한 운명, 숙명인 탓이다. 대기는 겨자 가스처럼 맵고, 머리 위에서 평화롭게 원을 그리며 나는 비행기는 오슬로와 파리에 동시에 폭탄을 떨어뜨린다. 인간이여, 너의 동경이 성취될 때면 언제나 그렇듯이 전율하라. 네가 대기를 정복한 승리자니 온몸을 부르르 떨라. 화를 조심하라.

✳

모험가

그가 지금 라커치 거리 모퉁이에서 걸음을 멈추고 하늘을 올려다본다. 뭔가를 찾는 듯 푸른 창공 멀리 꼼꼼히 살핀다.

그는 이제 젊은 나이가 아니다. 호주머니 안에는 삼십

펭고와 아스피린 두 알이 들어 있다. 약간 불그레한 눈 꺼풀을 깜박거리며 구름을 좇는다. 갈색 양복에 붉은 포도주빛 넥타이 차림으로, 수백 년의 세월처럼 심오한 문학과 카페를 나선다. 그의 치아는 이제 성하지 못하다. 구름을 보면서 문득 이런 생각을 한다. 오늘 오전, 아니면 어제, 아니 몇백 년 전에 하려던 게 있었는데! 맞아, 그런데 그게 뭐였지? 모험?…… 무슨 모험이었더라? 그것에 대체 어떤 의미가 있었지? 뭘 찾아 헤매었더라? 그는 고개를 떨구고 구두 끝을 바라본다. 멍하니 어깨를 으쓱한다. 그러고는 영원한 문학을 향해 도하니 거리 쪽으로 발길을 옮긴다. 머릿속이 왠지 혼란스럽다.

라커치 거리 : 부다페스트 시내에서 동부 역으로 통하는 간선 도로.

펭고 : 1927년에서 1946년까지 헝가리에서 통용된 화폐 단위.

도하니 거리 : 라커치 거리와 평행으로 달리는 도로.

✱
빈

　빈은 죽었다. 이제 남아 있는 것은 그 이름을 찬탈한 커다란 도시뿐이다.

　나는 죽은 도시를 애도하고, 빈에 얽힌 추억의 단편들을 마음 깊이 새긴다. 카니발, 호프만스탈, 여인들의 눈동자 빛깔과 미소, 가을날 빈의 숲을 가로지르는 산보, 코벤츨에서의 저녁 식사, 담배 연기 자욱한 그리헨바이슬 지하 주점의 텁텁한 맥주 냄새, 히칭 레스토랑의 따뜻한 하얀 사기 난로, 쇤브른 공원의 안개 베일, 왕립 승마 학교에 있는 백마의 당황하여 고매하게 묻는 듯한 눈빛. 내가 사랑했던 모든 것, 사람들의 말투, 죽어버린 고매한 모든 것. 옛 빈이 죽으면서 내 삶의 일부도 사라졌다. 사람은 여러 가지 방식으로 살 수 있다. 물론 빈 없이도 살 수 있다. 그러나 사는 보람을 느끼기는 어렵다.

빈Wien : 오스트리아의 수도. 도나우 강의 상류에 위치한 도시.

후고 폰 호프만스탈(1874~1929) : 오스트리아의 시인이며 극작가. 주요 작품으로 『찬도스 경의 편지』(1901) 등이 있다.

코벤츨 : 빈의 북동쪽 숲에 위치한 소풍지.

그리헨바이슬 : 17세기에 문을 연 이래로 지금까지 애호받는, 빈의 유서 깊은 레스토랑.

히칭 : 빈의 남서부 지역. 옛 오스트리아 황제의 별장 쇤부른의 소재지이며, 현재 고급 주택가로 유명하다.

✳

바그다드

어느 여름날 아침, 다뉴브 강변의 야외 카페에서 황토색 물을 바라본다. 강물 위로 은빛 구름이 흐르고 안개 베일이 어른거린다. 또 산 위 높은 곳에 우뚝 솟은 성채도 보인다. 기독교를 믿는 시인과 마오리 족의 상인, 약탈한 아랍 여인들을 쇠사슬에 묶어둔 제후의 성을 그린 스페인의 그림처럼 성채는 음산하게 하늘을 찌른다. 바로 코앞 항의 키오슥에서는, 바그다드 백성들이 시끌벅적한 시장 한가운데 오색찬란한 천막 아래서 인생, 일, 신앙, 사랑의 술수와 책략에 대해 토론을 한다. 그렇다, 이제 나는 분명히 깨닫는다. 저기 물 건너, 안개와 베일 너머 어딘가에 바그다드가 있다. 나는 꿀을 먹고 담배를 피우는 고매한 신사, 중동 신사다. 굳이 직접 바그다드에 갈 필요가 없다.

성채 : 1849년 오스트리아에 대항한 헝가리의 독립 운동이 실패한 이후, 오스트리아 정부가 군사적인 이유에서 다뉴브 오른편 강변 겔레르트 산 위에 축조한 성채. 커다란 암벽 위에 치솟은 성채는 부다페스트 어디에서나 잘 보이며, 현재 유명한 관광 명소다.

키오슥 : 아름다운 주변 경관과 뛰어난 음식 맛으로 유명한 다뉴브 강변의 레스토랑. 만남의 장소로 많은 사람들의 사랑을 받았다.

증기

증기가 대기를 무겁게 짓누른다. 봄날 수증기로 가득 찬 온실 속에서 도시는 숨이 차 허덕이고 헐떡거린다. 잿빛 하늘 아래서 한증탕 속의 살찐 여인처럼 땀을 흘리며 꾸벅꾸벅 존다. 우리는 모두 부글부글 끓어오르며 수증기를 내뿜는 불가사의한 열대의 늪 속에서 일하는 날품팔이꾼이나 노예들 같다. 목숨을 위협하는 영원한 봄날, 수마트라 어딘가 모기와 양치 식물 한가운데서 허리까지 따뜻한 늪지에 빠진 노예들. 동지들이여, 노래를 부르세! 우리는 노예라네, 열병과 증기가 우리의 목을 조르네.

과 광산물의 수출액이 인도네시아 전체의 70%를 차지한다.

✽

봄

　그래, 수선화. 앵초, 향긋한 살갈퀴, 은방울꽃.

　그러나 어린 양파와 홍당무, 상큼한 시금치를 잊지 말
자. 이 신비한 형상들을 마법처럼 불러내는 힘이 너와
사람들에게도 작용한다는 사실을 잊지 말라. 봄이 와서
무슨 일인가 일어나고 있다. 그것은 뚜렷이 눈에 보인
다. 대지의 모습이 며칠 만에 완연히 달라지고, 수목에
서 여린 싹이 돋고, 들판이 푸르고 노랗게 부풀기 시작
한다. 자연을 그렇듯 완벽하게 변화시키고 나무와 들판,
물속 깊이 스며드는 힘, 이 힘이 네 육신과 영혼에도 스
며든다는 생각이 들지 않는가? 너를 만들고 네 안의 뭔
가를 살리고 죽이는 것 같지 않은가? 봄에는 정신을 바
짝 차리고 주의 깊게 살아야 한다.

🌸
헤드비히

어딘가에 헤드비히라는 이름의 여인이 산다. 나는 그녀를 알지 못한다. 그녀가 어디에 살고 성이 무엇이며 결혼을 했는지 아니면 노처녀인지 모른다. 그러나 그 밖의 것은 다 안다. 이름이 모든 것을 표현하는 탓에, 그녀의 몸매와 성격, 운명, 심지어는 옷매무새까지 머릿속에 떠올릴 수 있다. 그녀가 지금 이 순간 무릎을 긁고 있는 방과 침대 위에 걸린 검은 십자가상이 보인다. 나는 그녀의 머리에서 어떤 냄새가 나는지도 안다. 어떻게 아냐고? 그녀의 이름이 헤드비히이기 때문이다.

🌸
꽃샘추위

저녁 무렵 모든 게 차가운 빛 속에 가라앉았다. 태양은 산 너머로 자취를 감추고, 지성적인 분위기가 감도는 페스트 어느 집의 현관에 걸린 일본 그림에서처럼 바람에

흔들리는 앙상한 나무들이 황금빛과 붉은빛이 어우러진 지평선에 길게 그림자를 드리웠다. 그 예리하고 차가운 빛을 받아서 세상은 변압기나 냉장고처럼 아주 실용적으로 보였다. 모든 게 제자리에 있었고, 꽃샘추위는 성실한 관리처럼 정확하게 시간에 맞추어 도착해서 봄을 맞아 어른거리는 들뜬 아지랑이를 놀라게 했다. 자연이 스스로의 정열에 놀란 듯 크게 한 번 기침을 하고 냉담하게 앞을 응시했다. 노래를 부르며 영원히 불장난을 할 수는 없다! 꽃샘추위는 엄숙하게 선언했다. 외투를 걸치고 몸을 웅크린 채 네 안으로 들어가라. 그래, 지금 오월이지 않은가.

페스트 : 헝가리의 수도 부다페스트Budapest는 부다와 페스트가 별개의 도시로 이루어져 있었다. 헝가리의 수도 부다가 상업 중심지인 페스트를 1872년에 합병함으로써 오늘날에 이른다.

지빠귀

나는 처참한 심정으로 봄의 초원을 지나갔다. 그런데 몇 발자국 떨어진 곳에서 홀짝홀짝 뛰어다니는 지빠귀가 보였다. 나는 걸음을 멈추었다.

부리가 노란 검은 지빠귀였다. 우주의 일부였으며 행복해 보였다. 그 새의 가슴은 넘쳐나는 감정과 정열로 충만해 있었다. 그 새가 이 세상에서 짊어진 운명을 나 자신의 운명처럼 예견할 수 있었다. 새는 사랑과 죽음, 생존 경쟁, 삶의 웅대함에 대한 환희를 나처럼 잘 알고, 이 환희를 멜로디로 마음껏 전달할 수 있는 목소리를 가졌다. 나는 무엇을 원하는가? 이런 생각이 들었다. 왜 지빠귀보다 더 많은 것, 다른 운명을 원하는가?

✳

중국인

중국인이 달, 개구리, 버들꽃이라 불리는 여인의 매력, 그리고 그 밖의 아름답고 즐거운 일들을 노래하는 시집과 여섯 발의 총알이 든 총을 호주머니에 넣고 남경의 거리를 걷는다. 중국인은 서른여섯 살이고 네 아이의 아버지이며, 언론인이고 혁명가다. 지금 독재자를 암살하러 가는 길이다.

나는 세상에서 일어나는 일을 빠짐없이 지켜보아야

하기 때문에 그의 뒷모습을 바라본다. 그리고 할 수만 있다면 그의 손을 붙잡고 말하고 싶다.

"황인종 형제여, 자네 영혼의 평화를 생각하게나. 독재자도 이 세상에서 맡은 임무가 있다네. 자네는 그가 징벌이라는 것을 모르는가?…… 우리는 모두 죄인일세. 자, 함께 포도주나 한잔 마시세!"

그러면 그는 뼈마디 굵은 손을 잡아 빼거나 고개를 위아래로 흔들 것이다. 이런 고갯짓은 중국에서 "아니!"라는 뜻이다. 세상은 그 얼마나 알 수 없는 것인가! 중국인은 벌써 남경의 거리 모퉁이를 돌아 사라지고 없다. 나는 두 번 다시 그의 모습을 보지 못했다.

✱

실패

나는 사람들에게 봉사하며 살고 싶었다. 그러나 사람들은 내가 봉사하는 것을 허락하지 않았다. 그들은 언제나 내가 복종하기를 요구했다. 그런데 그것은 내가 원하는 게 아니었다. 나는 봉사할 수는 있지만 시종이 될 수는 없다. 그래서 나는 옆으로 물러났다. 실패한 것이다.

✳

질서

토요일 오후 한시면 어김없이 대공 사이렌이 시내에 울려 퍼진다. 사람들은 시계를 보며 생각한다.

"그래, 맞아. 정확히 한시야."

그러고는 이 정확함, 위대한 질서에 놀란다.

이 질서는 위대하다. 사실 크고 작은 세계에서 모든 것이 서로 잘 맞아떨어진다. 내 팔목에서 째각거리는 시계는 토요일 오후마다 정확하게 한시를 가리키고, 도시의 분망한 생활 깊숙이 자리잡은 대공 사이렌은 정확하게 한시만 되면 두려움을 안겨주며 상징적으로 울부짖기 시작한다. 그것은 뿌리 깊은 질서이며, 완벽하고 소름 끼친다. 이 질서 뒤에 다른 의미가, 일초도 어김없는 정확한 죽음과 파괴의 의미가 숨어 있기 때문이다. 사이렌은 다른 질서, 다른 의미를 이 세상에 알린다. 나는 그것을 이해하고 차츰 익숙해진다.

❋
별

네 마음속의 별은 늦게 뜨고 일찍 진다.
너의 두 눈 속에서 세월이 늘어난다.
수의 비밀스런 순위에서 네가 1이다.
수면에 별의 영상이 비친다.
별은 너와 더불어 인간적이 되어 빛난다,
스펙트럼 너머 자외선으로.

❋
여름

여름이 보드라운 손가락으로 내 방의 블라인드를 두드리는 소리에, 나는 잠에서 깨어났다. 침대에 일어나 앉아서 졸린 눈으로 행복에 취해 말했다.

"들어와요."

그런데 누군가 창문 밖에서 한숨을 짓거나 아니면 웃는 듯했다. 그러더니 살며시 멀어져갔다. 정원에 깔린 자갈이 발에 밟히는 소리가 났다.

'이번 여름이 마지막 여름이 되지 않을까.'

나는 생각했다.

'덧창을 내린 서늘하고 퀴퀴한 바닷가 호텔 방에서 긴 오후를 보내는 마지막 여름…… 어딘가에서 음악 소리가 들린다. 목마른 영양들이 샘을 찾아서 이동하는 황혼 무렵 정글의 퓨마처럼, 바다가 여름날 석양이 지면 몸을 쭉 펴고 기지개를 켜는 소리가 줄기차게 들려온다. 오전에 정원의 장미들이 핏빛으로 피어나는 마지막 여름. 내가 현실에 밀착한 풍성한 삶을 다시 한 번 맛본 마지막 여름. 뜨거운 바람과 태양의 전기 광선, 세상의 냄새, 구름의 젖꼭지에서 새어 나오는 향긋한 비가 한 번 더 내 전신을 휩싸는 마지막 여름. 아마 마지막 여름이 될 게야.'

나는 차분하게 생각했다. 그러고는 팔짱을 끼고, 멀어져가는 발걸음 소리에 말없이 귀를 기울였다.

🌸
도시

새벽 네시부터 오후 여섯시까지 도시가 폭격을 맞았다. 눈길이 닿는 곳마다 연기가 피어올랐다. 모든 것이 물속에 잠긴 듯, 저녁에 기이한 적막이 도시를 뒤덮었다. 폭격기들도 침묵했다.

저녁 무렵 도시에는 남아 있는 게 거의 없었다. 교외의 집 몇 채와 불가사의하게도 폭격의 피해를 전혀 입지 않은 종탑만이 온전했다. 시내 중심가의 유서 깊은 아름다운 옛집들과 대성당은 파괴되었는데, 종탑은 여전히 남아 있었다. 그래서 종지기는 저녁마다 그랬듯이 138개의 계단을 서둘러 올라가 청동으로 주조한 종을 쳤다. 종소리가 시내 곳곳에 울려 퍼졌다.

종지기는 자신이 맡은 의무를 다했을 뿐이다. 그런데 때로는 그런 행동이 전혀 의미가 없다. 상징도 아니다. 도시가 멸망하면 상징들도 그 의미를 잃는 법이다. 그러나 종소리는 울려 퍼졌고, 폐허 위를 맴돌았다. 부상당한 자와 죽음을 앞둔 자들도 그 소리를 들었다. 그들은 평상시에 모든 것이 공허하고 무상했으며, 도시의 유일한 의미는 벽이 무너져도 침묵하지 않는 그 소리였다는 것을 문득 깨달았다. 물론 종지기가 그런 생각을 한 것은 아니었다. 종지기에게는 월말에 돈을 받는 것만이 중요했다. 그래서 걱정을 하며 이를 악물고 종을 친 것이다. 그러나 새카맣게 그을린 돌 틈 사이에서 종소리가 하늘로 울려 퍼진 탓에, 도시는 폐허 속에서도 살아 있었다. 그것을 이해해야 한다. 자, 종을 울리자.

✳

단둘이서

나는 친구의 묘비 제막식에 늦게 도착했다. 손님들이 다 가고 난 뒤에 죽은 친구와 단둘이 남았다. 마치 손님들이 자리를 뜨자 집주인이 친구에게 더 있으라고 눈짓하는 순간 같았다. 두 사람은 포도주 한 병을 같이 마시면서 이야기를 나누고, 사교적인 모임의 공허한 인사치레에서 벗어나 한숨 돌린다. 나는 묘비 맞은편의 벤치에 앉아서 담뱃불을 붙이고는 죽은 친구와 조용히 이야기를 나누기 시작했다.

　— 그런데, 이보게.

내가 물었다.

　— 어떤가?…… 지루한가?

　자, 보게나, 나는 '시간'이나 '지루함' 같은 이승의 범주로만 생각할 수 있다네. 그 아래 답답한 관 속에 꼼짝없이 누워서 서서히 분해되면 지루할 거라는 생각이 드네. 그런데 생전의 자네보다 더 고집스럽게 침묵을 지키는 걸 보니, 내가 죽음에 대해 전혀 모른다는 것을 알겠네. 왠지 장엄하면서도 섬뜩한 느낌이 드네. 우리는 죽음이 어떤지 상상할 수가 없다네. 공포나 최후도 삶의 개념으로만 파악할 수 있지. 그러나 죽음의 낱말, 내용, 소도구는 다를 게야. 그 정도는 나도 알겠네. 그런데 지금 다른 사람들은 다 가고 우리 단둘이 남았으니 대답해보게, 자네 지루하지 않은가?……

그러나 그는 침묵을 지켰다.

＊

행복

언젠가는 대답을 할 수밖에 없을 거라는 생각이 든다. 지엄한 판사가 물을 것이다.

"거짓말하지 마시오. 고통과 실망, 절망뿐이었다는 말은 사실이 아니오. 당신은 행복한 적도 있었소. 자주는 아니지만 분명 행복한 순간이 있었소. 그 순간을 말해보시오."

뭐라 답변할 것인가? 나는 고개를 떨구고 귀 뒤를 긁으며 당황하여 앞을 응시할 것이다. 그리고 내 대답.

"맞습니다, 저도 행복한 때가 있었습니다. 그 행복을 지금도 기억합니다. 그 맛이 아직도 혀에 생생하고, 그 향기가 코끝을 스치고, 그 긴장이 신경을 타고 흐릅니다. 그런데 그게 언제였지요? 어린 시절?…… 아닙니다. 그다지 즐거운 어린 시절이 아니었습니다. 고통스러운 일이 많았습니다. 청소년기 아니면 나이 들어서? 음울한 기억들이 더 강하게 모든 것을 뒤덮습니다. 그렇다면 제가 과연 언제 행복했지요?…… 이제 알겠습니다. 기억조

차 할 수 없는 평범한 순간이었습니다."

✳

호수

불어난 다뉴브 강물과 비가 호텔 앞 겨울 잔디밭의 움푹 패인 곳에 호수를 만들었다. 어제만 해도 잔디뿐이었는데, 오늘 갑자기 물이 고이더니 심지어는 생명체까지 모여든다. 오리들이 연못에서 헤엄을 치고, 갈매기들이 수면 위를 맴돈다. 나무들 사이에서 백조와 로엔그린이 나타나도 나는 놀라지 않을 것이다.

미국에서는 고층 빌딩들이 하루만에 하늘을 찌른다. 세계 창조도 미국식의 그런 속성 작업으로 이루어졌을 것이다. 부품은 — 언제나 빠짐없이 — 준비되어 있다. 다만 필요한 것은 성령과 말씀뿐이다. 그러면 모든 게 번개처럼 연못, 대양, 세계로 결합한다.

말을 하고 성령을 부르라, 새로 만들고 창조하라.

로엔그린Lohengrin : 독일 작곡가 W. R. 바그너의 오페라. 성배의 기사 로엔그린은 신분이 밝혀지자 백조를 타고 성배의 나라로 돌아간다.

✳

촛불

중앙 배전실에서 정전 사고가 나는 바람에 시내 일부의 전기가 나갔다. 한참 일을 하던 나는 불시에 기습을 당했다. 처음에는 당황했지만 이내 정신을 차리고, 그때까지 책상 위에 연극의 소도구처럼 놓여 있던 두꺼운 초에 불을 붙이고서 하던 일을 계속했다.

나는 촛불 아래서 몇 줄 써내려간다. 촛불 밑에서의 이런 상황은 익숙하고 친밀하여 마음에 든다. 카친치, 뵈뢰스마르티, 페퇴피와 아라니도 그렇게 작업했던 것을 생각한다. 그들은 촛불 아래서도 능숙하게 일을 했다. 또 경쾌하게 깜박거리는 촛불의 부드러운 빛 아래서 세계와 인간의 영혼을 밝히는 모든 것을 종이에 남긴 위인들, 파스칼과 셰익스피어, 괴테와 횔덜린을 상기한다. 촛불의 빛은 어둡지 않다. 잘 생각해보라. 촛불 아래서도 얼마든지 멀리 볼 수 있다.

페렌치 카친치(1759~1831) : 헝가리의 문인이며 언어 개혁가.

산도르 페퇴피(1823~1844) : 헝가리의 위대한 민속 시인. 주로 고향과 애국심.

사랑을 노래했다.

야노스 아라니(1817~1882) : 헝가리의 시인. 아라니가 남긴 민속적인 서정시와 담시는 지금까지도 헝가리 문학의 최고봉으로 꼽힌다.

✳

재의 수요일

그렇다, 나는 후회한다…… 그러나 육신의 죄는 후회하지 않는다. 내 육신이 갈망하고 요구하거나 저지른 것은 전혀 후회스럽지 않다. 다만 지나치게 편안함을 좇고 게으름을 피우다가 놓쳐버린 것, 내 힘이 미치지 못한 것, 내가 접하지 못한 것, 미처 알아차리지 못하고 이대로 죽을 수밖에 없다는 사실에만 회한을 느낀다…… 그렇다, 재의 수요일 아침에 나는 그것을 통회한다. 내 머리에 재를 뿌려라.

재의 수요일 : 사순절이 시작되는 첫날로 사순 제일주일 전前 수요일을 이르는 말. 이날 교회에서 미사 중에 참회의 상징으로 재의 축성과 재를 머리에 얹는 예식을 행한다.

🌸
사형 집행인

여느 사형 집행인들처럼 배가 불룩 튀어나왔으며 쾌
활하고 진지한 소시민인 그 사형 집행인은 어딘가 정원
이 딸린 작은 집에서 산다. 교수형이 없는 날에는 선반
이나 철물일 같은 서민적인 부업에 열중한다. 그 사형
집행인은 어딘가에 살고 있으며, 너도 이따금 그를 생각
한다. 그가 너하고도 조금, 아주 조금 관계가 있기 때문
이다. 질서와 합의의 섬세하고 복잡한 끈이 너를 그의
운명과 결합시킨다. 너는 때때로 그의 꿈을 꾸면서, 네
목을 조일 때 아프지 않게 해달라고 그를 매수하려 은밀
히 애쓴다. 그런 작은 일들이 중요하기 때문이다. 사형
집행인은 너의 이익과 안전을 위해서도 존재한다. 그리
고 네가 사람인 탓에, 즉 사형 집행인에게는 많은 가능
성 가운데 하나인 탓에 너에게 적대적일 수 있다. 너는
이 모든 것을 염두에 두어야 한다. 하느님이 너의 영혼
을 가련히 여기시길.

기린

시 당국이 경외하는 마음에서 선물한 쾌적한 밀짚 냄새 가득 찬 후덥지근한 원형 건물에서 기린은 겨울을 난다. 신분 높은 귀족이 유배당하면 어딘가에 감금되는 것이 아니라 도시 근교, 이를테면 파산한 유명 인사의 호화 주택에서 지내게 되는 것과 유사하다. 이런 목적을 위해서 국가는 경매에 부쳐진 그런 주택을 구입한다. 기린도 새끼 기린과 함께 궁전 같은 건물 하나를 독차지하고 산다. 그러나 원형 건물, 전용 우리, 신중하게 배합한 사료, 특별히 따로 배치된 사육사, 경외하는 마음으로 소리 죽여 이야기를 주고받는 방문객들, 이런 모든 것에도 기린은 속지 않는다. 이 호사스런 주거지가 사육사와 철창을 포함한 모든 특혜처럼 구속이라는 것을 잘 안다.

기린과 새끼는 날마다 이 호사스런 감옥 안을 맴돌며 목을 길게 뺀다. 기린이 깊은 숲 속에서 풀을 뜯고 나무 우듬지의 잎새를 이로 부드득 갈아먹는 듯한 기분을 느낄 수 있도록, 세심한 사육사는 벽 높은 곳에 작은 바구니를 매달아 두었다. 기린은 아직도 기억하는 탓에, 아침 일찍부터 저녁 늦게까지 우리 안을 빙글빙글 돌면서 보이지 않는 하늘, 보이지 않는 나무 우듬지를 향해 고개를 쭉 뻗는다. 삶의 감옥에서 가장 끔찍한 것은 인간이 영원히 기억한다는 사실이다. 모든 생명체는 기억한다. 기린도 마찬가지다. 호사스런 원형 건물이나 맛 좋은 먹이도 다 헛일이다. 기린은 자유를 기억한다. 그래서 존재의 창공에 유일한 느낌표, '자유!' 라는 외침의 느낌표를 찍으려는 듯이, 작은 머리를 높이 쳐들고 긴 목을 쭉 뻗는다.

기린은 시인과 닮은 점이 있다. 기린은 짐승들 가운데 치품 천사다. 주변 상황이 허락하면 단 한 걸음에 육 미터를 갈 수 있다. 그러나 사람들은 그것을 허락하지 않는다. 그래서 — 다른 이유도 있다 — 나는 기린을 동정해 마지않는다.

치품 천사 : 하늘을 지키는 아홉 천사 가운데 가장 지위가 높은 천사. 여섯 개의 날개를 가지고 있다.

❋
그녀의 새끼손가락 끝을 위해서

그녀의 새끼손가락 끝을 위해서 죽는다면 어떨까. 분별있는 짓이나 영웅적인 행위는 아니지만 그래도 뭔가가 있다. 어떤 가능성이나 감격, 착각, 생활 양식 같은 것이 숨어 있다. 그녀의 새끼손가락 끝을 위해서, 그렇다…… 그러나 몸무게 오십 킬로그램, 모자와 깃털 장식, 야심과 수상쩍은 소원, 위산과다와 약간의 근시, 이렇게 지금 있는 그대로의 그녀를 위해서 삼십 년이란 세월에 걸쳐 매일 조금씩 서서히 죽는다면?…… 아니, 그럴 바에는 차라리 지금 당장 그녀의 새끼손가락 끝을 위해서.

❋
시월의 끝

해묵은 황금처럼 숲이 은은히 빛난다.
그녀의 눈동자와 머리카락 빛깔은 잊은 지 오래다.
제멋대로 부는 바람이 길을 잃었는지

한탄하며 울부짖는다. 머리 위로 시간이 흘러간다.
텁텁한 그의 목소리. 툴툴 털고 일어나라 재촉한다.
나는 글을 읽어야 한다. 그리고 머리 위로 비치는 빛,
가을의 별. 숲의 나뭇잎들이 반짝인다.

정열이여, 너는 어떤 소식을 가져오는가? 나는 알 수
없구나.

✳

냄새

개들은 인간의 나약함을 감지한다. 호르몬 분비와 냄
새가 나약함을 드러내기 때문이다. 어쩌면 두려움 때문
에 땀을 흘리고 냄새를 풍기는지도 모른다. 개들은 그것
을 알아챈다. 그러나 나약함만이 아니라 어리석음과 뻔
뻔함에도 냄새가 있다. 심지어는 평온과 행복, 환희도
마찬가지다. 인간은 궁지에 몰리면 여러 가지 방법으로
자신을 세상에 알리고 싶어한다.

삼월처럼

삼월의 오후 네시 땅거미가 내려앉기 전, 우중충한 겨울에 익숙해진 우리의 눈은 겨울의 희미한 빛이 좀 더 대담하고 강렬해졌으며 늘 그렇듯 세상이 빛과 생명을 통해 자신의 의지를 알리는 것을 감지한다. 흑사병과 오욕 너머에 훨씬 더 밝은 힘들이 존재한다는 것을 믿어라. 삼월 오후 네시의 집요한 빛처럼 언젠가는 인류를 밝게 비출 광명이 숨어 있다는 것을 믿어라.

봄

봄은 향기, 색채, 광선의 굴절, 문학, 유행, 홍당무와 어린 양파만이 아니라 위험한 야생적인 치유력도 가지고 있다. 봄이 되면 온천, 약수, 신선한 야채들이 전에 없이 강렬하게 그런 힘을 인간의 육신에 발휘한다. 그러면 신비의 영약처럼 그것을 신중하게 다루어야 한다. 약수를 한 모금만 더 먹거나, 온천수에 오 분만 더 오래 머물거나, 봄 야채를 몇 그램만 더 먹어도, 네 삶은 균형을 잃어버린다. 삶을 제멋대로 요란하게 표현하는 봄은 삶처럼 약이면서 독이다.

✳

히아신스

나는 화분에 든 너를 받았다. 화분은 가슴 아리게 촌스러운 진홍빛 종이로 싸여 있었다. 소박한 마음이 그렇게나마 삶을 미화시키려 애쓴 것이다. 그러나 너의 향기는 굉장했다. 화분 하나에서 그토록 진한 향기가 넘쳐나다니. 방이 온통 향긋한 내음으로 가득 찼다. 정열의 향기였다. 비 내리는 밤, 외로움에 지친 남자가 깊은 숲 속의 바위 끝에 서서 죽은 여인의 이름을 부르는 것 같았다. 삶을 다시 새롭게 시작하여 못 다한 꿈을 이룰 수 있을 것만 같았다. 히아신스가 그렇게 부르짖었다. 나는 히아신스의 외침을 오랫동안 귀 기울여 들었다. 어느덧 날이 저물었고, 나는 피곤해졌다.

※

폭포

오후 여섯시, 나는 폭포에 갔다. 그곳에서 물은 오래 전부터 하얀 물보라를 날리며 사납게 날뛰고 스스로 목숨을 끊듯 밑으로 곤두박질쳤다. 옛날부터, 어쩌면 수천 년 전부터일지도 모른다. 심연을 향해, 파멸을 향해 바위 틈새로 길을 뚫는 힘은 전능한 창조주와 예술가의 힘처럼 위력적이었다. 사람은 거대한 힘으로 강렬하게 살 수도 있지만, 거대한 힘과 고집스런 의지로 몰락할 수도 있다. 벌거벗은 노예의 등에 채찍을 휘갈기듯 폭포가 철썩 소리를 냈다. 거세게 바위에 부딪치고 골짜기로 몸을 던졌다. 우리가 완전히 파괴되기까지 때로는 거대한 힘이 필요하다. 거대한 힘과 장구한 시간이.

시론詩論

내게는 글을 쓰는 것말고는 시대와 세상에 저항할 수 있는 다른 무기나 힘이 없다. 여기저기서 나라들이 강제로 찢기고 합병된다. 시대정신의 금자탑을 쌓는다는 명분으로 몇 세대에 걸쳐 전쟁을 강요하고, 협정을 욕보이고, 사람과 사람을 이어주는 다리를 폭파한다……

그런데도 무엇 때문에 나는 참고 있는가? 무엇이 내 목숨을 부지해주는가? 무엇을 믿는가? 냉정하고 순수한 정신, 화해를 모르는 무자비하고 진실한 정신, 이 정신을 누구도 훼손할 수 없고, 부인하면 반드시 벌을 받고, 속이는 사람은 결코 성공을 거두지 못한다. 이 정신은 그런 모든 일에 의연하다. 이러한 정신이 영원히 존속하리라는 믿음은 이 세상 무엇보다도 강하다. 나는 오로지 그것만을 믿고, 그것만이 내 목숨을 부지시켜준다. 그래서 나는 삶을 끝장내지 않는 것이다. 맹세코.

헌시

바람 부는 날 나는 태어났다, 저녁 여덟시에.
카샤우를 사랑했고 시와
여인, 포도주와 명예,
마음을 울리면 이성理性도 사랑했다 ―
그 밖에는 아무것도 사랑하지 않았다. 그 나머지는 아
무도 모른다.
부탁도 간청도 하지 않으련다, 나를 가련히 여기지
말라.

시험

문서화되지 않은 졸업증서를 통해 글을 마음으로 이
해하는 능력을 보장하는, 보이지 않는 상급 학교가 있
다. 독자가 이 상급 학교를 마치지 않은 경우를 작가는
받아들이기 어렵다. 작가는 독자를 존중해야 한다. 그러

기 위해서는 작가가 품위를 갖추어야 한다. 괴테에게 쓰
듯이 글을 써야 한다. 더 겸손할 수도 있지만 그럴 필요
는 없다.

❧

판매 부수

사회 문제에 관심이 많은 작은 잡지의 수준 높은 어느
편집장이 일간 신문의 공휴일 판에 실린 내 글을 게재하
고 싶다는 의사를 전해왔다. 그 일간 신문은 십이만 부
인쇄되고, 잡지는 잘해야 삼백 부 발행된다. 편집장은
─ 현명하고 지당하게 ─ 내 글을 대중에게 알리고 싶다
며 게재를 허락해달라고 부탁했다.

물론 지나친 요구는 아니다. 진실한 대중은 언제나 이
런 삼백 명의 독자다. 다른 사람들은 중요하지 않다. 내
글은 대부분 수십 년 전부터 몇백만 부씩 간행된다 ─ 대
중을 외면하고.

일지

지금까지 나는 일지를 썩 좋아하지 않았다. 그것은 내게 맞는 표현 수단이 아니다. '날마다' 쓰며 또 뜻하지 않은 산물의 의의를 대략 기록하고 순간 떠오르는 생각의 편린들을 보존하는 데 그 의의가 있다면, 이런 기록이 나한테는 일지다. 그러나 나는 익명의 독자를 위해서 이런 기록에 의도적으로 제목을 붙이고 내용을 다듬어 종이에 옮기지 않을 수 없다…… 그것은 허영심일까? 아니면 직업에서 오는 일종의 강박관념인가? 과연 일지는 허영심과 의도가 따르지 않는 '숭고한 참회'이며, 대중을 위해 씌어지지 않는 것일까? 과연 그럴까? 작가는 비밀 공책에 "오늘은 별다른 일이 없었다" 아니면 "오후에 담배를 피웠다"라고 쓰면서도 언제나 한 눈으로 대중을 곁눈질한다. 작가인 탓에 그것도 공적인 일로 여기는 것이다. 극히 비밀스러운 일지도 예외없이 대중을 위해 씌어진다. 그래서 우리 작가들은 작품이나 편지, 심지어는 일지에서조차 완벽하게 솔직할 수 없다고 인정하는 편이 더 솔직할 것이다. 게다가 나는 일지를 쓸 때 외로운 정직함을 그리 높이 사지 않는다. 너 혼자만을 위해 비밀을 간직하라 — 감출 것은 감추면서 솔직하게 써라. 능력껏 적절히, 의도하는 대로 제목을 붙이고 구성을 엮어 내라.

❧

노老시인

나는 교외로 통하는 바람 부는 거리에서 노시인을 만났다. 노시인은 줄무늬가 있는 검은 바지와 낡은 외투 차림에 허름한 모자를 쓰고 있었으며, 짧게 자른 머리는 백발이 성성했다. 목표가 무엇인지 다 알고 또 서두를 필요가 없다는 것도 오래전에 터득한 사람처럼 천천히 걸음을 옮겼다.

노시인은 전차와 자동차를 피하고, 번쩍이는 붉은 네온사인 빛 아래서 쇼윈도와 중개업자, 광고탑과 여인들을 지나 교외로 통하는 길을 건넜다. 마치 이성과 슬픔을 세상의 혼돈 속으로 가져가는 듯했다. 나이 들어서도 어린아이같이 천진한 얼굴과 인공적인 불빛을 멍하니 바라보는 두 눈에서 공포에 대한 기억이 어른거렸다. 언젠가 끔찍한 것을 보았으며, 이해하려고 애썼는데 이해할 수 없었던 것 같았다. 그 끔찍한 것은 세계였다.

유고

그 시인의 유고에는 풍자시, 운율시, 기교를 부린 단상, 멋을 부린 허섭스레기도 있었다. 이 슬픈 잡동사니는 많은 '작품'의 부산물이고, 훗날 독자들이 너그럽게 뒤적이며 "어쩌면 이렇게 풍성할 수가!"라고 감탄할 일종의 별책 부록을 위한 재료다.

물론 그것도 작가이고, 작가의 일부다. 실컷 가지고 놀다 던져버리거나 '실제로' 끌, 뾰족한 펜으로 깊은 생각 없이 아주 꼼꼼하게 새기고 다듬은 것이다. 이런 '부산물'이 때로는 '작품'보다 많은 것을 알려준다. 작가는 작품 속에서 연미복 차림에 훈장을 달고 나타난다. 훈장은 이따금 스포츠나 춤으로 받은 휘장, 종류가 다른 명성의 표시일 때도 있다. 그러나 허섭스레기도 무심코 흘러나온 말이나 꿈처럼 작가의 일부다. 그것들을 뒤적거리는 게 썩 기분 좋은 일은 아니지만, 배설물이 병의 증상을 알려주고 무심결에 새어나온 말이 진실일 수 있다. 이 부산물, 유고는 작품, 인간, 모든 것에 대해 알려주는 신호가 된다.

발단

네가 스스로 무슨 말을 하려는지 안다 해도 소용이 없다. 문학의 발단은 의도나 오성과는 거의 무관한 일종의 원초적인 행위다. 소리가 들리고 빛이 보이면서 갑자기 문장이 울려 퍼진다. 너는 만족한다.

"잘 됐어. 그래, 모든 게 잘 어울려."

그러나 때로는 이런 소리가 들리지 않고 빛도 보이지 않을 때가 있다. 너는 당황하여 낱말과 낱말을 이어본다. 모든 것을 활성화시켜 문장에 흐름을 불어넣는 비밀스러운 박자를 찾고, 근사하게 꾸며보고, 이리저리 짜맞추려 애쓴다. 그런데도 문장이 도통 살아나지 않는다. 마음대로 원하는 대로 글을 쓸 수는 없다. 모든 창조 행위가 그렇듯이 뭔가가 더 필요하다. 그것은 무엇인가?… … 성령이 아닐까.

위험

이 시대에는 글을 쓰는 것이 생명을 거는 위험한 일이 되어간다. 정치적인 글은 예로부터 언제나 위험을 수반했다. 그러나 오늘날에는 가을에 대한 글을 쓰거나 앵초를 보고 느낀 심정을 말로 표현하거나 아니면 풍뎅이만 묘사해도 위험하다. 글은 종류를 막론하고 모두 위험하다. 법에 대한 반란이고 군중의 욕망을 의미하며, 씌어진 말 뒤에는 꼭 인물이 있고 글 배후에 저항이 숨어 있기 때문이다. 씌어진 것은 일종의 암호나 신호처럼 의심스럽다. 그리고 사실, 그 믿지 못하는 사람들의 생각이 옳다. 그것은 암호, 부호, 신호다.

기쁨

글을 쓰는 것이 싸움이고 투쟁이며 황야에서의 절망적인 방랑, 원고지의 끝없는 행렬이라는 말은 사실이 아니다. 네가 싸움을 벌이는 무서운 힘들이 순순히 네 뜻에 따라서 삶과 일을 중력의 법칙에서 벗어나게 하는 며칠, 몇 주일이 있다. 그런 날에는 글을 쓰는 것이 기쁨을 안겨준다. 네가 글을 쓸 수 있어서 행복하고 그 비밀스러운 원소, 형식과 사상의 원소들 속에서 날개를 단 듯 가볍게 앞을 향해 움직이는 날들이 있다! 그러나 그런 날들, 그 짧은 시간은 얼마나 드문가! 또 확실히 일하기에 가장 적절한 시간도 아니다! 일이 기쁨을 뜻하는 날들은 아주 적다. 그런 날에 너는 영웅적으로 글을 쓰는 게 아니다. 그런 때가 오면 작가는 동이 틀 무렵 원고지에 몸을 숙인 채, 그로서는 이해할 수 없는, 심지어는 남몰래 은근히 경멸하는 불가사의한 호의와 신의 은총에 감사하는 마음으로 겸허하게 일한다.

철부지 시절

작가가 한 줄의 시행을 위해서 할아버지를 파는 시기, 세상과 삶을 인간적인 것과 비인간적인 것을 표현하기 위한 고리타분한 구실로 여기는 조야한 문학적 시기. 이 시기는 작가의 철부지 시절이다. 이 철부지 시절이 오래 계속되는 경우도 많다. 예를 들어 플로베르는 죽을 때까지 철부지였다.

할아버지 아니면 사소한 인간의 운명을 완벽한 시구보다 얕보지 않게 되는 날, 그래서 그런 사람들의 이야기를 쓰게 되는 날, 작가는 진정으로 어른이 된다.

어려움

글을 쓰는 본래의 임무와 어려움은, 작가가 문장이 아니라 사상을 다듬고 고치고 완벽하게 하려고 할 때 시작된다.

르나르

    르나르는 짧은 단상과 소설, 그리고 큰 성공을 거둔 회곡 작품들을 썼다. 이제 그 모든 것은 사라졌다. 르나르는 평생 틈틈이, 가볍게, 심심풀이나 화를 풀기 위해서 하루하루 일어나는 것, 세상의 삶과 작가 개인의 삶이 우리에게 가져다주는 것, 여인과 수식어, 농부와 억양, 꽃과 비유에 대한 짧은 글을 남겼다. 사랑 그리고 사랑이 무대에서 가지는 의미, 자신의 아내와 그녀의 허영심, 성적인 갈망과 소진한 노작가의 원한, 황혼과 아버지의 죽음, 어머니와 결코 한 방에 있을 수 없었던 일과 애정, 사라 베르나르와 그녀의 개, 아나톨 프랑스가 총연습에서 자신의 작품에 대해 등 뒤에서 한 말과 코메디언, 원래 별개인 프랑스 사람과 애국심에 대하여 썼다…… 이십 년 이상 이런 것들에 관해 글을 썼다. 진지한 작가들이 그렇듯이 언제나 '위대한' 것을 창조하려 했지만 한번도 성공하지 못했다. 르나르가 세상을 떠났을 때 당황한 세상은 엄숙한 마음으로 회고했고, 그의 일지,

부수적으로 생겨난 기록, 창작 활동의 부산물이 사실 '위대한' 작품이며 서른 권의 역작에 버금간다는 사실을 깨달았다. 그것은 한 작가가 세상에 대해 말할 수 있는 모든 것을 담고 있다.

르나르는 냉정과 의심, 열광과 환희를 동시에 의미하는, 프랑스 특유의 건전한 인간 오성의 화신, '양식良識'의 화신이다. 모든 것을 필요한 만큼 적당히 가지고 있으면, 천재는 훌륭한 수공업자일 수 있으며 수공업자는 쓸데없이 천재인 척하지 않는다. 르나르는 균형의 비밀을 알았고, 그래서 창작의 비결에도 정통했다.

쥘 르나르Jules Renard(1864~1910) : 프랑스의 소설가이며 극작가. 주요 작품으로 『홍당무』(1894), 『포도밭의 포도 재배자』(1894) 등이 있다.

사라 베르나르Sarah Bernhardt(1844~1923) : 19세기 후반을 장식한 프랑스의 대표적인 여배우.

아나톨 프랑스Anatole France(1844~1924) : 프랑스의 소설가이며 평론가. 1921년 노벨 문학상을 수상하였으며, 주요 작품으로 『실베스트르 보나르의 죄』(1881) 등이 있다.

🌱
용의자들

네가 사귀었거나 사랑했던 모든 사람들과 인생을 추리 소설에서처럼 묘사하라. 그러면 별안간 모두들 수상쩍은 용의자가 된다. 너나 할 것 없이 조급하게 자신의 알리바이를 증명하려들고, 의심스러운 물건들이 사방에 널려 있으며, 하찮은 것들이 은밀한 의심의 빛을 받아 특이하게 빛나기 시작한다. 어제까지만 해도 태평스럽게 취미 생활에 열중하거나 남몰래 쓸모없는 일에 심취했던 사람들이 갑자기 당황하여 일그러진 얼굴로 탐정의 눈을 응시한다. 용케 사건을 밝혀내는 사람은 물론 평범한 인물이다. 호기심 많은 젊은 아가씨나 나이 많은 소박한 여인일 수도 있다. '범죄'의 특성을 세세히 정확하게 규정할 필요는 없다. 무슨 일인가 일어났다. 어딘가에서 일이 발생한 것이다. 처음부터 끝까지 너무 끔찍한 일이라서 집안 사람들과 주변의 이웃들은 행여 누가 들을까 입을 가리고 소곤댈 뿐이다…… 어떤 범죄인가? 범인을 색출한 사람조차 범인이나 잔학한 행위에 대해 솔직히 이야기하려 하지 않는 탓에, 우리는 뭐라 말할 수가 없다. 어쩌면 이 범행은 삶일지도 모른다. 어떻게 그것에 대처할 것인가? 눈길 닿는 곳마다 비밀, 징후, 흔적이 보인다. 우리 경찰에 알리자.

분수

형식에 갇힌 이 태초의 원소, 물. 분수로 길들여져 아름다운 유희를 훈련받은 야수. 친구여, 우리 작가들도 이 문명 사회에서 비슷한 일을 겪는다고 생각하지 않는가? 자, 그렇다면 우리 산뜻하고 애교스러운 것을 써보세.

블레즈 상드라르

블레즈 상드라르라는 인물과 그의 저서 『황금』에는 진정으로 위대한 모험의 입김이 살아 숨쉰다. 럼주와 흘러나온 피, 횡령과 향수, 열대와 만년설의 혹한, 해결할 길 없는 이질감, 마찬가지로 해결할 길 없는 친부 살해의 기억과 전통, 사고와 우연한 행운, 황금과 슬픔이 하나로 어우러진다. 그것은 낭만, 순수하고 확고하며 불행한 폭풍 같은 낭만이다. 위대한 작가라는 말로는 블레즈 상드라르를 다 표현할 수 없다. 자신의 힘이 미치는 것만을 쓴 탓에 현명한 작가다.

블레즈 상드라르Blaise Cendrars(1887~1961) : 프랑스의 시인이며 소설가. 주요 작품으로 『황금』(1925), 『황금』(1930) 등이 있다.

산문

며칠, 몇 주일이 지나간다. 그런데도 말하고 싶은 것은 여전히 산문의 형태를 벗어나지 못한다. 자리에서 몸을 일으킬 수가 없다…… 문장을 재치있게, 아니면 듣기 좋거나 짜임새있게 구성하려 애써보지만 다 헛일이다. 도무지 매끄럽게 흘러가지 않는다. 장면과 장면이 서로 어울리지 못하고 삐걱거리며 내적인 정신이 살아나지 않는다. 아니, 산문이라고 단순히 산문이어서는 안 된다. 산문은 극도의 긴장이며, 시보다 심오한 생동감과 엄격한 형식을 갖는다. 산문에는 완벽한 의식과 넘치는 은총이 하나로 용해되어 있다. 그렇지 않으면 문장, 단락, 표현들의 나열일 뿐이다. 도대체 살아 있는 위대한 산문의 비밀은 무엇이란 말인가? 그것은 오로지 진실이라는 생각이 이따금 나를 덮친다.

재단사의 손자

온 세상이 그의 이름을 알았다. 그는 『젊은 베르테르의 슬픔』과 『파우스트』의 저자였고, 대공의 친구, 재상, 각하였다. 그리고 괴테였다. 그러나 바이마르에서는 하급 관리와 질투심에 사로잡힌 사람들이 등 뒤에서 손가락질하며 '재단사의 손자'라고 수군대었다.

그는 예순 살이 되어서야 돈 문제를 어느 정도 해결할 수 있었다. 늘 이런저런 관계, 빚과 수입을 걱정하며 하루하루 연명했다. 세상은 그의 앞에서 고개를 숙였지만,

'성공'은 그의 몫이 아니었다. 성공은 코체부와 실러의 ─이것이 더 고통스럽고 견디기 어려운 모욕이었을 것이다─ 차지였다. 그는 마흔을 갓 넘기고 로마의 케스티우스 묘비에서 삶을 청산했다.

"이보다 더한 일이 뭐가 있겠는가."

가족도 연인도 친구도 없이 고독했던 그는 스스로를 타일렀다.

"그래, 앞으로 십 년만 더 열심히 일하자. 그러면 모든 게 끝나겠지."

그러나 그는 사십삼 년을 더 살았으며, 로마를 여행할 무렵에는 태어나지 않았던 아들이 케스티우스 무덤 가까이에서 죽는 불행을 겪어야 했다. 괴테 자신은 아들보다 이 년 더 살았다.

그는 올림포스를 정복한 신비의 행운아, 각하이고 사교가이며 두려움을 일으키는 반신半神이었지만, 바이마르에서는 끝까지 '재단사의 손자'로 남았다. 많은 세월이 흐른 후에야 바이마르 사람들은 그가 괴테, 어쩌다보니 괴테였다는 사실을 깨달았다.

아우구스트 폰 코체부August von Kotzebue(1761~1819) : 독일의 극작가.

주요 작품으로 『소도시의 독일인』(1803) 등이 있다.

요한 C. F. 폰 실러 Johann Chistoph Friedrich von Schiller(1759~1805) : 독일의 시인, 극작가. 주요 작품으로 『빌헬름 텔』(1804) 등이 있으며, 괴테와 더불어 독일 고전주의 문학에서 2대 거성으로 추앙된다. 그러나 괴테와는 대조적인 자질을 가진 국민 시인이다.

케스티우스 Cestius : 로마의 장군. 서기 65년 로마의 네로 황제는 유대인들의 반란을 진압하기 위해 케스티우스 장군에게 진압 명령을 내렸다. 승승장구하던 케스티우스가 어떤 알 수 없는 이유 때문에 갑자기 포위를 풀고 퇴각함으로써 유대인들은 위기를 모면했다.

실러

실러는 질투심에 사로잡혀서 괴테의 일거수 일투족을 경멸하고 험담을 퍼뜨렸으며, 옹졸하게도 괴테의 약점을 과장하고 아무리 바이마르의 총애를 받아도 절대로 '성공'하지 못할 거라고 잘 모르는 사람들의 귀에다 속삭였다. 그리고 사실 성공은, 신중하게 부유한 부인을 고르고 자신에게 이득이 되고 안 되고에 따라서 모든 관계를 선택한 혁명가, '대중의 친구', 실러의 몫이었다. 그는 아주 풍족하게 살았으며, 독일 방방곡곡에서 사랑을 받았다. 괴테에게 삶은 그렇듯 관대하지 않았다.

그러나 운명이 실러에게 베풀지 않은 단 한 가지가 있었다. 평온, 분별심, 고뇌에 찬 화해의 기쁨만은 실러의 것이 아니었다. 훗날 두 사람은 친구가 되었지만, 실러는 질병과 질투심으로 하얗게 질려서 세상을 하직했다. 괴테가 자기보다 진실하고 평온하며 한결같은 것을 용서할 수 없었기 때문이다. 물론 괴테와 같은 시대에 시인이라는 사실은 견디기 끔찍했을 것이다. 대중들이 실러의 떠들썩한 열변과 애국적인 아부에 보내는 찬사, 그 요란한 성공 앞에서 불운하게도 '성공하지 못한' 다른 사람을 못 본 척하려면 신적인 겸허와 아량이 요구되었다. 실러는 그 당장의 실패가 바로 불멸을 의미한다는 것을 알았다. 그것도 참을 수 없는 일이었다. 그래서 서둘러 쓸 것을 다 쓰고는 이 세상을 떠났다.

도피

나는 다른 나라로 여행할 수 있는 입국 허가증도 돈도 없다. 내가 속하는 시민 계층은 본래의 모습을 잃어간다.

시민 계층은 스스로를 구현하고 있는 시민을 더 이상 품어줄 수도 지켜줄 수도 없다. 어디로 도피할 것인가?

나는 이 무언의 유폐, 흰 종이의 치외 법권, 내가 하는 일에서 도피처를 찾는다. 그것이 아니면 어디로 도피할 수 있겠는가. 나는 삶의 형식이며 동시에 현실의 의미이고 정의이며 의혹이고 거리감이고 생활 태도인 내 일로 도피한다. 그것은 나의 또 다른 고향이다. 낙원이 아니라 혹독한 고향이며, 그곳에서 사는 것은 행복이 아니다. 그런데도 고향이고 안식처, 나한테는 이 세상에서 둘도 없는 처량하고 진실한 안식처다.

노老작가

그는 지금도 기회만 있으면 요란하게 그르렁거리며 소리를 지른다. 휘파람 소리 나게 입과 코로 숨을 들이마시고, 나이 들어 딱딱하게 굳은 뼈가 부러지지 않도록 조심스럽게 가슴을 활짝 펴면서 준비를 한다. 그러고는 주변 세계의 규칙에 자진해서 적응하며 일정표와 당국의 규정에 맞추어 매일 아침저녁으로 두 번, 정확히 삼십 분 동안 분출하는 노쇠한 화산처럼 도전적으로 요란하게 으르렁 소리를 내뿜는다.

그가 가망이 없는데도 남보라는 듯이 의도적으로 분출할 때마다 나는 소스라치게 놀란다. 그 마그마가 지금은 맥없이 점잖게 흐르지만 한때는 여러 마을들을 초토화시켰다. 얼마 전만 해도 그 그르렁거리는 소리 앞에서 온 도시의 사람들이 전율하였다. 노작가는 능란하게 분출한다. 어린 화산들은 부러움에 사로잡혀 입을 다물 줄 모르고 바라본다. 그러나 이제 그는 더 이상 세상을 황폐하게 하지 못한다. 그 사실이 노작가의 기분을 상하게 하고 슬프게 한다.

적어도

내가 태어난 도시의 웅대한 건축물, 예술에 대한 안목을 가지고 몇백 년에 걸쳐 세심하게 축조한 완벽한 예술품인 이 대성당이 그렇게 웅장하다는 사실을 나는 미처 알지 못했다. 이제 가슴 깊이 파고드는 환희에 넘쳐 돌 하나하나를 유심히 살펴본다. 유럽을 통틀어도 이것에 견줄 만한 건축물은 그리 많지 않다. 잘해야 스물 아니면 스물다섯 개 남짓 될까. 샤르트르, 랭스, 쾰른, 카샤우, 이 성당들의 짝을 지어 높이 치솟은 탑들은 지나간 시대의 영원한 유럽을 의미했다.

그러나 대성당이 주의를 환기시키는 또 다른 것이 있다. 성당은 상처 입은 집게손가락처럼 끝이 뭉뚝한 탑을 높이 치켜세우며 말한다.

"세계적 사건이라 할 수 있는 웅대한 건물이 이 도시에 건축되었다. 자, 주의를 기울여 바라보아라. 그리고 겸허한 마음으로 고개를 숙여라. 인간의 가치는 위대한 상징을 어떻게 이해하느냐에 따라 정해진다. 인간은 뭔가를 건축할 때만 살아 있다. 몇백 년을 바라보고 적어도 대성당 하나를 건축하라. 무슨 말인지 알아들어라!"

나는 무슨 말인지 알아듣고 침울한 마음으로 그곳을 떠난다.

랭스 : 프랑스의 북동부에 위치한 도시. 1211년부터 백여 년에 걸쳐 건축된 랭스 대성당은 건축과 미술의 걸작품으로 꼽힌다.

지드

나는 지드의 책들을 대할 때마다 이상하게도 착잡한 마음을 가눌 수가 없다. 지드가 집필한 책들이 전혀 중요하지 않다는 생각이 든다. 그의 업적, 더없이 순수한 의도로 공력을 들여 뭔가를 알리려 한 책들이 유럽의 서가에 꽂혀 있다…… 그런데 사실 뭘 알리려 한 것일까? 결국 책에 문자로 기록된 것, 어쨌든 그것은 아니다.

지드의 업적이 책이 아닌 다른 곳에 있는 것만 같다. 그래서 나는 지드가 비극적인 인물이라는 느낌이 든다. 그렇다면 지드의 업적은 어디에 있으며, 활자로 전달하는 사상이 아닌 다른 업적이 과연 작가에게 존재할 수 있는가? 나는 지드의 사생활에는 관심이 없다. 알제리의 원주민들에게서 음악을 연주하는 아라비아의 소년을 소개받았으며, 그래서 동성애적인 사랑에 관심을 가지게 되었고, 또 훗날 공산주의자가 된 사실은 지금 아니 몇 백 년 후에도 나하고는 상관이 없다. 그런 것은 전부 업적이 아니라 운명일 뿐이다. 그런데도 그의 책들은 부수적인 산물에 지나지 않고, 지드라는 현상만이 본질적이라는 느낌을 떨쳐버리기가 어렵다. 그의 책들이 기를 쓰고 절망적으로 표현하고자 하는 지드라는 인품이 바로 그 업적이다. 거의 완벽에 가까운 기교적인 재능이나 그가 사투를 벌이는 성령은 다 부질없는 것이다. 지드는 글로 남긴 것보다 의도로, 내면의 본질과 삶이 발하는 보이지 않는 빛으로 더 깊은 감명을 주는 보기 드문 작가, 극히 보기 드문 작가 가운데 한 명이다. 지드의 의도가 무엇인지 깨달은 사람은 결코 지드를 나쁘게 생각할 수 없다. 읽는 사람을 불만스럽게 만드는 것은 오히려 그의 글이 지닌 차가운 완벽함이다. 지드는 창조한 것이 아니라 존재했다는 사실을 통해서 힘을 발휘하는 작가다. 글로 씌어진 게 아니라 내면의 본질을 통해 표현되는 그런 업적이 과연 덧없이 사라질 수 있을까? 이따금 이런 종류의 인생과 영혼은 그것이 낳은 것, 씌어진 책들보다 영원하다는 믿음이 든다.

대담한 작업

　혐오감과 의구심, 폐기와 절망, 냉담한 무관심과 고루한 놀람의 몇 개월이 지나고, 나는 다시 책상에 앉아서 계획하고 있는 광대한 구상의 일부를 종이에 써내려가는 자신을 깨닫는다. 나는 숲에서 산보를 하고, 어떻게 글을 이어나가야 묘사하려는 인물을 보다 정확하고 생생하게, 구체적으로 유연하게 형상화할 수 있을지 노심초사한다. 간단히 말해서 글을 쓰는 것이다. 많은 어휘를 ─ 적절히 ─ 동원하여 글을 쓰고, 구두장이가 구두를 깁듯이 글을 쓴다. 살아 숨쉬는 탓에 글을 쓴다.

　글을 쓰는 것, 낱말과 개념을 빌어 나를 표현하려는 시도, 이 대담한 작업이 나에게 이토록 이해할 수 없는 초인적인 힘을 미친 적은 지금껏 없었다. 나는 그것이 이렇듯 염치없이 뻔뻔하며, 어이없을 정도로 절망스러우며, 모든 것을 으스러뜨릴 만큼 흥분시킨다고 느낀 적이 없었다. 대체 글을 통하여 뭐라 말할 수 있을 것인가?…… 나는 나이 사십이 넘었으며, 삶이 주는 모든 것,

고독과 만남, 출생과 죽음, 사랑과 성공, 실패와 오욕을 맛보았다. 노년에 접어든 마법사처럼 스스로 하는 일의 실체와 비밀을 잘 안다. 이제는 무슨 일에도 놀라지 않는다. 빈 모자 안에서 별안간 진짜 토끼가 튀어나와도 움찔하지 않는다. 그러나 글을 쓰는 일에 있어서는 여전히 깜짝깜짝 놀란다. 지금까지의 경험이 규칙은 없고 놀람만이 존재할 뿐이라고 가르치는데 더 뭐라 말할 수 있을 것인가? 왜 나는 글을 쓰는가? 언어로 무엇을 말하려는 것인가? 어쩌면 규칙은 없고 놀람만이 존재한다는 사실을 말하려는 것일까.

독서

책을 한 번 읽는 것으로는 충분하지 않다. 두번째로 읽는 것이 더 중요하다 ― 전문가들이 모두 입을 모아 그렇게 충고한다.

기억 속에서 빛이 바랬거나 처음 읽으면서 이해하지 못한 책만을 다시 읽으라는 이야기가 아니다. 문장, 주어, 동사, 책 속에서 운명적인 결정권을 행사하는 수식어 또한 다시 읽어야 한다. 자신을 이해해주는 것말고 책이 또 무엇을 바라겠는가? 그러나 그것은 서서히, 실제 인생에서처럼 아주 서서히 복잡하게 진행된다. 부부가 마침내 상대방을 진정으로 이해하기까지는 몇십 년이 걸리는 경우가 왕왕 있다. 책들도 그처럼 다가가기 어려운 대상이다.

도서 목록이나 유행, 관습을 좇아 읽는 것으로는 충분치 않다. 우리에게 개인적으로 뭔가를 말할 수 있는 책을 본능으로 탐지해야 한다. 잠자고 먹고 사랑하고 숨을 쉬듯이 한결같이 읽어야 한다. 네가 마음을 활짝 열고 자신을 바칠 때에만, 책들도 사람처럼 비밀을 털어놓고 신뢰를 선사한다.

나는 내 것이 아닌 책은 읽지 못한다. 책이 품고 있는 생각과 지식을 소유하는 것만으로는 충분치 않다. 책이 있는 그대로—연인처럼 조건 없이—내 일부가 되어야 한다, 사상을 담는 이 속세의 주머니.

삶

그 젊은 시인은 전무후무한 위대한 책, 수천 쪽에 이르는 책을 쓰고 싶어한다. 그리고 책에는 무엇보다도 '삶'이라는 표제를 붙이고 싶어한다. 자신이 보고 듣고 느끼고 경험한 모든 것, 구름과 장미, 낙타와 말년의 외로운 여인, 햇빛, 처참한 질병, 희귀한 동물의 특성과 외양에 대해서 쓰려 한다. 아직 젊고 팔팔한 나이인 데다가 손에 류트를 들고 선율을 듣는 운명을 타고난 탓에, 그런 모든 것을 쓰고 싶은 것이다. 게다가 삶의 온갖 것을 체험하고, 그 모든 체험을 증언하고 싶어한다.

그러나 시인의 임무는 삶이 요구하는 모든 것을 증언하고 기념비를 세우는 데 있지 않다. '모든 것이 담겨 있는' 위대한 책을 써서는 안 된다. 장미 한 송이, 루트비히나 에디트라는 이름의 어느 한 사람, 해가 지는 어떤 특별한 광경, 가까이에서 겪은 암 환자같이 세세한 것들에 대해 말해야 한다. 삶이 무슨 불가사의하고 몽환적인 현상인 듯 처참하고 웅대한 꿈인 듯 그런 일들에 대하여 이야기해야 한다. 특정한 암 환자, 특정한 사람이나 장미와 관계 있는 한두 낱말 아니면 일,이천 개의 낱말로 아주 정확하게 보고해야 한다. 그리고 세상과 시인의 영혼에서 동시에 들려오는 목소리에 언제나 귀를 기울여야 한다. 이 목소리를 그대로 묘사해야 한다. 그러나 시인은 위대한 책을 쓰려는 생각을 포기하는 훗날에야 그런 사실을 배운다.

류트 : 듣는 현악기, 14세기에 유럽 전역에 보급되어 15~16세기에는 가정 악기가 되었다.

겸손

아니, 나는 결단코 겸손하지 않다. (O.는 어느 젊은 작가의 겸손함을 칭찬하는 소리를 듣고 엄숙하게 물었다. "그런데 그가 뭐에 그리 겸손한가?") 자기 작품의 가치나 질質에 대해 의심하며, 어깨를 겨루고 싶은 사람들에 비해 자신이 얼마나 빈약하고 엉성하며 무력한지 깨닫는 순간, 인간은 겸손하기를 중단한다. 위를 보는 인간은 겸손하지 않다. 아래를 볼 때만 겸손할 수 있다. 나는 미숙한 사람 앞에서는 모자를 벗고 머리가 땅에 닿도록 고개 숙여 절을 하지만, 셰익스피어의 눈은 일평생 똑바로 마주본다. 물론 손전등을 들고 태양을 바라보는 사람처럼 이따금 눈을 깜박이며 시선을 내리뜰 때도 있다.

O. : 에르노 오스바트(1877~1929)를 가리킨다. 오스바트는 당시 헝가리에서 가장 영향력있던 문학 잡지 『Nyugat』의 편집장으로 일했으며, 많은 젊은 시인을 발굴하고 후원하였다.

❧

호기심 많은 사람

마테를링크는 벌집, 흰개미의 집, 꽃받침 속을 관찰했다. 모든 것을 자세히 살펴보고 냄새를 맡고 손으로 만져보고는 결과를 글로 보고했다. 전문적이지는 않지만 아주 정열적이고 성실한 시적 호기심과 처음에는 정열에 의해 불붙지만 나중에는 경험을 통해 왕성해지는 탐구 의욕, 그리고 영혼의 열정을 정확하고 차가운 의식의 경험으로 변화시키는 시적 통찰. 이것이 학문의 길일지도 모른다. 인간은 먼저 느끼고 나중에 지각한다. 그러다 호기심이 생기면서 시인처럼 깊게 탄식하고, 결국에는 학자들처럼 통제하고 제어한다. 괴테도 연구가의 활동을 이런 식으로 생각했다. 마테를링크가 발견한 내용을 기록한 책에서 객관성은 시적으로 형상화되어 있다. 전문가는 벌집을 바라보면서 벌만을 본다. 시인 마테를링크는 벌과 함께 벌을 품고 있는 배후의 세계를 보았다, 아주 정확하게.

모리스 마테를링크 Maurice Maeterlinck(1862~1949) : 벨기에의 시인이며 극작가, 수필가. 1911년 노벨문학상을 수상하였으며, 주요 작품으로 『꿀벌의 생활』 (1907), 『꽃의 지혜』(1907), 『파랑새』(1908) 등이 있다.

여흥 뒤의 후회

이 작가의 작품은 둘도 없는 '여흥 뒤의 후회'다. 수천 쪽에 걸친 여흥 뒤의 후회. 그는 태어나서 실컷 먹고 마셨다. 간단히 말해서 세상에 취했다. 그러고는 호주머니 안에 두통약, 지크문트 프로이트의 전집과 사도들의 편지를 넣은 채 이마에 냉찜질을 하며 한탄하기 시작했다. 소리 높여 신음을 한다. 아, 세상이여! 아, 사랑이여! 아, 자연이여!

비평가들이여, 제발 이제 좀 자비를 베풀어 몇 마디 위로의 말과 함께 청어 꼬치 조금과 도수 낮은 맥주 한 잔을 그에게 선사하시오.

❧

왜?

지난밤에 나는 와일더의 소설 『산 루이스 레이의 다리』를 네번째로 읽었다. 인생과 운명의 문제를 이 소설처럼 그렇게 용감하게 제기하려 하고 또 제기할 수 있는 책은 근래에 전혀 보지 못했다.

"왜 하필이면 나란 말인가?"

이런 물음이 시종일관 줄기차게 제기된다. 후작 부인, 에스테반, 피오 삼촌이 그렇게 묻고, 이 남다른 책을 덮는 독자도 스스로에게 그런 물음을 던진다. 왜 하필이면 내가 병에 걸린단 말인가? 왜 운명은 하필이면 나에게 비참, 불운, 굴욕, 불치의 천연두를 안겨주는가? 왜 하필이면 내가 위험한 순간에 산 루이스 레이의 다리를 건너가는 다섯 사람 가운데 한 명이란 말인가? 왜 하필이면 내가 윌뢰이스 거리 모퉁이에서 차에 치인 신문 기사의 주인공이란 말인가? 왜 하필이면 내가 해고를 당한단 말인가? 왜 하필이면 내가 번개에 맞았단 말인가, 왜? 와일더는 이 물음을 소리 죽여 하늘에 대고 외친다.

와일더도 대답은 모른다. 대답은 오로지 이런 물음 속에 들어 있다.

"살기 위해서 꼭 필요한 뭔가가 존재하는가?"

그것은 무엇인가? 사랑? 의지? 은총? 시인은 대답하지 않는다. 그러나 세계를 향해 큰 소리로 물음을 제기한다. 그리고 세상이 이렇게 시끄러운데도 하느님이 한순간 그의 외침에 귀를 기울인 듯이 보인다.

손톤 와일더 Thornton Wilder(1897~1975) : 미국의 소설가이며 극작가. 주요 작품으로 『산 루이스 레이의 다리』(1927), 『중매인』(1954) 등이 있다.

비행사

세계 일주 여행을 떠나려는 비행사가 비행기에 부담이 될 만한 것은 신중하게 고려하여 전부 버리듯이, 그도 조금 무게가 나가는 옷, 따뜻한 털옷을 포기하고 시베리아의 늪에 착륙할 경우 요긴할 지도 모를 가죽 장화도 단념한다. 사막에서 갈증을 덜어줄 뜨거운 초콜릿, 레몬 주스와 토마토 주스를 담은 보온병도 내던지고, 그린란드의 빙원에서 얼음장같이 차가운 바람과 신경통으로부터 대머리를 보호해줄 털모자까지도 최후의 순간에 팽개친다. 결국 가볍고 얇은 옷 한 벌, 샌드위치와 한 모금의 물만을 꾸린다. 그렇다, 그리고 최후의 순간에 어린 아들과 돌아가신 아버지의 사진을 넣어 가지고 다니는 지갑마저 호주머니에서 꺼낸다. 그것도 무게가 몇십 그램은 나가기 때문이다. 그래서 이미 굉음을 내며 진동하는 비행기 창문을 통해서 그 지갑을 정비사에게 던진다. 그렇게 모든 것을 지상에 벗어 두고 간다. 벤진과 휘발유, 비행에 필요한 그 밖의 연료를 조금이라도 더 많이 실을 수만 있다면, 쓸모 없는 추억과 거추장스러운 짐에서 벗어나 실오라기 하나 걸치지 않은 벌거벗은 몸으로 비행기에 올라탈 것이다. 저 멀리, 저 높이 두둥실 날고 싶기 때문이다. 더 높이, 더 멀리 이르고 싶어서 최후의 피 한 방울까지도 벤진과 바꿀 것이다!

그 사람은 그렇게 살고 글을 쓰고 최후의 여행을 준비한다. 더 많은 연료로 보다 멀리 가기 위해서 삶의 거추장스러운 짐을 모두 벗어던진다.

오랜 지기

진실한 시는 오랜 지기와 같다. 벌써 오래전에 한 번 읽었거나 처음부터 끝까지 다 외우고 있는 듯한 느낌이 든다. 비밀스럽고 뜨거운 핏줄을 통해 시행에 운율의 흐름을 불어넣는 감정이 우리 자신의 느낌인 듯하다. 시인이 노래하는 사랑이 바로 우리의 사랑이며, 시인이 잃어버리고 탄식하는 고향이 우리의 고향이고, 시인이 사람들에게 퍼붓는 저주가 우리의 가슴에서 우러나온 저주인 것만 같다. 그래서 진실하고 위대하며 영원한 시는 복잡하고 고귀한 의미에서 언제나 '세계적'이다. 그런 시는 볼리비아에 사는 독자의 가슴을 고향 사람들의 마음처럼 울린다. 시인은 언제 어디서나 하나의 사랑, 하나의 고향, 하나의 인류를 찬미하고 칭송하며 탄식한다. 시인은 전 세계를 위해 느끼는 탓에 마음이 결코 편협할 수가 없다. 그래서 시들이 우리에게 그렇게 친밀하게 느껴지는 것이다. 살아 있는 사람들, 우리 모두는 시인의 자녀들이다. 우리는 그렇게 느꼈고, 시인은 그렇게 말했다. 우리는 체험을 했고, 시인은 체험을 시의 형식으로 표현했다.

❦

작가들과의 대화

우리는 언제나 다른 이야기를 한다. 정치 이야기 아니면 J가 이혼했고 B가 자신의 신념을 배반했으며 Z가 얼간이고 A의 기가 차츰 수그러든다는 이야기를 한다. 그러나 정작 일, 우리가 뭔가 잘 아는 유일한 일에 대해서는 입을 열지 않는다.

작가들은 자신의 일을 내세우기를 꺼려한다. 서로 경쟁하듯 작업장의 비밀을 감추려든다. 시인은 시를 쓰려는 생각을 포기해야만 비로소 시를 쓸 수 있게 되므로 인식과 경험, 비밀을 벗어던진다. 우리는 소설을 쓰면서 어떤 경험을 쌓았는지 말하지 않는다. 그러나 기술 관료주의의 이점에 관해서는 다시없이 격렬하게 토론을 하고, 내분비선의 최신 치료법에 대해서 이야기를 주고받는다. 사실 우리와 관계 없는 온갖 일에 대해서는 말을 주고받지만, 우리가 목숨과 재산을 바쳐 수업료를 지불한 것, 뭔가 잘 아는 친밀한 것이 화제에 오르면 눈을 부릅뜨고 침묵을 지킨다.

몸

서머셋 몸은 거의 탁월한 작가라 할 수 있다. 탁월한 작가가 되기 위한 모든 조건을 갖추고 있다. 재능, 교육, 근면함, 도의심, 부도덕한 것을 향한 용기, 세상 물정에 대한 인식, 말과 인생에 대한 헌신적인 태도. 몸은 셰익스피어의 은유와 G. B. 쇼의 뛰어난 잠언의 차이가 무엇인지 정확히 알며, 박식하고 겸손하다. 몸은 거의 탁월한 작가라고 할 수 있다. 그는 적절한 거리를 두고 세상을 바라보며, 시적 소재의 본성에 대해 잘 알고, 삶의 비전을 형상화하는 데 필요한 어휘를 능숙하게 구사한다.

그러나 몸은 늘 마지막 순간에 임무 앞에서 뒷걸음질 했으며, 결국 탁월한 작가가 되지 못했다. 사십 년 이상 식민지의 오욕적이고 굴욕적인 환경에서 돈을 벌어 마침내 고향으로 돌아와서는 선조들의 재산을 되사서 전통에 묻혀 조용히 살아가는 사람처럼, 그는 경멸하는 마음으로 희곡을 집필했다. 몸은 식민지에서 열병에 걸렸던 것 같다. 비밀스러운 속세의 질병에 걸려서 자신이 그토록 경멸했던 성공, 고열을 수반하는 성공의 변종에 시달렸다. 몸은 좋은 작가지만 유치하고 통속적인 것, 효과를 노린 애매한 내용, 살인이나 음모, 사랑 이야기를 늘 마지막 순간에 은근슬쩍 작품 속에 끼워넣는다. 또 확고한 믿음을 가지고 끝까지 전력을 다해 글을 쓰려는 용기가 없는 듯이 언어를 다룬다. 페기의 말에 따르면, 낱말들을 억지로 몸에서 쥐어짜내는 작가들이 있는가 하면, 외투 호주머니에서 자연스럽게 슬쩍 적절한 표현을 꺼내는 작가들이 있다. 몸은 후자에 해당한다. 몸은 품질 좋은 외투와 뛰어난 어휘를 소유했다. 애석하게도 그게 전부였다.

서머셋 몸Somerset Maugham(1874~1965) : 영국의 소설가이며 극작가. 주요 작품으로 『인간의 굴레』(1915), 『달과 6펜스』(1919) 등이 있다.

조지 버나드 쇼George Bernard Shaw(1856~1950) : 아일랜드의 소설가이며 극작가, 비평가. 1925년 노벨문학상을 수상하였으며, 주요 작품으로 『성녀 존』(1923) 등이 있다.

샤를 페기Charles Peguy(1873~1914) : 프랑스의 시인이며 사상가. 주요 작품으로 『잔다르크』(1897) 등이 있다.

돈

문학은 솔직하지 못하게 시건방을 떨며 돈을 경멸한다. 돈이란 막이 오르기 전에 무대 감독이 주인공에게 건네주는 연극의 소도구이고, 무대에서만 사용되며 성대한 공연에서 시시한 역할만을 하는 무가치한 것으로 여긴다. 적어도 사랑이나 죽음에의 공포, 야망이나 조국애만큼 삶을 채우는 돈은 실제로 훨씬 더 미묘한 체험을 가져다준다. 돈과 관련된 일상적인 체험, 즉 이십 펭고의 특별 지출이나 오십 펭고의 특별 수입이 우리 삶에서 빚어내는 극적인 긴장감을, 사랑이나 야심보다 한층 더 복잡 미묘한 이 감정의 응축을 묘사한 글은 아직까지 없었다. 돈이란 원래 그런 감정의 응축이며, 살다보면 사소하고 평범한 돈에서도 그런 감정의 응축을 자주 볼 수 있다. 팔 펭고 오십의 충격, 이십육 펭고의 행복, 십칠 펭고의 절망을 묘사한 사람은 여태껏 없었다. 문학은 대부분 극단적인 것, 존재하지 않거나 터무니없이 많은 돈에 대해서만 쓴다. 그러나 실제로 우리는 존재하지 않는 것과 터무니없이 많은 것 사이에서 살고 계산하고 느끼고 열광하고 눈물을 흘린다. 돈의 진실한 체험은 굶주림과 엄청난 거액 사이에서 일어난다. 매달 받는 사백팔십 펭고 안에서도 희망봉으로의 여행, 중국에서의 아사餓死, 푸거 가의 파산처럼 다채롭고 모험적이며 흥분되고 무시무시한 일이 일어날 수 있다.

푸거 가 : 독일의 상업 도시 아우구스부르크를 거점으로 하여 근대 초기에 번영했

던 호상豪商. 한때 거래 범위가 전 유럽에 이르렀으며, 황제 막시밀리안 1세, 카를 5세를 비롯하여 교황과 제후에게까지 돈을 빌려주었다. 푸거 가는 16세기 말 이후 쇠퇴하였다.

✤

실패

위대한 참된 실패자는 마음을 진정시켜주는 장엄한 면이 있다. 그는 아침에 잠에서 깨어나 자신의 책이나 연극이 흥행에 실패한 사실을 안다. 정신적이거나 세속적인 기획이 좌절당한 것이다. 특별히 조간 신문의 평론이나 잡지의 기사를 통해 아는 게 아니다. 실패자는 누가 보아도 분명하게 표가 난다. 거리에 나가면 나무들이 등을 돌리고 창문의 불이 꺼진다. 평생 남한테 빌붙어 먹는 아첨꾼이나 부랑자들도 가까이 오는 당신을 보고는 고개를 돌리고 침을 뱉는다. 후세後世에 대한 희망도 부질없는 짓이다. 이 세상 그 무엇도 위로가 되지 않는다. 가족과 연인, 친구들의 다정한 암시나 은근하고 부드러운 위로는 물리치는 편이 가장 현명한 처사다. 후세나 위로가 다 무슨 소용이 있겠는가! 그런 실패는 근원적인 상황이고 순수한 것이며 진실하고 강하다. 그런 좌절은 재난이 아니다. 실패자는 자신이 뭔가를 했으며 이 세상에서 무슨 일인가 일어났다고 느낀다. 사실 뭔가를 원한 사람만이 실패할 수 있다. 하지만 이런 말도 위로가 되지 않는다. 더 이상 오해의 여지가 없다. 똑바로 서서 냉정하게 어두운 밤을 직시하라. 당신은 실패했다.

표절

당신만 책을 쓰는 게 아니기 때문이다. 동시에 책도 당신을 쓴다. 그것은 영원히 빌려주고 빌려받는 과정이다, 이 사실을 잊지 말라.

번지수

카샤우 거리를 달리는 전차가 어느 단층집 옆을 지나간다. 집과 번지수를 보는 순간 전기 충격보다 강한 섬광이 전신을 강타한다.

"바로 그 집이야."

그렇다. 그곳은 연대장의 아들 R이 살던 집이다. 거기에서 '사건이 일어났으며', 그 모든 것은 훗날 책과 신화를 낳았다. 그 집의 울타리 뒤, 토지대장에 등재된 신비스런 번지수 어딘가에서 소설의 한 마당이 벌어진다. 이제 내 오성은 그런 사실을 말하지 않는다. 육신만이 회상할 뿐이다. 전차가 덜커덩거리며 달려가고 집은 시야에서 사라진다. 우리는 살아서 글을 쓴다. 그러나 무대와 소도구들이 정체를 알 수 없는 끈질긴 힘으로 어딘가에 존재한다는 것을 기억한다. 그것들은 네 작품에 참여할 것을 요구한다. 네가 모든 흔적을 지웠다는 말은 사실이 아니다. 지금도 어딘가에서 번지수가 고발을 한다.

동화

진정으로 위대한 시와 소설, 그리고 학문서들은 동화처럼 소박하고 천진한 데가 있다. 위대한 책들은 언제나 동화책이기도 하다. 이를테면 성경과 톨스토이, 진실한 시, 영원한 이야기들이 그렇다. 삶과 영혼의 밑바탕에는 언제나 동화가 존재하기 때문이다. 동화는 민중들이 쓰면 전설, 예언자가 집필하면 신앙 고백, 위대한 작가의 펜에서 유래하면 이야기가 된다. 그러나 이런 글들이 세상을 향해 말하는 어조와 태도는 언제나 간결하고 원초적인 동화의 어조이고 태도다. 인류는 동화를 기다린다. 그리고 작가와 학자, 예언가는 이런 동화적인 어조를 통해서만 인간의 영혼에 이르는 궁극적인 진실한 길을 찾을 수 있다. 작가라면 누구나 조금씩 중동에 살면서 대추야자 나무 아래에 앉아 있기 때문이다. 인류는 작가를 빙 둘러싸고 앉아서 부탁을 한다.

"자, 이야기를 들려주시오."

투르게네프

어떤 사람이 파리의 살롱, 프랑스 문학 속에 집처럼 편안하게 앉아 있다. 창백한 얼굴과 흰 수염, 말끔하고 근사한 옷차림, 상냥하고 현명한 눈빛, 부드럽고 섬세한 뽀얀 손, 더없이 신중하고 완벽한 프랑스 악센트. 이 모든 것이 방문객들을 매혹시킨다.

"이렇듯 완벽하게 프랑스 사람다울 수가!"

모두들 말한다. 그러고는 열렬히 외친다.

"과연 거장이야!"

맞다, 그렇듯 완벽하게 프랑스 사람처럼 보인다. 그러나 그 사람은 프랑스의 살롱과 문학 속에서도 평생 러시아, 도저히 살 수 없어서 버리고 도망 나온 러시아와 자신을 이어주는 향수에 파묻혀 살았다. 이제 그는 공쿠르 형제의 친구, 유럽의 정신적인 귀족들의 총아가 되어 프랑스 살롱에 앉아서 러시아 의회에서 벌어지는 지배 계층과 농민들의 쟁론, 우랄의 숲에서 나무들이 살랑거리는 소리, 불가 해변의 들판에서 개들이 짖는 소리, 러시아 장난꾸러기 꼬마가 떼를 쓰며 우는 소리, 행정 관청의 교만한 관리가 퍼붓는 악담을 듣는다. 유럽의 정신적인 아성에서 살면서도 오로지 그것만을 보고 듣고 또 그것에 대해서만 글을 쓰고 꿈을 꾼다. 자신은 살 수 없는 그 러시아를 열 권의 책에서 다시 불러낸다. 버리고 떠나온 러시아를 귀신같이 섬세한 솜씨로 엮어내는 추방당한 자. 러시아 사람이고 작가이기 때문이다. 그렇다, 그렇듯 완벽하게 '프랑스 사람다울 수가.'

공쿠르 형제 : 프랑스의 형제 소설가. 형은 에드몽 드 공쿠르Edmond de Goncourt(1822~1896), 동생은 쥘 드 공쿠르Jules de Goncourt(1830~1870). 형제가 합작하여 많은 작품을 남겼으며, 주요 작품으로 『제르베제 부인』(1869) 등이 있다. 이들의 유산을 기금으로 하여 창설된 공쿠르상은 프랑스의 가장 권위적인 문학상이다.

❧

다섯 아니면 열 줄

내가 쓰는 것은 겨우 몇 줄, 다섯 아니면 열 줄에 지나지 않는다. 하루 종일 고열과 고통에 마비되고 추억에 취해서 죽은 듯이 싸움터에 누워 있다가, 저녁이 되어 전우들이 비틀거리며 주검과 덤불을 넘어 다가오면, 가까스로 한 손을 들어 아직 살아 있다는 표시를 하는 부상병처럼, 나는 땅거미가 내려앉을 무렵 그 몇 줄을 공책이나 일지에 적는다.

살아 숨쉬는 부상병도 하늘과 땅, 삶과 죽음 사이의

그 시간만큼 결코 그렇게 깊이 느끼고 격렬하게 산 적이 없었으며, 그 무력한 손동작을 통해서처럼 그렇게 안간힘을 쓰며 살아 있다는 사실을 표현한 적이 없었을 것이다. 나라는 사람 주변에는 문학적인 '왕래', 소란한 문학적인 삶이 존재하지 않는다. 세상과 전우들이 아니라 오로지 자기 자신에게 신호하는 사람처럼, 나는 다섯 아니면 열 줄을 쓴다. 이제는 박수갈채를 받는 작품을 쓰고 싶지 않다. 그저 진실만을 남기고 싶을 뿐이다, 오로지 그뿐이다. 불가리아에서 한 방울의 장미 농축액을 얻기 위해 수천 송이의 장미를 눌러 으깨듯이, 인간의 육신에서 삶과 죽음의 고백 같은 정액이 분출하기 위해서는 조건 없이 사랑해야 하듯이, 눈물이 심장에서 샘솟아 눈으로 흐르기 위해서는 참다운 고통을 느껴야 하듯이, 나는 이 다섯 아니면 열 줄을 쓰기 위해서 살아 숨쉬고 기다리고 지켜보고 자신과 세계를 응시하고 글을 읽고 빈둥거리고 미소 짓고 투덜거리고 회상을 해야 한다. 그렇게 할 수 없다면 이제는 글을 쓰고 싶지 않다. 문학 논쟁, 공명심, 하늘까지 불타오르는 싸움이여, 너희들에게 평화가 있기를. 이제 그런 일은 다른 사람들에게 맡기련

186

다. 퀼 바바 무덤 주변의 내 창문 앞 장미가 한 번 더 숨을 깊이 들이마시는 저녁까지, 나는 다섯 줄을 쓰려 한다. 다섯 줄, 아니 어쩌면 열 줄.

퀼 바바 무덤 : '성인'으로 추앙받은 이슬람인 데르비쉬스 퀼 바바의 시신이 안치된 작은 교회. 부다의 장미 동산 기슭에 위치해 있으며 '튀르베'라 불린다.

결산

주변을 돌아보며 하늘에 감사하고 마음을 진정하라. 너는 누구이고 무엇을 하는 사람인가? 너는 헝가리의 작가, 오로지 원하는 것만을 쓸 수 있는 부류의 작가다. 그러므로 너는 걸인, 특권을 가진 걸인, 시민 계급의 걸인이며, 불만에 찬 가난한 나라의 기분과 변덕에 늘 내맡겨져 있다. 국가의 삶을 위해 우선적으로 필요한 존재는 네가아니다. 아주 운이 좋은 경우 그들은 너를 묵인한다⋯⋯ 너는 헝가리의 작가, 그러므로 성스러운 빈곤과 결혼한 작가이며, 집시처럼 사회의 가장자리, 외진 곳을 떠돈다.

직위와 집을 소유하고 가슴에 훈장을 단 명망 인사와 권세가들이 이따금 잠시 너를 찾아와 거만하게 네 어깨를 두드리고는, 네가 근사하게 연주를 하면 접시에 잔돈푼을 던져넣는다. 너는 헝가리의 작가로서 이 나라가 모르는 척하더라도 이 세상에서 이 나라를 대표한다. 네 마음을 가난한 사람들에게 돌려라. 나머지는 전부 착각이고 공허한 무無이며 거짓이다. 이것이 결산한 결과다.

공공연한 감사의 말

그런데도 나는 고맙다는 말을 해야 한다. 내 오욕과 비참함도 공공연한 것이고, 나를 휘감는 슬픈 행운인 스스로를 표현할 수 있는 재능을 운명에게서 선물받은 행운도 공공연한 것이기에 고맙다는 말을 공공연히 해야 한다. 그 행운 덕분에 나는 이 세상에서 눈으로 본 것을 보고하고, 때로 은총이 넘치는 순간에는 말하기 어려운 것도 표현할 수 있다. 그러니 당연히 고마움을 느끼지 않을 수 없다. 나는 낱말들이 친밀하게 느껴지고 또 낱말들을 듣고 맛보고 이해하고 예감할 수 있어서 감사한다. 낱말들의 의미와 향기를 알고, 원하는 모든 것을 이 낱말들을 빌어 표현하고, 낱말들의 도움을 받아 사람들과 어린이들, 심지어는 풍경과 죽은 자들에게까지 나를 전할 수 있다. 그 모든 것, 모든 낱말은 나의 차지다. 나는 넘치게 부유하면서 동시에 가난하고 비참하다. 나는 그것에 대해 공공연하게 고마움을 표하고 언론을 통해 그 사실을 증명한다.

위트릴로

위트릴로의 그림은 현재의 파리나 프로방스의 거리를 그리는데도, 길모퉁이, 광장, 집들이 늘어선 강변, 외로운 종루나 교회 탑이 솟아 있는 하늘에서 늘 중세의 분위기가 감돈다. 언제나 초록색, 붉은색, 검은색 덧창이 닫혀 있고, 창문의 블라인드는 전부 아니면 반쯤 내려져 있다. 햇살이 비치는 가운데 돌들은 검은 그림자를 깊게 드리우고 빵집 주인은 뒷방에서 잠을 자고 사람들은 시내에서 산다. 돌,

집, 교회의 탑들은 그들을 위한 것이다. 그러나 위트릴로의 그림에서는 그 사람들의 모습이 보이지 않는다.

그런데도 돌, 담벼락과 지붕, 종루와 교회의 탑, 그리고 햇살과 검은 그림자들 사이로 비스듬히 기운 낡은 정원 울타리는 사람들의 비밀을 누설한다. 닫힌 블라인드 뒤에서 정열과 사랑이 불타고, 살인이 날카로운 비명을 지르고, 어느 미친 사람이 금화를 센다. 불타는 뜨거운 입술을 가진 여인이 연인의 벌거벗은 가슴 위에서 설핏 잠이 든다. 이 화가는 보이지 않는 것을 질서정연한 기하학적 형상으로 그려내고, 정교하게 지은 단층집의 윤곽에 운명을 담아냈다. 그는 인간의 무한함을 그렸다. 그의 그림은 사람의 모습이 보이지 않는, 양지 바르고 좁은 소시민들의 골목길만을 보여준다. 훌륭한 화가, 훌륭한 작가, 진실한 예술가는 블라인드 내린 창문을 그리면서, 그 컴컴한 유리창 뒤에 숨어 있는 비극적이거나 행복한 인간의 운명을 예감하게 한다. 우리는 '배나무길'이라는 골목길을 보면서 지옥을 본다는 느낌을 받는다.

모리스 위트릴로Maurice Utrillo(1883~1955) : 프랑스의 화가. 주요 작품으로 〈거리의 풍경〉, 〈파리의 골목길〉, 〈팔레트〉 등이 있다.

부지런한 사람

이 작가는 얼마나 부지런한가! 그는 참관 허락을 받은 교수형은 빠지지 않고 지켜보았으며, 출산과 끔찍한 수술 광경도 놓치지 않고 보았다. 원자의 파괴에 관심을 보이고, 아인슈타인, 막스 플랑크, 캐서린 헵번과 긴 대화를 나누고, 셰익스피어의 작품을 수백 줄이나 줄줄 암송했다. 무슨 특별한 일, 충격적이거나 장엄한 일이 있는 곳이면 어디든 달려갔으며, 어떻게든 눈치를 채고 '현장에 있었다'. 또 장엄한 행복과 고통에 잠긴 사람들을 사귀었다. 그는 하려는 일을 위하여 완벽하게 준비했다. 다만 한번도 글을 쓰지는 못했다. 눈으로 본 것을 설득력있게 글로 남길 시간이 없었던 것이다.

막스 플랑크Max Planck(1858~1947) : 독일의 물리학자. 1918년 노벨 물리학상을 수상하였으며, 주요 저서로 『열역학 강의』(1897)가 있다.

나그네

집과 자연, 인간의 영혼, 별과 법질서, 세상 만사를 하나로 묶어 결속시키는 힘이 효력을 상실한 듯 보이는 지금, 나는 다시 책들에게로 돌아간다. 내가 엉뚱한 곳을 찾아다닌 탓에 그 사람의 모든 것이 나를 실망시켰다. 나는 거리와 침대, 상점과 싸움터, 운동 경기장과 연극 무대, 병원과 사창가, 가정과 수도원에서 그 사람을 찾았다. 그가 모습을 나타내는 곳은 어디든 쫓아다니며 찾았지만, 정작 그가 있는 곳에서만은 찾지 않았다. 그 사람, 그는 자신의 영혼 안에 있었다.

그래서 나는 책들에게로 돌아간다, 영원히. 어제까지 당신과 나에게 소중했던 것을 전부 당신들에게 맡긴다. 그것들은 이제 나한테 중요하지 않다. 진지하게 길을 떠나는 나그네는 꼭 필요한 것만을 챙기는 법이다. 칫솔 하나, 속옷 한 벌, 그리고 인간의 영혼.

미할리 톰파

아, 시편, 화려한 비유와 상징, 조국을 향한 충정이 담긴 애타는 마음. 필사적인 의지로 제어한 불운. 반항. 고향의 운명과 미할리의 운명, 사제의 운명과 시인의 운명, 애원과 슬픔의 노래와 환희와 죽음의 외침이 하나로 뒤섞인 비명을 감싼 우의寓意. 시인들이여, 미할리의 말을 상기하라! 결국 상처받은 위대한 영혼들이 — 사도든 시인이든 — 하는 충고는 아주 간단하다. 그러나 그들의 충고는 영겁의 시간 속으로 울려 퍼진다. 그가 뭐라 말하고 뭐라 충고했던가?

"부디 다시 노래하라, 나의 작은 새들이여."

미할리 톰파(1819~1868) : 헝가리의 사제, 시인. 민속적인 서정시, 무엇보다도 조국애를 노래한 시가 많은 사람들의 사랑을 받았으며, 1849년 헝가리의 독립 전쟁 당시 국민들에게 커다란 영향을 미쳤다. 여기에서 마라이가 인용한 시구는 「어린 새들에게 보내는 말」이라는 시의 일부이며, 이 시는 '자유를 위한 투쟁 후 침묵을 지키는 헝가리의 시인들에게' 라는 부제를 달고 있다.

자음

　자음에 관심을 쏟는 시인은 없다. 랭보는 부드러운 손
가락과 비밀스러운 색채 혼합으로 ‘A’와 ‘O’, ‘E’에 적
절한 어감을 부여했다. 그러나 그 이후로 시인들은 얼이
빠진 듯 침묵을 지켰다. ‘R’, 시베리아로 유배당한 사람
이 뼛속까지 얼어붙는 러시아 들판을 가로질러 도주하
다가 바스락거리는 덤불에 들어섰을 때처럼 기묘하게
툭 부러지고 바삭거리는 듯한 이 ‘R’의 올바른 의미에
대해서 어느 날 글을 쓸 사람은 누구인가? 양볼이 빨갛
게 달아오른 열다섯 살 소녀가 창문의 얼음꽃을 향해 짓
는 한숨처럼 부드러운 ‘H’는 또 누가 묘사할 것인가?
사보나롤라의 맨발 아래서 장작더미가 붉게 달아오르는
순간 새어나오는 ‘Sch’에 누가 관심을 가질 것인가? 뚱
뚱한 ‘Ö’나 초록색으로 변장한 여자 스파이인 음탕한
‘Ü’가 들보에 매달리기만을 기다리는 음흉한 교수대
‘F’에 대해 말할 사람은 누구인가? 북방 문학에서 두루
미와 결합한 ‘V’만이 지금껏 문학에서 자신의 역할을

발견했다. 게으른 시인들이여, 분발하라! 우리가 하는 일의 재료에 경의를 표하고, 문자의 의미를 밝혀보세. 그것은 결국 우리가 할 일이 아니겠는가.

지롤라모 사보나롤라Girolamo Savonarola(1452~1498) : 이탈리아 도미니크 회會의 수도사이며 종교 개혁가. 교회의 혁신을 위한 설교와 예언자적인 언사를 통하여 시민의 정신적인 지도자로 활약했으나, 시민의 사치품과 이교도적 미술품 및 서적을 불태우는 등 지나치게 과격한 방법을 취함으로써 크게 반감을 샀고 결국 지지 기반을 잃어 화형에 처해졌다. 주요 저서로 『십자가의 승리』 등이 있다.

입센

입센은 영원한 약사다.

그는 코에 안경을 걸치고 백발이 성성한 헝클어진 머리를 대리석 책상 위로 깊숙이 숙이고서 인류의 마법의 부엌에서 심각한 표정으로 뾰족한 손가락을 바삐 움직여 경고 표시가 그려진 비밀스러운 혼합액을 독약과 섞었다. 산에 부식된 민감한 손으로 증류한 불행이 가득 찬 플라스크에 고통 한 알과 허영심 두 조각을 섞고는 티끌만 한 노란 질투심 몇 알을 가미했다. 이따금 뒤편의

서가로 가서 불룩한 용기를 꺼내 조제한 액체를 밝은 연
둣빛 희망의 물에 용해시켰다. 그러나 어느 누구도 지나
치게 많이 섭취하지 않도록 아주 꼼꼼하고 정확하게 처
방한 삶의 독약만을 조제할 때가 더 많았다. 관객 가운
데 단 한 사람도 그의 작품 속에 숨어 있는 슬픔, 절제,
절망을 모조리 가슴에 품고 집에 가서는 안 되었다.

입센은 자신이 하는 모든 일에 자격증을 가진 듯 보이
는 전문가다. 이 전문가는 과묵하고 가혹하다. 인간적인
모든 일에 마취제를 주사하는 편이 훨씬 더 현명하다는
걸 잘 알면서도 자신이 하는 일의 규칙에 따라 소신껏 인
류를 위해 봉사한다.

여성 작가

원고에 바싹 몸을 숙이고서 소설과 감상적인 단상에
사랑의 야심과 여성적인 공명심, 복수심과 절망을 불어
넣으려고 애쓰는 그 여성 작가를 카페에서 볼 때마다,
나는 그녀의 작은 손에서 살며시 다정하게 펜을 뺏으며

말해주고 싶다.

"친애하는 부인, 부디 펜을 아주 신중하게 사용하십시오. 이것은 위험한 도구이며, 사실 여성들에게는 적합하지 않습니다. 언젠가는 그것으로 연약한 작은 손가락을 베일 수도 있습니다."

선율

삶의 소란스런 소리들 한가운데서 갑자기 아주 맑은 선율이 울려 퍼진다. 지상의 온갖 소리와 모든 소음을 품고 있는, 기도 중의 죄처럼 아니면 매춘부가 짓는 오펠고의 미소 속에 깃든 신적인 에로스의 미소처럼 정제되고 순화된 웅장하고 진한 정수의 음률이 소음을 뚫고 울려 퍼진다. 주변에서 소음만이 들려오더라도 오로지 이 선율에 귀를 기울이라.

비평

나는 어느 출판사의 부탁으로 그동안 내 책들과 관련해 발표된 서평들을 정리한다. 수백 아니 어쩌면 수천편에 이를 서평들이 아무렇게나 공책 갈피에 끼워져 있다. 무슨 내용인지도 모르면서 내리는 사형 선고, 열광적인 칭송, 오만한 무례함.

나는 구겨진 신문 조각들을 천천히 뒤적이며 생각한다.

"이런 와중에도 아직 내가 살아 있다니, 사실 기적 같은 일이야. 논리와 정의의 법칙에 따르면, 나는 벌써 오래전에 저기 외딴 카메랄 숲의 떡갈나무에 목을 매달아 가을 바람에 대롱거리고 있어야 할 거야. 호주머니 안에는 작별의 편지가 들어 있겠지. 정의, 무엇보다도 비평의 정의를 위해서 오래전에 스스로 목숨을 끊어 마땅했을 거야. 그런데 왜 그렇게 하지 않았을까?…… 그 가운데 제일 공정한 비평이라는 것도 더없이 파렴치한 비평처럼 전혀 내 마음에 와닿지 않고 설득력이 없었기 때문이 아닐까. 작가라는 존재는 본디 둔감해서 웬만한 일에는 모욕을 받지 않아. 작가를 곤란하게 하고 빵이나 자유 때로는 목숨까지도 앗아갈 수 있을지는 모르지만, 글을 쓰고자 하는 이 불가사의하고 가혹한 욕구만은 빼앗아갈 수 없어. 다만 혼자서 스스로 삶을 포기할 수는 있어. 나는 바로 그것과 고군분투하는 중이지."

일

이따금 나는 스스로 하루 작업량이 너무 적은 것에 소스라치게 놀란다. 사실 더 이상 미룰 수가 없어서 — 마지못해 억지로 — 아침이나 오후 몇 분 동안 급하게 몇 줄 휘갈길 뿐이다. 그러면 신문 기사라든지 논문 한 편, 책의 한 쪽이 된다.

그렇다, 내 보수를 시간제 임금으로 계산한다면 나는 굶주림의 위기에 시달릴 것이다. 하루 한 시간 아니 잘해야 한 시간 반, 그 이상 일한다고는 믿지 않는다. 할 일 없이 빈둥거리고 하품을 하고 책을 읽고 멍하니 바라보고 그러다 생각나면 몇 줄 끄적거리는 작가를 대부분의 사람들이 경멸하는 것은 당연하다. 나는 이렇게 경멸하는 사람들에게 굳이 항변하지 않는다. 다만 사람들이 인생과 시간을 허비하는 대부분의 피상적인 일을 나도 경멸한다는 사실만을 분명히 밝히고 싶을 뿐이다. 날마다 열 시간씩 관공서에 앉아 있거나 돈을 받거나 서류를 '처리하는 것'은 다 피상적인 일이다. 복잡하게 돌아가는 사회에서 그런 피상적인 일도 없어서는 안 될 것이다. 그러나 나는 그런 일을 높이 평가하지 않는다.

일을 한다는 것은 그 자체로 목적일 수 없다. 다른 사람들이 감히 흉내낼 수 없는 멋진 구두 한 켤레를 능란하게 짓거나 누구도 따라올 수 없는 훌륭한 소설을 쓰거나 아니면 하느님이 비결이라도 알려준 듯 노련하게 병을 치료하는 경우처럼 뭔가를 생산하는 경우에만 일을 하는 보람이 있다. 나는 일을 하지는 못하지만 생산하고 창조할 수 있게 해준 운명에 언제까지나 감사한다.

문학

　이 세상의 인간적이거나 초인적인 모든 것 — 구월 어느 날 저녁의 후덥지근한 대기, 피아노의 음률, 과일의 향내 또는 죽은 사람의 유품 — 이 가슴을 파고들고 심금을 울려서 도저히 말로는 표현할 수 없다고 느끼는 날, 인간은 진정으로 시인이 되는 게 아닐까. 위대한, 참으로 위대한 시인들은 시만을 쓴다. 문학은 운율과 리듬을 갖춘 운문 이상의 것이다. 인간은 어느 날 세상을 향해 입을 다물고 눈을 감는다. 그때야말로 진정으로 시인이 되는 순간이다.

야콥센

　야콥센의 주변은 평화가 지배한다. 그곳은 북서쪽 어딘가 바다 가까이에 있으며, 하얀 나무 막대기에 꽂힌 연보랏빛, 붉은빛, 황금빛 유리 구슬들이 만발한 장미

꽃 사이에서 휘황찬란하게 빛나는 세기말적인 정원에서처럼 향기가 감돈다. 바다는 보이지도 들리지도 않지만 밀물과 썰물의 숨결을 느낄 수 있다. 가슴이 풍만하고 키가 크며 입술이 유난히 붉은 금발 머리의 젊은 여인이 하얀 자갈길을 걸어간다. 그 여인은 한창 꽃다운 나이에 곧 세상을 떠날 것이다. 그런 징후가 누구의 눈에나 분명히 보인다. 그러면 많은 사람들이 두 주먹으로 입술을 꼭 누르면서 심장을 도려내는 듯한 아픔을 참으려고 울부짖을 것이다. 평화와 목가적인 풍경과 장미 너머에, 아름다운 정원의 평화 뒤에 바다가 있고, 질서 뒤에 무질서가 존재하기 때문이다. 그 여인의 이름은 운명과 죽음이다. 정취 뒤에 엄청난 욕구와 고통이 숨어 있고, 문학 뒤에 — 많은 사람들이 부정할지라도 — 삶이 존재한다.

옌스 페터 야콥센Jens Peter Jacobsen(1847~1885) : 덴마크의 소설가. 주요 작품으로 『모겐스』(1872), 『마리 그루베 부인』(1876), 『닐스 뤼네』(1880) 등이 있다. 시인 R. M. 릴케가 야콥센에게 심취했던 이야기는 유명하며, 마지막 작품 『옌스 부인』은 인생에 대한 유언이라고 할 만한 명작이다.

세기말Fin de Siecle : 19세기 말, 유럽의 사회, 예술계를 풍미한 퇴폐적인 경향을 가리킨다.

교차점

평범한 인간, 조악한 작가, 안일한 사상가는 세계를 수평으로 보고 수평으로 느낀다. 현실을 인식하려는 용기가 넘치는 사람은 크고 작은 세계를 수직으로 본다. 이 두 가지 고찰 방식은 서로 일치하지는 않지만, 어딘가 유일한 교차점에서 맞부딪힌다. 그 교차점은 십자가일 때도 있고 화형식의 장작더미일 때도 있다.

류트

한밤중에 도둑에게 물건을 빼앗기고는 소스라치게 놀라 주위를 돌아보고 가슴 부근의 호주머니를 더듬으며 경찰을 부를지 비명을 질러야 할지 모르는 사람처럼, 이따금 나는 스스로에게 묻는다. 도대체 시들이 다 어디로 갔단 말인가? 누가 나한테서 시를, 시심詩心을 빼앗아 갔는가? 왜 이제 나는 시를 쓰지 못하고 망설이는가? 어떤 사창가에 내 시를 팔아넘겼는가, 누가 내 언어의 금화를 시시한 잔돈푼으로 바꿔치기했는가? 삶의 유일한 아름다움이고 본질인 다른 특별한 문학, 무언의 이 빛나는 문학을 누가 나한테서 앗아갔단 말인가? 시인들이 말하는 류트, 아라니가 죽음의 순간에 가슴에 꼭 껴안기를 바랐던 류트는 어디에 있는가? 누가 류트를 망가뜨렸단 말인가, 나는 류트 없이 이 세상에서 타자기와 만년필로 무엇을 하는가? 류트가 없다면 이 모든 일이 무슨 의미가 있단 말인가?

다시 한 번

다시 한 번, 류트여! 한 번 더! 신음을 해도 좋으니 한 번만 더 현을 울려다오. 먼지 낀 악기여, 주저하지 말아다오. 이제 나는 언어로 표현할 수가 없구나. 그러나 너는, 너만은 표현할 수 있지 않은가. 말없이, 현으로.

기꺼이

　나는 책을 쓴다. 벌써 삼분의 일 아니면 사분의 일을 넘어섰다. 그런데 영문을 알 수 없는 불가사의한 일이 벌어져서, 이제 나는 책을 '쓰는' 게 아니라 주인공들이 하는 말이나 행동을 단순히 기록할 뿐이다. 주인공들이 그들의 시대, 지나간 세기에 방 안을 거니는 광경이 눈에 보인다. 콧등에 사마귀가 난 사람도 있고, 어떤 사건에 대하여 내 추정과는 영 다르게 생각하는 사람도 있다. 나는 이런 사실에 때로는 당황하고 때로는 기쁨 반 놀라움 반을 느낀다. 또 세번째 사람은 비열한 녀석이며 네번째 사람은 담배 색깔의 외투를 입고 있다. 지금 그들은 나와는 상관없이 걷고 이야기하고 살고 죽는다. 나는 그들의 말을 주의 깊게 듣고 종이에 기록한다. 더 이상 개입하지 않고 충실한 태도로 기꺼이 귀를 기울인다.

바이다

바이다는 붉게 달아오른 숯으로 재 속에 글을 썼다. 이따금 소리 높여 신음하고 아내를 방에 가둔 다음 레스토랑에 가서 구운 고기 요리를 먹었다. 아니면 빈에 갔다가 우연히 근처에서 비참하게 사는 가난한 임산부의 배를 발로 차고 울었다. 그러고는 피, 환각, 검은 장미, 지옥의 유황불, 무력한 정열의 시 한 편을 썼다. 바이다는 때때로 이쑤시개를 입에 문 채 멍하니 하늘로 올라가 별을 땄다. 그리고 관공서에 돈을 요구하는 정중한 편지를 쓰고는 헝가리 낱말 하나를 종이에 남겼다. 그러자 누군가가 황천, 고통의 지옥에서 붉게 달군 듯 그 낱말이 빛을 발하기 시작했다.

야노스 바이다(1827~1897) : 헝가리의 시인이며 언론인. 우국의 정을 정열적으로 노래한 많은 시를 남겼으며, 현대 헝가리 서정시에 큰 영향을 미쳤다.

경주

위대한 주제, 진실한 주제들보다 오래 살아남아야 한다. 주제와의 이 경주는 이따금 몇십 년이라는 시간 속에서 벌어지기도 한다 ― 일종의 마라톤이라고 할까. 먼저 일이 일어나고, 그런 다음 일어난 것을 이해하고, 판단을 내리고, 체험한 것을 다시 용서하고, 결국 그것에서 멀어져야 한다. 말하자면 이야기 속의 일처럼 멀어져야 한다. 그러고 나면 비로소 주제, 진실한 주제가 살아난다. 그렇다, 그러나 책만이 아니라 책이 만들어지는 소재 역시 9년은 묵어야 한다.

사과

자, 보라, 이 얼마나 완벽한가! 붉은빛과 엷은 황금빛의 조화로운 색채. 훌륭한 시 또는 완벽하게 다듬은 조각품이나 평온한 경지에 이른 사람처럼 내, 외적으로 조화를 발산하는 합목적적인 완전무결한 형태의 모양. 이 세상 어느 향수 공장도 흉내낼 수 없는 더없이 고결한 향내. 그리고 아크로폴리스 저 위 올림포스 어딘가에서 여신의 살을 무는 듯한 맛. 당신은 그렇게 글을 쓰고 싶지 않은가? 당신이라면 능히 그럴 수 있다고 믿는다.

노벨레

"……다루는 대상에게 어떤 매력을 부여할 수 있는지는 시인 스스로만 아는 법입니다……"

에커만과의 대화에서 괴테는 삼십 년에 걸쳐 준비해 마침내 '노벨레'라는 표제로 발표한 소설에 대해 이렇게 말했다. 또 이런 말도 했다.

"글을 쓰려는 사람은…… 절대로 타인에게 물어서는 안 됩니다."

작가라면 누구나 이 충고를 명심해야 할 것이다. 어떤 작품의 시적인 내용, 마법을 이루는 것은 머리로 이해되는 게 아니다. 그러니 우리의 구상에 대해서 말하는 것

은 현명한 일이 아니다. 노벨레의 내용은 사자 한 마리
가 철창을 부수고 뛰쳐나오자 어느 어린아이가 피리와
노래로써 그 맹수를 다시 철창 안으로 돌아가게 하는 것
이다…… 괴테는 이 사소한 몇 가지 것으로 아주 아름답
고 몽환적인 작품을 만들어냈다. 대상 속에 어떤 빛이나
관계, 어떤 여명이 숨어 있는지는 시인만이 아는 법이
다…… 실러는 괴테가 '노벨레'의 소재로 무엇을 의도
하는지 이해하지 못했다. 그러나 시인은 침묵을 지키며
삼십 년을 기다렸고, 마침내 때가 되자 그동안 마법에
걸린 듯 떨쳐버릴 수 없었던 작품을 결정적으로 단호하
게 손을 움직여 창조했다.

　입을 다물고 지켜보아라, 꿈을 꾸어라. 그러다 시간
이 되면 펜을 들어라.

요한 페터 에커만Johann Peter Eckermann(1792~1854) : 독일의 문필가.
1823년 괴테에게 보낸 논문 「산문에의 기여」가 인연이 되어 그의 비서로 괴테의 사
망 때까지 9년 동안 함께 지냈다.

만

마침내 머리가 희끗희끗하고 코에 금테 안경을 걸친, 수수한 외출복 차림의 남자가 방에 들어선 듯하다. 그는 이따금 안경을 벗어 들고 손수건으로 닦으면서 잘 안 보이는 양 미소를 짓는다.

만의 책들 가운데 한 권을 펼치면 아주 인간적인 특징을 가진 존재가 방에 들어선 듯한 느낌이 들기 때문이다. 그는 괴테처럼 올림포스에서 살거나 도스토예프스키처럼 지하 세계의 고통스런 지옥에서 살지 않는다. 불운한 거인 톨스토이처럼 머리가 별들에 부딪히지도 않는다. 이들에게 못 미치면서 동시에 이들을 넘어선다. 만은 정신, 문학, 규범, 도덕, 게다가 즐거움과 기쁨의 문제까지도 인간적인 기준으로 본다. 고등학교 교사 같은 면모를 지니고 있으며, 스스로도 그런 사실을 잘 알기에 현명하게 자신을 비꼬는 것으로 만족한다. 천성이 그러하니 스스로도 달리 어쩔 도리가 없다. 그는 미소를 지으며 이야기한다. 마치 신들이 천상의 화음의 세계에서 한 음악가를 추방한 듯하다. 이제 그는 인간이 되어서 이야기한다. 추방당한 사람이 그리운 고향의 선율을 듣듯이, 우리는 그의 말에서 음악을 듣는다.

토마스 만Thomas Mann(1875~1955) : 독일의 소설가이며 평론가. 1929년 노벨문학상을 수상하였으며, 주요 작품으로 『마의 산』, 『베네치아에서의 죽음』 등이 있다.

항의

이게 웬일인가? 성공에 푹신 빠져 손과 발로 신나게 물장구치던 이 작가가 이제 머리에 재를 뿌리고 점잖을 빼며 참회의 옷을 걸친 고행자처럼 말을 더듬거린다. 대화에 인색하게 굴며 시선을 내리뜬 채 '고상한 문학' 아니 더 정확히 말하면 그가 문학이라고 착각하는 문학적인 것에 접근한다. 이보시오! 무장한 병사들! 어서 일어나시오! 비평가들이여, 정신을 차리시오! 그를 몰아내시오! 큰 소리로 단호하게 외치시오. 이 건달 양반, 여기가 감히 어디라고? 썩 물러가시오, 성공에게로 돌아가시오!

❧

코츠톨라니

코츠톨라니는 하루 휴가를 얻은 어릿광대처럼 옷 입기를 좋아했다. 오늘 하루는 공연이 없는 것이다. 그래서 저녁 무렵 여느 사람들처럼 옷을 입고 어둠이 내려앉는 골목길을 산보한다. 그러나 사람들은 그를 알아보고 뒷모습을 바라보았다. 그러나 그를 알아보긴 했지만 그가 시인이라는 사실은 몰랐다. 그들은 생각했다.

"저기 가는 저 사람, 다른 세상에서 온 것 같아! 누굴까?…… 무슨 예술가인가, 노래하는 어릿광대일지도 몰라."

코츠톨라니는 스스로에 대해 아주 잘 알았다. 그래서 일부러 공연이 없는 어릿광대처럼 옷을 입었다. 부친 살해범처럼 목까지 올라오는 칼라에 가느다란 넥타이를 매거나 술이 달린 두터운 목도리를 목에 두르고 앞머리를 이마까지 내려뜨렸다. 이 세상에서 해결할 일이 있는 듯, 뭔가를 팔거나 중요한 증빙 서류의 도움을 빌어 설명을 하려는 듯, 집을 나설 때는 언제나 서류 가방을 챙겨 들었다. 그리고 거리에서 수공업자나 시인, 장군과 이야기를 나눌 때면 도도하게 고개를 뒤로 젖혔다. 귀족처럼 발음하는 'r'은 가볍게 헛기침하듯이 들렸다. 그러나 코츠톨라니가 별들처럼 언제나 진실을 말했기 때문에 세상은 귀를 기울였다. 그의 두 눈은 다이아몬드처럼 빛났으며 세상 만사를 꿰뚫어보았다. 그는 모든 것을 알고 보고 이해했으며 근본적으로 어떤 것도 용서하지 않았다. 조악한 시인, 위장한 작가들만이 끊임없이 세상을 용서하는 법이다. 코츠톨라니는 다만 보고 확인했을 뿐이다. 그러나 끝까지 변함이 없었다.

데최 코츠톨라니(1885~1936) : 헝가리의 시인이며 언론인. 프랑스 문학의 영향을 받아 주로 인상주의적이고 상징적인 서정시를 집필했으며, 위대한 언어 예술가, 열렬한 유미주의자, 극단적인 개인주의자로 간주된다.

귀족처럼 발음하는 'r' : 혀가 아니라 헛기침하듯 특이하게 연구개에서 만들어 내는 발음을 말한다. 헝가리 귀족들의 인위적인 발음 형식.

세계

지드는 예술가가 '새로운 것' 을 창조할 뿐 아니라 —
그런 것은 이미 무더기로 존재한다 — 새로운 세계를 창
조하며, 새로운 세계를 여는 열쇠는 영원히 예술가의 손
에 있다는 글을 일지에 남겼다. 게다가 예술가에게는 비
밀이 하나 있는데, 그 비밀이란 예술가가 친밀하고 좋은
기분을 다룰 줄 안다는 것이다.

나는 이 모든 말이 사실이며 백 번 맞다고 믿는다. 예
술가는 고유의 물리적인 법칙, 일몰, 동물과 식물, 심지
어는 자신만의 사회를 가진 새로운 세계를 창조한다. 그
것이 바로 예술가가 하는 일이다. 이런 점에서 예술가는
하느님과 경쟁한다. 결코 '완벽하게' 성취할 수 없는 초
인적인 임무. 예술가는 일곱번째 날에 편히 앉아서 두
손을 배에 올려놓고 흐뭇한 기분으로 휴식을 취하거나
말판 놀이를 하며 "이만하면 됐어" 라고 말할 수 없다.
절대로 충분히 좋을 리가 없기 때문이다. 예술가에게 동
정을.

구속

그 자체로 완성된 모든 예술 장르가 그렇듯이 소설도 일종의 구속이다. 신비하고 아름다운 구속이지만 어쩔 수 없이 강요는 강요다. 당신은 어느 때든 한번쯤 그것에서 벗어나고 싶어진다. 소설은 처음과 끝, 구조의 법칙, 벗어날 수 없는 범위를 지닌다. 단락들과 이어주는 중간 매개물이 있으며, 작가가 장르의 법칙을 존중해주길 바란다. 그것은 소설의 본성에 맞게 출중하고 완벽하다. 그런데, 그런데도 나는 여기에서 한 걸음 더 나아갈 수 있을 거라는 느낌이 든다. 장르가 요구하는 것 속에는 원시적이고 굴욕적인 면이 있다. 결국 언젠가는 장르의 구속에서 벗어나 표현 방식에 얽매이지 않고 생각과 감정을 있는 그대로 쓰고 싶어진다. 장르의 요구와 균형을 무시하고 곧바로 중간이나 끝에서 시작하면서 한 줄이나 한 쪽에 자신을 표현하고 싶어진다…… 이 작업은 이로써 끝날 수도 있지만, 여기 어딘가에서 새로 시작될 가능성도 있다.

정취

　말을 조심하라! 말은 아무리 조심해도 충분하지 않다. 당신은 '분위기'라든지 '사람의 정취'라고 쓴다. 그러나 성격이면서 동시에 외모인 이 정취보다 더 복잡한 현상은 존재하지 않는다는 사실을 아는가. 옷장 안의 겨울 의류에 좀이 쏘는 걸 방지하기 위해서 나프탈렌이나 신문지를 사용하는가 아니면 글로볼이라는 이름의 방충제를 구입하는가. 영국제 치약을 사용하는가 아니면 헝가리 제품으로 만족하는가. 같이 자는 여자에게서 무엇을 원하는가. 이쑤시개로 이를 쑤시면서 손으로 입을 가리는가. 흥행에 성공한 최신 미국 영화를 보는 경우 굴욕감을 느끼는가. 또는 릴케의 시를 읽었는가 — 릴케의 시는 누구나 한번쯤 읽어야 하기 때문이다! 그리고 사랑이 무상하다는 사실을 진정으로 가슴 깊이 온몸으로 아는가. 그런데도 사랑과 사랑의 절망적인 행복을 원하는가. 품위있게 세상에 저항할 수 있는가. 현실과 비겁하게 타협할 용기가 있는가. 심지어는 머리에 라벤더 향수를 사용하는가 아니면 오 드 콜로뉴 화장수를 뿌리는가……
정취, 한번 묘사해보라! 말을 조심하라, 말이란 좀 복잡
한 것이다.

❦

감사의 말

나는 오랜 심사숙고 끝에 이제 입을 열어 말한다. 내
인생에서 가장 아름다웠던 대부분의 것은 도시, 풍경,
돈, 식사의 즐거움이나 여인들의 사랑 덕분이 아니다.
남자들의 우정 덕분도 아니다. 내 인생의 가장 숭고했던
대부분의 것은 시인들 덕택이다. 시인들은 내가 바다,
산 속, 사람들의 모임이나 여인들의 품 안에서 헛되이
찾는 것을 기회 있을 때마다 번개처럼 한 줄의 시구로 선
사했다. 그들, 오로지 그들만이 열광, 망각, 가슴 두근거
림, 인간으로 태어나 살아 있다는 것에 대한 눈물 어린
환희를 안겨주었다. 페퇴피와 릴케, 아라니와 베를렌,
괴테와 뵈레스마르티, 스윈번과 퀼라 유하츠, 바이런과
아르파드 토트, 베르체니와 호라티우스, 이들은 내 인생

에서 가장 많은 것, 진실한 것과 더없이 숭고한 것을 선
사했다. 나머지는 전부 혼란스럽고 불완전했다. 그래서
지금 나는 오랜 심사숙고 끝에 깊은 고마움을 표한다.

폴 마리 베를렌Paul Marie Verlaine(1844~1896) : 프랑스의 상징파 시인. 주
요 작품으로 『말없는 연가』(1874), 『예지』(1881) 등이 있다.

앨저넌 찰스 스윈번Algernon Charles Swinburne(1837~1909) : 영국의 시
인이며 평론가. 주요 작품으로 『시와 발라드』(1866 1889), 『라이어네스의 트리스
트람』(1882) 등이 있다.

아르파드 토트Arpad Toth(1886~1928) : 헝가리의 서정시인.

다니엘 베르체니Daniel Berszenyi(1776~1836) : 헝가리의 서정시인.

퀸투스 플라쿠스 호라티우스Quintus Flaccus Horatius(BC. 65~BC. 8) : 고
대 로마의 시인. 주요 저서로 『서정시집』, 『시론』 등이 있다.

셰익스피어

셰익스피어는 세계 문학사에서 유일하게 남성적인
시인이다. 남성적이고 그래서 도덕적이다.

사라진 세계의 온갖 보물과 수수께끼를 품고 있는 파
라오의 무덤처럼, 사람들은 몇백 년 전부터 끌과 쇠막대
기를 이용하여 셰익스피어의 비밀을 알아내려고 노력했

다. 셰익스피어의 주인공들은 산 채로 해부당하고, 그들의 말은 한마디 한마디 난자되어 밝은 햇빛과 어스름한 여명 속에서 철저히 분석된다. 그가 생존했다는 사실조차 의심되기도 했다. 어느 날 세상의 영혼, 인간의 영혼이 모든 사사로운 것을 넘어서서 직접 입을 연 듯이 보인다. 전문가들은 당황하여 어깨를 으쓱했고, 셰익스피어의 '수수께끼는 풀 길이 없었다'. 만유의 근본 역시 규명할 수가 없다. 만유가 존재한다는 사실을 그저 받아들여야 한다.

셰익스피어의 주인공들은 삶의 의미와 무의미에 대하여 입에 거품을 물고 이야기한다. 햄릿, 리어, 프로스페로, 이아고, 첫째 살인범, 둘째 살인범, 이들 모두는 비틀거리며 등장해서는 아부하고 맹세하고 거짓말하고 단도를 빼고 사람을 죽이고 스스로를 희생한다. 그러나 그, 셰익스피어는 침묵을 지킨다. 죄 많은 세상이 시인과 예언가에게 기대하는 말, 용서의 말을 결코 하지 않았다. 셰익스피어는 남자이고 시인이었으며 그래서 예의를 중요하게 여겼기 때문에 끼어들지 않았다. 그는 말했다.

"동쪽에서 성스러운 태양이 금빛 창문을 통해 바라보기 전에."

아니면 이 비슷한 말을 했다.

수염을 정성껏 짧게 자르고 목에 둥근 칼라를 두르고 짧은 망토를 걸친 셰익스피어는 세상 위에 군림한다. 입을 꼭 다문 채 두 눈을 크게 뜨고 공평하게 관찰한다. 셰익스피어는 모든 것을 알고 절대로 용서하지 않는다. 다들 두려움을 알라.

크루디의 집

눈과 서리, 햇살이 반짝이는 일월의 정오 무렵, 나는 오부다 키르히 거리의 크루디 집 앞에 서 있다. 초라한 작은 단층집의 대문 좌우 양편으로 창문이 두 개 나 있다. 왼쪽 창문 뒤에 크루디가 촛불 아래서 숨을 거둔 방이 있다.

이것이 현실이라고 나는 생각했다. 이 시인은 보통 작가들이 시도하는 데 그치는 것을 성취했다. 그는 특유의 말투, 분위기, 도덕, 전설과 들짐승들이 있는 자신만의 세계를 창조했다. 무無에서 새로운 것을 만들어낸 것이다. 크루디는 이 시대를 사는 작가들 가운데 내가 더할 수 없는 확신으로 존경하는 아주 위대하고 고매한 문인이다. 물론 현세에서 그의 운명은 절망적이었다. 그는 심벌즈 연주자나 요카이처럼 이 초라한 집의 촛불 아래서 세상을 떠났다. 그러나 그것은 당연한 순리였다. 헝가리 작가가 이곳이 아니라면 과연 어디에서 세상을 떠날 것인가? 집밖에 롤스로이스가 대기하는 생제르맹 골목길의 호화 저택에서 귀부인과 하인들의 품속에서 세상을 떠날 것인가? 말도 안 되는 소리. 진실한 작가는 결국 여기 오부다 아니면 비슷한 외진 곳에 고단한 몸을 누이기 마련이다. 크루디가 여흥을 좇고 도박을 하면서 은행장보다 더 많은 돈을 탕진했고, 본인이 원했다면 장미동산의 별장에서 살 수도 있었다고 나를 설득하려들지 말라. 우선 현실적으로 크루디는 그곳에서 살 수 없었을 것이다. 사람들이 크루디의 비밀, 그의 예술의 뿌리를 이루는 순수하고 고매한 음악을 좋아하지 않았기 때문이다. 사람들은 언제나 평범한 것, 허위에 찬 것, 순수한 예술인 양 자신을 내세우는 것만을 좇는다. 그리고 그런 것을 대하면 큰 소리로 외친다.

"나는 벌써 다 알아!……"

크루디는 누구에게도 자신이 창조한 세계의 비밀을 알려주지 않았으며, 독자와 세상을 대수롭지 않게 여겼다. 마음이 그렇게 순수한 사람은 결국 여기 오부다의 오막살이에 이를 수밖에 없다. 이것이 우리가 얻을 수 있는 전부이고 또 현실이다.

궐라 크루디Gyula Krudy(1878~1933) : 헝가리의 문인으로 주로 동화적이고 초현실적인 소설을 집필했다. 마라이는 크루디를 헝가리 산문의 거장으로 칭송했으며, 무엇보다도 그의 서정적인 문체를 높이 평가했다.

오부다 : 현재 부다페스트의 제3구역. 18세기 이후 주로 수공업자들과 포도주 재배 농민들이 모여 살았으며, 19세기까지 낙후한 지역으로 남아 있었다. 크루디 생존시에도 부다와 페스트에 비해 외진 시골이었다.

생제르맹 : 파리 근교의 호화 주택가.

장미 동산 : 부다페스트의 다뉴브 강변에 위치한 고급 주택가.

시행

시학의 본래 재료로 만들어진 좋은 시는 한두 행만이

우리의 의식에 깊이 아로새겨진다. 일반적으로 독자들은 시를 배우는 게 아니다. 시를 읽고는 평생 동안 한두 줄만을 기억한다.

"지금도 정원의 꽃이 불타오르누나."

또는

"음악을 연주하라, 집시여, 네 근심 걱정일랑 접어두고."

아니면

"일어나라! 고향이 부른다, 마가렌이여!"

좋은 시는 전체 구조의 뿌리를 이루는 비밀스러운 시행을 드러낸다. 순수한 시의 몇몇 시행은 영원히 우리의 기억에 남는다. 자신도 모르게 뇌리에 깊이 박히는 이런 시행들은 진정한 시인이라는 확인이고 참되다는 증명이다.

흠잡을 데는 없지만 삭막한 시를 쓰는 시인들이 있다. 대범하거나 요란한 시들, 고상하고 장중한 시들. 우리는 그 내용을 기억할 수 있을지는 모르지만, 단 한 줄도 마음에 새기지는 못한다. 그런 시들은 흥미있으며 때로는 아주 아름다울 수도 있다. 그러나 진실한 시는 아니다.

그런 시들에서는 시인이 오성이 아니라 정열, 영감, 가슴, 비전으로 창조한 '시행'이 없다. 그런 시행이 없어도 훌륭한 시는 쓸 수 있겠지만 진정으로 참된 시는 절대로 남길 수가 없다.

❦

성숙의 시간

나는 팔 개월 동안 낮이고 밤이고 내 삶을 채운 책의 마지막 장에 이르렀다. 이쯤되면 일에 진력이 나게 마련이다. 일만 보아도 지겹고 혐오감마저 든다.

그런데 밤에 우연히 서랍 안에서 이 책의 초고가 눈에 띄었다. 헝가리 말도 독일 말도 제대로 할 수 없었던 십구 년 전에 베를린에서 쓴 단막극. 그리고 팔 년 전 런던에서 기록한 찢어진 수첩 몇 장. 두 편의 미완성 원고는 같은 주제를 다루고 있으며, 한편으로는 십구 년, 다른 한편으로는 팔 년이라는 세월에 걸쳐 준비하고 망설인 결과 마침내 집필한 책의 소재를 이룬다. 나는 그런 기록과 시도를 작업하는 동안 까맣게 잊고 있었다. 작품을 완성하는 과정에서 그 주제는 전혀 새로운 듯 보였으며 내 마음을 사로잡고 흥분시켰다. 그런데 이제 보니 벌써 십구 년 전에 그 소재를 철저하게 검토했고 게다가 팔 년 전에는 다시금 그에 관해 메모까지 한 것이다. 그러나 그 당시에는 확신이 서지 않았던 탓에 번번이 놀라 뒤로 물러섰다. 그러다 마침내 근 이십 년이란 준비 기간이 지나고 숙성 기간이 완료된 어느 날, 마치 강압을 받은 듯 글을 쓰기 시작했다. 숙성, 성숙의 시간을 단축할 수는 없다. 작가는 주제가 완전히 무르익기 전에는 단 하루라도 일찍 작품을 쓸 수 없다. 인간은 세상에 나올 준비를 하기 위해서 구 개월, 코끼리는 일 년 반이 필요하다. 한 권의 책은 이따금 이십 년 아니 사십 년이 걸리기도 한다. 서둘러서는 안 되고 서두를 수도 없다. 기다리면서 때를 엿보아야 한다. 책은 우리 안에서 생겨난다.

아라니

아라니의 이름을 입에 올리면 즉시 장엄한 형상들이

우리의 의식에 물밀듯이 떠오른다. 풍경, 그 안의 떡갈나무와 평원, 갈대와 늪지, 평원 한가운데 백색의 도시들, 빨간 양귀비꽃이 점점이 박힌 밀밭, 우물, 울창한 삼림, 산 속의 호수, 흰 눈에 덮여 빛을 발하며 구름에 글을 쓰는 바위산 봉우리가 보인다. 또 낑낑거리는 서투른 바이올린의 음률이 들려온다. '나기다의 집시들'이 그렇게 바이올린을 켠다. 시골 귀족 저택의 덧창 틈새로 흐느끼는 소리가 새어 나온다. '톨디의 어머니'가 아들의 죽음을 슬퍼해 우는 것이다. 죽음을 각오하고 위엄있게 헤어질 준비를 하는 탓에 본질적인 것만을 이야기하는 남정네 소리 같은 깊은 목소리가 들려온다. 생기 넘치고 야성적이고 온유하고 향기롭고 재치있고 빛을 발하고 깊고 강하고 정확하며 불꽃을 날리는 말들이 들려온다. 우주와 삶이 그 낱말들을 통해 처음으로 의미를 얻는 듯하다. 우리는 아라니의 말 한마디 한마디에서 완벽함을 느낀다. 운명. 우리는 당황하며 그 풍성함을 만끽한다. 누군가가 금, 순수한 황금을 다루는 것 같다. 맞다, 아라니가 바로 황금이다.

나기다의 집시들 : 아노스 아라니의 희극적인 4부 서사시.

톨디의 어머니 : 야노스 아라니의 3부 서사시. 서사시의 주인공 미클로스 톨디는 귀족 출신이지만 용맹스런 행위로 민중의 영웅이 된다.

프랑스

누군가가 살롱에 들어와서 미소를 지으며 소리 죽여, 그러나 결코 반대를 용납하지 않는 어투로 이렇게 설명하는 것 같다.

"교부教父들의 저서와 그리스, 로마의 고전을 읽다보면, 세계는 희망이 없으며 차마 눈뜨고 보기 어렵다는 확신이 듭니다. 여기 차 한 잔 주시오. 고맙소."

프랑스 : 프랑스의 소설가 아나톨 프랑스를 가리킨다.

붉게 달아오른 숯

붉게 달아오른 숯에 부채질을 하듯 낱말에 바람을 불어넣어라! 불길을 살리고 꺼지지 않도록 심혼을 기울여라! 노고의 용광로에서 낱말을 꺼내어 두 손으로 붙잡아라! 살갗을 델까 두려워하지 말고 발갛게 달아올라 불꽃이 일 때까지 입김을 불어넣어 따뜻하게 하고, 바람을 일으켜 불길을 살려라! 당신이 마음을 바쳐 가슴에서 쇳소리가 날 때까지 부채질을 하고 불길을 살릴 때에만 말이 살아난다! 그래야만 낱말이 붉게 달아올라 불티를 날리며 훨훨 타오를 것이다. 그래야만 뜨거워져서 마력을 발휘하고 따뜻하게 하는 힘이나 파괴적인 위력을 행사한다. 헌신적으로 살려낼 때에만 낱말은 불처럼 순수해진다. 그렇지 않으면 죽은 물질에 지나지 않는다. 심혼을 바쳐 말하라. 그렇지 않으면 말은 살아나지 않는다. 바람을 불어넣고 또 불어넣어서 불길을 살려라 — 자, 보라, 벌써 붉게 달아오르기 시작한다!

목적

이렇듯 고군분투하다니, 가련한 자여! 그는 장엄하고 유익한 것, 이상적이고 의미있는 것, 내용이 풍부하고 고상한 것을 운율로 엮어내고 싶어한다. 그러나 이런 노력은 얼마나 가망이 없어 보이는가! 그는 시의 결정적인 내용이 이성으로 파악할 수 있는 이성적인 것이 아니라는 사실을 모르고 '이성적인 것'을 만들어내려 한다. 시의 내용은 의미있는 것, 고상하거나 내용이 풍부한 것이 아니다. 시는 알림, 꿈의 형상, 마법적인 섬뜩한 것이라는 데 그 유일한 의미가 있다. 동시에 시는 심장의 고동이고 비전이며 회상이고 전율이다…… 그것을 말로 표현하기는 불가능하다. 친애하는 독자여, 시는 그대의 이성에 호소하려는 게 아니라 비전에 불을 붙이려 한다. 위대한 시의 언어는 물처럼 단순하면서 심오하고 특정한 목적에 구속받지 않으며 이해할 수 없는 것이다. 시인이 '아픔'을 묘사하면, 사전에서 설명하는 아픔이 아니라 인류처럼 오랜 역사를 가진 회상이 문제가 된다. 시에는 목적이 없다. 그대는 그것을 이해하지 못하는가?…… 자, 가련한 자여, 그러니 불을 붙이는 핵심적인 것을 쓰라.

이론

나는 현실에서 많은 것을 배웠다. 세계 관찰과 현실 탐색, 그 가슴 깊이 파고드는 인식은 가르치는 바가 많았다. 또한 나는 현실을 군더더기 없이 객관적으로 성실하게 묘사하고 세상의 온갖 현상에 대해 알려주는 책에서 많은 것을 배웠다. 목적에 구속받지 않는 불가사의한 것, 동화적인 신비한 것을 소개하고 인생을 풍성하게 하는 장엄하고 찬란한 것에 대해 보고하는 책들에서도 많은 것을 배웠다. 그런 것은 도구나 경험이 아니라 감각과 꿈을 통해서만 붙잡을 수 있다. 그렇다, 나는 그런 모든 책들에서 신뢰할 수 있는 진실한 것을 배웠다. 그러나 현실을 보여주는 대신 이론을 증명하려 애쓰고, 꿈과 기적 대신 체계만을 제시하고, 세상을 이루는 우연적이고 불가사의한 것에서 공식을 만들어내려 하고, 논제만을 발표하는 책들에서는 아무것도 배우지 못했다. 그런 책들에서는 절대로 배울 게 없다. 그래서 나는 신중을 기하여 그런 것에는 아예 손을 대지 않는다.

릴케

    한 목소리가 세상에 울려 퍼진다. 세상은 물질이고 힘, 의미이며 가상이다. 그러나 그 목소리는 이 모든 것에서 멀리 떨어져 산다. 집과 방들 깊숙한 곳에서 누군가가 쉬지 않고 기도를 하는 듯하다. 그러나 그는 보통 신자들의 기도와는 다르게 모든 사람, 심지어는 신까지도 용서하듯이 기도한다. 촛불이 타오르는 방 안에서 여인이 죽음을 앞두고 있다. 젊은 처녀가 사랑의 침대에서 몸을 쭉 펴고 눈을 감으며 자신을 남자에게 맡긴다. 처녀는 슬프다. 어느 성 안에서 창백한 남자가 권총을 장전하고 흰 손가락으로 물건과 편지들을 뒤적거린다. 새 한 마리가 숨을 거두며 날개를 펼친 채 바다로 곤두박질한다. 신이 잠에서 깨어나 피곤한 듯 때때로 눈을 감는다. 대문에 이르는 길이 한숨과 추억으로 차츰 어두워진다. 어디선가 서투르게 음악을 연주하는 소리가 들려온다. 누군가 자신의 갈망을 바이올린으로 전하고 싶어서 수줍고 당황한 몸짓으로 활을 움직인다. 창밖으로 뻗은 손이 바다를 가리키더니 밑으로 축 처진다. 그 목소리는 이 모든 것을 안다. 그는 릴케다.

❦

경쟁자들

　내가 시인이라면, 짐승들의 문학은 어떨까 머리를 싸매고 생각할 것이다. 개미귀신, 영리한 코끼리, 피에 굶주린 사자, 그리고 포효하는 사이비 기자, 이 하이에나와 재칼들은 뭐라 글을 쓸 것인가. 괴테는 짐승들이 감각 기관을 통해서만 세상을 인지한다고 주장했다. 그래서 짐승들의 지식은 세계를 오성과 감정으로 파악하는 인간의 지식보다 훨씬 결함이 많고 불완전하다는 것이다. 눈멀고 귀먼 벙어리에다가 손과 발마저 없는 사람도 — 그런 사람이 존재한다면 말이다 — 종달새보다 세상에 대해 더 많이 안다.

　동물들의 문학은 아마 객관적이고 정열적이지 않을까. 사자는 지드처럼 체험에 대해 보고하고, 코끼리는 마테를링크처럼 견해에 대해 보고할 것이다. 종달새는 보통 시인들처럼 자주개자리풀의 씨앗과 비행, 그리고 아침의 밭고랑 위로 높이 날갯짓할 때 가슴을 채우는 행복에 대해 이야기할 것이다.

그리 조악한 문학은 아닐 거라는 생각이 든다. 동물들은 그릇된 표상 없이 현실과 환희, 삶과 죽음의 실제, 모든 생명을 꿰뚫는 이 빛나는 불가해성을 노래하고 묘사할 것이다. 그것은 중국의 문학처럼 감각적일지도 모른다. 시인들이여, 귀를 기울이라! 인간과 동물에게는 공통의 체험이 있다. 그러나 동물들, 이 고매한 경쟁자들은 아직까지 글을 쓰지 않았다! 귀를 기울이고 잘 들어보라, 그리고 그것을 글로 남기라. 동물에게서 그것을 빼앗아라!

경찰의 보호 관찰

정치적인 견해를 이유로 '경찰의 보호 관찰을 받는' 작가가 은밀히 찾아와서는, 자신의 처지를 이야기하고 어려움을 하소연한다. 우리는 모반자들처럼 소리 죽여 대화를 나눈다.

우리 같은 사람들, 작가들, 즉 반란자들, 사회 한구석 어딘가에서 묵인되고 감시를 받는 존재들은 어떤 면에서 모험가나 암살범들과 비슷한 삶을 영위한다. 경찰의 보호 관찰을 받는 그 작가는 전화 통화와 전보 연락이 금지되었으며 도시를 떠날 수도 없고 전차나 버스를 이용할 수도 없다고 전한다. 저녁 열시 이후에는 집밖으로 나서서도 안 되고 극장이나 유사한 공공시설을 방문해서도 안 된다. 나는 착잡한 심정으로 그의 말을 들으며 동정심에 가득 차 고개를 끄덕인다.

그가 평생 처음으로 작가에 어울리는 삶을 산다는 생각이 든다.

"이제 그만!"

자신이 하는 일의 모든 가능성을 어느 날 문득 증오하지 않는 사람은 진정한 작가가 아니라고 나는 생각한다. 작가라면, 적어도 운명적으로 작가가 된 사람이라면 누구나 "이제 그만!"이라고 외치는 날이 온다. 그는 예술 장르 같은 복잡한 구속에 지치고, 당신이 '좋은' 소설이나 아니면 단순히 뛰어난 작품을 ─ 의도를 가지고 집필한 뛰어난 작품을 나는 그 얼마나 증오하는가! ─ 쓸 수 있다는 사실에도 물린다. 작가가 예술 장르에 바치는 온갖 충성, 복종, 주의력, 전문 지식, 기교는 그 얼마나 천박하고 저급한가! 마치 그것이 중요한 일인 양 굴다니! 내일 또 일할 수 있으며 실수를 범하지 않고 훌륭한 것을 쓸 수 있다는 자신감이나 흡족한 마음으로 잠자리에 드는 작가가 있다면 그 얼마나 유치한가! 잘못을 저지르라! 문학 장르를 잊어라. 매 순간 새로운 탄생, 폭발을 준비하고, 결국 '문학'이 아니라 창조를 뜻하는 예상 불가능한 운명적인 것에 대비하라! 나는 문학을 혐오하고 창조를 믿는다. 자, 두려운 줄 알고 도주하라.

감각 능력

예술은 묘사가 아니라 빛의 발산이다. 그러나 보고 듣고 읽는 사람의 영혼 안에서 예술을 받아들여 전달하는 감광판이나 진동판보다 더 민감하고 비밀스러운 감각 능력을 가슴에 품고 있는 사람만이 그런 빛의 발산을 느끼고 받아들일 수 있다. 그런 사람들은 보기 드물다. 거의 예술가나 작가만큼 드물다. 나머지 사람들은 단순히 글을 쓰고 읽고 그림을 그리거나 비평을 할 뿐이다. 그런 것은 전부 빛의 발산, 예술과는 관계가 없다.

동물만큼도 예술에 민감하지 않은 사람들이 많이 있다. 그들은 이렇게 말한다.

"어머, 저럴 수가!"

아니면

"저 사람이 저것을 그에게 주었어."

또는

"저 사람의 글을 읽으면 정말로 나한테 그런 일이 일어난 것 같아."

눈을 감고 펄펄 끓는 납을 귀에 들이부어라. 입을 꼭 다물고 일하라. 그들에게서 아무것도 기대하지 말라. 네가 말하거나 말하고 싶은 것을 받아들일 수 있는 감각 능력이 그들에게는 없다.

비용

나는 비용이 슬며시 파리로 돌아온 순간 남몰래 그를 지켜본다 ─ 비용은 모자를 이마 깊숙이 내려쓴 채 순진한 척 눈을 깜박거리고 주변을 힐끗거리며 성문을 지나간다. 제국 검사의 하수인들이 뒤를 추적하고 악당 콜랭이 고문실에서 버티고 있기 때문이다. 뚱뚱한 여인 마고, 마르타, 제앙 코타르 그리고 파리의 모든 아가씨와 남자들이 비용을 버렸고 또 비용이 이미 유언장을 썼기 때문이다. 비용의 나이도 어느덧 서른 살이 넘었다. 질병과 추억, 도주와 온갖 정열의 독소에 시달린 탓에 벌써 사지가 온전하지 못하다. 비용은 가볍게 손을 놀려 시를 썼다. 그는 세계 문학사상 최초로 골수까지 시인인 시인이었으며, 교수대 아래에서도 그 사실은 변함이 없었다. 또 말라르메가 훗날 책상에서 알게 된 것을 그는 이미 전부 알고 있었다. 그런데도 비용은 약탈을 하거나 교수대를 오가는 노상강도처럼 풍자시를 지을 때조차도 가볍게 시를 썼다. 거리에서 파리의 아가씨들이 다시 비용을 알아본다. 아가씨들은 그를 밀고하지 않는다.

"가엾은 비용!"

비용의 치아는 벌레 먹고 의치는 구멍 투성이이며 의복은 남루하기 그지없다. 그는 교회 앞을 지나가면서 성호를 긋고, 사창가를 지나 선술집에 들어간다. 그곳에 자리를 잡고 앉아서는 시간을 보낸다. 신앙과 정열, 향기와 악취, 향불과 흐르는 피, 계집질과 순종의 중세中世가 그의 주변에서 연기를 품어낸다. 맞다, 비용의 나이 벌써 서른이다. 그는 자신이 누군가를 좋아하고 싶었던 기억을 떠올린다. 그러나 도와주는 사람은 언제나 하녀들뿐이었다. 비용은 성호를 긋고 주사위 노름꾼들과 칼싸움을 한다. 그러고는 잉크와 펜을 달라고 해서 떨리는 손으로 선술집 탁자에 글을 쓴다.

"내 심장의 고동이 점점 약해지는 것을 느낀다."

이런 글도 있다.

"먼저 내 불쌍한 영혼을 자유롭게 놓아주리라."

주변이 차츰 어두워진다. 비용의 목소리, 저주하고 한탄하는 목쉰 소리만이 들려온다.

"그러고는 우리의 위대한 어머니 대지에게 내 육신을 맡기고 간곡히 부탁하리라."

비용이 신음을 한다. 우리의 눈에는 눈물이 넘친다. 그는 피로써 글을 쓴 우리의 자유분방한 형제다.

프랑수와 비용Francois Villon(1431~1463?) : 프랑스 중세 말기의 시인. 살해 와 절도 등으로 수 차례 투옥 생활을 하는 불운한 일생을 보냈으며, 주요 작품으로 『유언 시집』 등이 있다.

끝내고

나의 삶, 건강, 신경, 행복과 자유, 시간을 ― 팔 개월 동안 ― 송두리째 바치길 요구한 책을 탈고한 지 채 일 분도 지나지 않았는데 이상하게도 혼란스럽다. 마침내 폭군 아니면 괴롭히던 존재를 떨쳐내거나 해방된 것 같은 기분이다. 마침내, 그렇다, 마침내 이제 고정관념과 강박관념에 밤낮으로 시달리지 않아도 되니 조심스럽게 환호성을 지르고 기쁨의 노래를 부르고 싶다. 마침내 그것의 목을 비틀고 해방된 것이다 ─ 간수와 감옥지기, 형리와 괴롭히던 자들에게서 해방되듯이 말이다! 그런데 다른 한편으로는 마치 고향을 잃어버린 것 같은 느낌을 떨쳐버릴 수 없다. 모든 게 증오스러우면서 동시에 아주 익숙하고 친숙하며 감미롭고 아름다운 더없이 친밀한 안식처와 고향에서 쫓겨난 것만 같다. 일도 말하자면 감옥이면서 행복, 곧 고향인 탓이다. 지금 나는 마침 표를 찍고 마침내 해방감을 느낀다. 그러면서 공포에 사로잡혀 주변을 돌아본다. 이 자유로 이제 무엇을 할 것인가?

놀람

다음 문장이 어떻게 이어질지 모르는 사람처럼 글을 써야 한다. (인생도 그렇게 살아야 한다. 둘은 결국 동일한 것이다.) '계획대로' 글을 쓸 수는 없고, 우리의 운명도 '계획대로' 굴러가지 않는다. 진정으로 심금을 울려서 마음을 변화시킬 수 있는 문학은 단 하나밖에 없다. 신들린 듯 거의 넋이 나간 상태에서 엄숙하게 씌어진 작품만이 나에게 감명을 주는 창조적인 것이다. 예측 불가능한 놀라움, 존재와 창조의 의외성, 일종의 불안한 기대를 행마다 숨기고 있는 책만이 독자들의 존중을 받을 가치가 있다. 그것은 성경의 말씀처럼 태초에 있었던 창조적인 글이다. 나머지는 전부 문예 작품에 지나지 않는다.

❧

마침표, 쉼표

구두점은 제멋대로 참견하며 주변을 어지럽히는 탓에 가능한 한 신중하게 사용해야 한다. 세미콜론은 걸핏하면 잘난 척하려 들고, 말바꿈표는 자신만을 위한 역할을 요구한다. 말줄임표 또한 자존심 상한다는 듯 적절한 자리를 달라고 고집하고, 쌍점은 감정적으로 강하게 자신을 드러낸다. 마침표와 쉼표는 분수를 모르고 주제넘게 끼어들어 수다를 떤다. 이를테면 우리 여기에 마침표를 찍자는 식이다. 그리고 쉼표, 너는 문장 부호가 어떤 것도 덧붙이거나 빼앗지 않을 경우에만 사상이 구두점의 테러에 순종한다는 사실을 명심하라.

그런데도 이것들은 전부 상당히 빈약하다. 마침표, 쉼표, 쌍점, 물음표와 느낌표, 말바꿈표과 말줄임표, 이것들은 악센트와 감정의 내용, 리듬과 사상의 비중을 표현하기에 그 얼마나 옹색한 부호들인가! 문학이 이용하는 보조 수단은 놀랍게도 근소하기 그지없다. 마치 프락시텔레스가 대리석 덩어리를 주머니칼로 다듬는 것 같다고나 할까. 새로운 보조 수단과 공구를 마련해도 해롭지 않을 것이다. 글을 쓰는 것만으로는 충분하지 않다. 적절한 도구 역시 사용할 줄 알아야 한다.

프락시텔레스Praxiteles(BC. 370?~330?) : 고대 그리스의 조각가. BC. 330년 무렵에 활약했으며, 주요 작품으로 『크니도스의 아프로디테』, 『헤르메스』등이 있다.

기계

결국 작가도 하나의 기계에 지나지 않는다. 작가의 내면에서 신적인 섬광이 번득이는 것은 사실이다. 그러나 작가도 정상적이거나 병든 내분비선, 외분비선을 가진다. 또 주변의 영향을 받는 신경 조직, 별들의 궤도처럼 비밀에 가득 찬 불변의 생활 리듬도 가지고 있다.

어떤 작가가 남긴 필생의 역작을 판단하려는 경우, 우리는 이 모든 점을 고려해야 한다. 이 기계의 완벽함이나 장애의 정도가 창작 활동의 한도와 내용, 완벽함과 진실성을 결정짓는다. 언제나 두 가지가, '전쟁과 평화'만이 아니라 톨스토이도, '베르테르'만이 아니라 괴테도 문제가 되는 것이다. 이 두 가지가 대가의 세계, 작품, 전체를 일구어낸다. 작품을 읽어라, 그러나 항상 시인과의 연대감을 유지하라.

페퇴피

삶의 의미를 이루는 일을 위해 전쟁터에서 목숨을 바친 페퇴피는 우리의 사랑하는 어린 형제다.

우리는 어린 나이에 세상을 떠난 지극히 사랑하는 친지처럼 집안에서도 페퇴피 이야기를 한다. 그가 남긴 것은 얼마 되지 않는다. 초상화 한 점, 붉은색과 흰색, 초록색이 어우러진 빛 바랜 리본 하나, 모자와 웃옷 하나 그리고 그의 작품이 전부다. 하나같이 우리에게는 더없이 사랑스러운 것들이다. 우리는 눈물의 베일 사이로 이 유품을 바라본다.

그지없이 귀여운 막내들이 늘 그렇듯이 페퇴피도 전설에 둘러싸여 있는 탓에 그에 대한 기억은 은은하다. 이따금 낯선 사람들이 찾아와서 아주 멀리 러시아 땅 어딘가에서 그의 무덤을 발견했다고 속삭인다. 우리는 믿을 수 없어서 서로를 바라보며 고개를 가로젓는다.

"자네도 그 말을 들었나? 그의 무덤을 본 사람이 있다네!"

우리는 외친다. 그러고는 당황하여 기억을 더듬는다. 그는 과연 어떤 사람이었던가?

페퇴피는 아주 젊었으며 가슴속에 불꽃을 품고 있었다. 감정 표현이 풍부하고 온화했으며 명예 판사였고 소령이었다. 스물여섯 살의 페퇴피, 그는 영어와 프랑스어에 능통했고 작품을 썼으며 조국을 위해 목숨을 바쳤다. 페퇴피는 가장 어린 막내, 국가의 벤야민, 연인, 귀염둥이였다. 우리는 목소리를 낮추어 친밀한 어조로 그의 이야기를 한다.

"꼭 한 번 그런 사람이 있었지!"

우리는 소리 죽여 이야기하고, 어머니가 죽은 아이의 작은 신발을 품에 안듯이 그의 작품을 꼭 껴안는다.

벤야민 : 구약 성서의 창세기 35장 24절에 나오는 야곱의 막내아들. 요셉의 동생.

오닐

오닐의 주인공들은 내란이나 불륜 속에서 혹은 앤틸

리스 제도나 이웃 교구에서 외출복 호주머니에 자신들의 운명을 넣어 가지고 온다. 그들은 이런저런 몸짓을 하거나 말문을 열면서 아주 자연스럽게 꽃이나 빵처럼 운명을 꺼내어 건네준다. 첫 순간부터 자신들의 온갖 운명, 다시 말해 작품의 줄거리를 이루는 것만이 아니라 어린 시절에 좋아했거나 증오했던 것, 초조했던 청춘과 고통에 대한 기억, 분노의 폭발이나 화해의 십오 분에 대한 추억의 단편들을 안고 무대에 등장한다. 그렇게 나타나서는 단도직입으로 말한다.

"저들을 죽여라!"

아니면

"나를 사랑하라!"

또는

"이 더러운 창녀야, 정말 가증스럽구나!"

아니면 아주 성실하게

"그래도 나를 사랑해다오."

다른 사람들이 만년필이나 손수건을 가지고 다니듯이 그들은 자신의 운명을 품고 다닌다. 그러나 작가 오닐은 한순간도 무대에 나타나 끼어들지 않는다. 그는 등장 인물들의 인품이나 상황에 대해 잘 알고 있으며, 스스로 그것에 대해 조금은 두려워하는 듯 보인다.

앤틸리스 제도 : 서인도 제도에 위치한 섬의 무리.

차원

무대만이 아니라 소설도 특별한 차원을 가진다. '현실'에서 일 미터인 것은 소설에서 정확하게 일 미터가 아니다. 어쩌면 팔십 센티미터에 지나지 않을지도 모른다. 현실에서 지위와 직함을 뜻하는 것이 소설에서도 절대적으로 같은 비중을 차지하지는 않는다. 현실에서의 금발 머리가 소설에서는 별안간 갈색 머리가 되고, 높이와 깊이의 역할이 뒤바뀐다. 현실에서는 사소한 것이 소설 속에서는 결정적인 의미를 얻는다. 회중시계가 째깍거리기 시작하는 것이 현실에서는 단 일 분도 주의를 끌지 않지만 소설에서는 시간의 흐름을 결정짓는다. 현세의 차원, 도량 단위들이 소설에서는 특이하게 변한다.

마치 유럽 대륙의 척도의 의미가 영국의 섬에서는 달라지는 것과 유사하다. 이곳에서 미터인 것이 바다 너머에서는 마일이 되고, 이곳에서 일 리터인 것이 그곳에서는 일 파인트가 되며 데카그램은 로트가 된다. 여기에서의 감정이 비극인 것은, 소설에서는 우스꽝스러운 거짓이 되고, 운명인 것은 피상적인 것이 되면서 권태로 변할 수 있다. 현실에서 문학의 차원으로 자리를 바꾸는 사람은 맹세코 중력의 법칙에서 벗어나야 한다. 화성의 '대기권'과 중력장에서 사는 지구인처럼 다르게 살고 걷고 숨을 쉬어야 한다. 자, 우리 숨을 깊이 들이 마시자.

파인트 : 영국의 용량 단위. 1파인트는 0.57리터.

데카그램 : 미터법에 의한 무게의 단위. 1데카그램은 1그램의 10배.

로트 : 옛날에는 30분의 1 또는 32분의 1파운드를 가리켰으나, 현재는 10그램을 의미한다.

운영비

사람들이 작가가 자신의 일에 무엇을 얼마만큼 바치

는지 안다면! 짐작이라도 한다면! 글을 쓰는 데 얼마나 많은 '비용이 드는지' 안다면! 그것은 신경과 피를 소모하고 신체까지 동원하고 생활 태도를 송두리째 요구한다. 종이에 씌어진 한 줄 한 줄은 대단히 자의식적이고 현명하며 관찰하고 의심하고 헌신적이고 열광적이고 자제하는 태도, 간단히 말해 완벽한 준비 자세를 요구한다! 또한 그것을 위해서 함께 살고 꿈꾸고 읽고 여행하고 모험을 해야 하며, 고행을 하고 불행을 겪어야 하며, 때로는 행복하고 사치스러운 생활도 해보아야 한다. 이 모든 것은 일의 강압에서 벗어날 수 없는 비밀스러운 한순간에 '정신을 차려' 글을 쓰기 위한 것이다. 그렇다, 글을 쓰는 데에도 운영비가 필요하다. 겁나게도, 커다란 공장 하나의 운영비보다 더 많이 필요하다. 무엇이 필요하냐고? 모든 것, 인생 전부!

인물 묘사

현대 희곡의 권위적인 무대 지시는 구청 직원처럼 도

도하게 '예노, 서른세 살', '기젤라, 스물여덟 살'이라고 확정짓는다. 셰익스피어는 극장 프로그램에 주인공들의 나이를 결코 숫자로 표시하지 않았다. 주인공들의 나이, 성격적인 특성, 모든 특징은 줄거리 전개 과정에서 저절로 밝혀지고 희곡의 소재에서 오해의 여지없이 분명하게 드러났다. 작가가 전혀 언급하지 않아도 우리는 리어 왕이 일흔 살이라는 사실을 안다. 오필리아는 스무 살이고 햄릿은 서른다섯, 티타니아는 열여덟이다. 맥베스 여사는 서른다섯 살이라는 나이에서 출발하고픈 나이가 없다.

시인은 주인공과 등장 인물의 나이를 구청 직원처럼 표시할 수 없다. 인물들의 인생에서 한두 해를 깎아내리거나 단 하루라도 더 주어서는 안 된다. 등장 인물과 주인공들은 나이, 성별, 이름, 집과 주소를 가진다. 그러나 이 모든 것은 그들의 일부이며, 그들의 운명, 숙명에서 비롯되는 것으로, 독자나 관객에게는 운명을 통해서만 드러난다. 문학에는 '예노, 서른세 살'이라는 게 존재하지 않는다. 그러나 예노의 입에서 나온 말 한 마디, 행동 하나가 그가 서른세 살임을 의심의 여지없이 드러낸다.

따라서 문학은 인적 사항을 자신만의 방식으로 다룬다. 그런데도 '인물들에 대한 진술'은 현실의 구체적인 재료만큼 신빙성이 있다. 문학에는 속임수, 문서 위조라는 것이 없다. 위조인 경우, 첫 문장에서 곧바로 들통이 난다.

퍽 : 영국의 전설에 나오는 장난꾸러기 꼬마 요정. 셰익스피어의 『한여름 밤의 꿈』에 등장한다.

시작하기 전에

아무리 세월이 흘러도 수그러들거나 사라질 줄 모르고 말로 형용할 수도 없는 이 흥분, 일을 시작하기 전에 언제나 나를 덮쳐서 시험하는 이 중압감과 불안 — 아침이고 저녁이고 글을 쓰기 전의 망설임, 거듭되는 준비와 마음의 각오, 게으름, 담배, 독서, 그리고 혹시 마지막 순간에라도 방해하는 일이 일어나기를 바라는 남모르는 은밀한 기대, 게다가 실제로 방해하는 일이 일어날까봐 두려워하는 마음, 아무리 훈련을 하고 경험을 쌓아도 나아지지 않는 가슴 두근거림! 그러다가 정말로 더 이상 미룰 수 없는 순간이 온다. 말이 무르익어서 신호가 되고 확정된 표현이 되려 한다. 그러면 당신은 기분이 상해서 담배를 집어던지고 몸을 일으켜 책상 앞으로 걸어간다. 의자에 앉아서 열 손가락으로 머리를 긁적이며, 위험한 밀회 같은 당신 운명 앞에서 더 이상 도망칠 길이 없다는 사실을 절감한다. 그렇게 당신은 글을 쓰기 시작한다. 그러면 서서히 중압감과 불안이 사그라든다.

❧

세상이 참견한다

이따금 작품은 외부, 바깥 세상의 방해를 받는다. 세상이 우리 일에 끼어들어서 받아써라 하고 제멋대로 명령을 하고 자신의 주장과 취향에 따라 문장 구조를 변화시키고 수식어를 바꾼다. 세상은 힘이 막강하고 위험하다. 세상의 방법과 무기를 과소평가해서는 안 된다. 작가는 글을 쓰면서 누구도 자신의 활동 영역을 방해할 수 없다고 믿는다. 그러나 소재를 당신 마음대로 다룬다고 믿는데도, 당신이 소재와 단둘이 있으며 원하는 대로 믿음에 따라 소재를 지배하는 주인이라고 믿는데도, 예상하지 못한 사이에 세상은 끊임없이 당신에게 자극을 주고 당신을 불안하게 하며 간섭한다. 별안간 당신은 원래 의도했던 대로 표현을 선택하지 않았으며, 수식어가 얌전해진 것을 깨닫는다. 문장이 기대했던 것만큼 공격적으로 완벽하게 흐름을 타지 않는다. 당신은 이질적인 힘이 뚫고 들어와 문장들을 제어하고 무력하게 하고 변조한다는 사실을 깨닫는다…… 세상이 끼어든 것이다. 그런 경우에는 곧바로 펜을 집어던져라. 위험을 눈치챈 들짐승처럼 조용히 숨을 죽이고 귀를 쫑긋 세운 채 지켜보아라. 당신 작품과 마음을 꼭 닫고, 주의 깊게 주변을 돌아보고 가슴과 심장에 물어보라. 세상은 당신을 그냥 두지 않고 참견한다. 당신 목숨이 다하는 날까지 시인이려면 방어하라.

원소들

봄. 꽃 피는 나무. 들판에서 덜 녹은 눈이 반짝인다. 급류, 넘실대는 물살, 사나워진 강, 북풍, 꽃씨, 먼지 알갱이, 바람에 날리는 신문지, 댄디의 눈빛처럼 차가운 햇살…… 이 모든 것은 무엇일까? 원소들, 당신의 일, 당신의 삶. 당신을 형성하지만 또한 당신의 도구이기도 한 당신 운명의 원소들. 도공의 진흙이나 재단사의 원단, 하느님의 세상, 예술가의 삶처럼 당신이 하는 일의 재료. 예술가에게 삶은 재료이면서 운명이고 원소이면서 원료다. 예술가는 여기에 지식과 조예, 정열과 평정을 부여한다.

댄디 : 댄디주의Dandismus의 추종자들. 댄디주의는 18세기 중반 영국에서 발생하여 후에 프랑스에서 번성한 삶의 양식을 가리킨다. 까다로운 옷차림과 생활 방식, 재치있고 냉소적인 대화와 무관심하고 오만한 태도가 특징을 이룬다.

과연 좋을까!……

　성경에 의하면, 하느님은 세상을 창조하시고 칠일째 되는 날 쉬시면서 모든 것이 잘 되었다고 말씀하신다.

　그러나 결단코 하느님이 아니라 인간만이 그런 말을 할 수 있다. 하느님은 세상을 창조하셨지만, 당신이 창조한 것이 "좋다"고는 ― 절대로 ― 느끼지 않으셨다. 그것은 자신의 손이 만들어낸 요람이나 관 하나, 장화 한 켤레를 자랑스럽게 바라보고 배를 두드리며 "좋은" 것을 만들어냈다고 스스로 확신하는 작은 공장 주인의 자기 만족이다. 하느님은 절대로 그렇게 자만하지 않으신다. 하느님과 예술가는 ― 오로지 둘만이 ― 결코 "좋은 게" 아니며, 인간이나 신이 창조한 것은 전부 불완전하다는 사실을 안다. 모든 창조의 밑바탕에서 달아오르는 소원은 결코 꺼질 줄 모르며, 인간적이나 신적인 다른 것을 더 많이 원하기 때문이다…… 기뻐하지 말라. 흡족해서 고개를 꼬지도 말고 잘난 척 눈을 깜박이지도 말라. "좋은 게" 아니다. 그것은 그저 존재할 뿐이다. 그리고 그것만으로도 가히 초인적이다.

가볍게

이 작가는 글이 '가볍게' 술술 쐬어져서 글쓰는 데 전혀 문제가 없다고 자랑한다. 그러면서 이런 자랑이 자신에 대한 사형 선고라는 사실을 깨닫지 못한다.

글을 쓰는 것은 행위일 뿐 아니라 ─ 무엇보다도 ─ 다루려고 하는 소재에 내재하는 저항과의 투쟁, 싸움이다. 이 싸움을 통해서 소재는 사상이 되고 형식을 얻고 형태를 갖춘다…… 글을 쓰는 것은 우선적으로 이 저항에 대한 승리다. 그리고 이 싸움은 표현이나 작품 자체에 버금가는 창조 행위의 일부분이다. 글이 '가볍게' 술술 써지는 사람은 사실 글을 쓰는 게 아니다. 그저 종이에 활자를 적는 데 지나지 않는다. 그것은 이렇게 말하는 거나 다름없다.

"나는 아주 가볍게 살고 죽을 수 있어서 살고 죽는 데 전혀 문제가 없다."

비밀

'무대의 비밀', '희곡을 쓰는 비밀'이라니. 이 무슨 헛소리란 말인가! 일 년에 한 번 서는 큰 시장에서 탁발승으로 위장한 사기꾼의 눈속임이라도 되는 듯 그런 이야기를 하는 사람들이 있다. 현실은 훨씬 더 단순하고 무시무시하다.

당신에게 어떤 성격이 있다고 한번 가정해보라. 별로 어려운 일은 아니다. 그리고 이 성격 때문에 생길 수 있는 상황을 상상해보라. 그 성격과 상치되는 세상이나 운명에 당신 성격을 대비시키면 된다. 바로 그것이 드라마다. (햄릿.) 시인이나 작가가 무대 위에서 직접 말하지 않도록 주의하고, 당신 주인공들이 그 상황에서 정말로 중요하고 운명적인 것만을 이야기하도록 배려하라. 또 "은총" 혹은 "너를 사랑해"라는 말을 하더라도 군더더기 없이 함축성있게 이야기하도록 유의하라. 나머지 모든 것은 무대와 시간에 맡겨라. 비밀은 그뿐이다.

무명의 시인

포르투갈 아니면 키스쿤펠기하차 어딘가에, 잡지에
글을 기고하지도 않고 문학 강연의 프로그램 명단에 이
름이 오르지도 않는 무명의 시인이 산다. 그가 쓰는 시
의 예술적인 가치는 편집부와 카페에서 화젯거리로 오
르지도 않는다. 그의 이름은 세상에 알려지지 않았고,
그 스스로도 월계관과 사례금, 평론, 애독자 모임과 반
대자, 전화 번호와 단골 카페가 있는 시인으로서 세상에
나서려 하지 않는다. 나무가 하늘 아래서 잎을 맺듯이
단순히 그저 시인이려 하고, 불타는 열정을 가슴에 품은
탓에 시인이려 한다. 신이 그의 이마를 건드렸으며, 그
가 사물의 관계에 대해서 알고, 식물과 동물, 사물의 영
혼과 인간의 심장에서 울려 나오는 색다른 음악을 듣는
탓에 시인이려 하는 것이다. 그래서 그는 시인이다. 나
는 그가 진실한 시인이라고 믿는다.

키스쿤펠기하차 : 부다페스트와 스체게드 사이, 헝가리의 남동부 저지대 평원에
위치한 중소 도시. 산도르 페퇴피의 출생지.

시간표

시인이여, 시간표를 두려워하지 말라! 당신은 표범도 아니고 아일랜드의 간헐 온천도 아니다! 당신은 세금을 납부하며 중앙 난방 시설을 갖춘 방 두 개와 욕실, 진공 청소기와 전화, 그리고 당신 이름을 가지고 있다. 관공서의 문서에는 당신의 인적 사항이 등재되어 있다. 그러니 시간표를 무서워하지 말라! 표범이나 간헐 온천처럼 행동하려 하지 말라. 경찰과 사회 보장 보험, 교도소와 석 달간의 해약 고지기간이 있는 공식적으로 정돈된 세계, 당신이 사는 세계에서 당신 영감이나 일을 분리시킬 수 있다고 믿지 말라. 당신은 이 질서 안에서 시인이어야 한다. 규제된 삶을 영위하면서 시간표에 따라 오후 두시와 네시 사이에 시인이 되라. 당신이 표범이 아니라는 사실을 잊지 말라. 당신은 간헐 온천도 아니다. 당신은 시인, 다시 말해 길들여진 모반자다. 그러니 당연히 해야 하고 또 할 수 있는 한도 내에서 시간표에 따라 예의바르게 규범에 맞추어 냉엄하게 반란을 일으켜라.

몽테를랑

몽테를랑은 지금도 — 영원히— 어느 정도는 말을 탄 투우사라고 할 수 있다. 스포츠에 탐닉한 돈 많은 프랑스 귀족 가문의 후예, 귀족적인 열정에서 취미삼아 소를 죽이고 여인들을 유혹하고 소설을 쓰는 일종의 아마추어 투우사.

취미에서 비롯된 죽음에의 경멸과 귀족적인 오만, 위험에 대한 무관심은 번번이 독자들의 기분을 상하게 한다. 작가든 독자든 진지한 자세로 위험에 대처하는 데 익숙해 있기 때문이다. 문학은 생명을 거는 위험한 일이다. 몽테를랑은 사람들이 지켜본다는 사실을 아는 사람처럼 그 모든 것을 대하고 또 즐긴다. 그러나 그는 만인이 지켜보는 시장에서 스스로 모든 것을 바칠 준비가 되었다는 확신을 우리에게 심어준다. 그에게 이 시장은 투우장이고 연인의 침대이며 원고지이다.

그래서 몽테를랑은 있는 그대로 존재할 권리를 가진다. 또 그래서 자신의 오만한 솔직함이 순수한 용기라고 우리를 설득한다. 몽테를랑은 자신이 쓰는 것을 위해 목숨을 바칠 각오가 되어 있다. 그것은 더없이 중요하다. 그는 여기에서 시작하고, 작가는 여기에서 끝난다.

앙리 드 몽테를랑Henry de Montherlant(1896~1972) : 프랑스의 소설가이며 극작가. 주요 작품으로 『아침의 교대』(1920), 『산티아고의 성 기사 단장』(1947) 등이 있다. 몽테를랑은 젊은 시절에 실제로 여러 가지 스포츠와 투우 등을 배웠다고 한다.

구름

그렇다, 당신은 시인이었고 구름을 사랑했다. 그러나 당신이 콩과 구운 감자를 곁들인 돼지 불고기에도 열광한다는 것을 부인하지 말라. 당신은 아픔과 슬픔을 사랑했지만, 극장에서 월트 디즈니의 만화 영화를 보면서 낄낄대고 웃었다. 당신은 인간의 눈물, 비애와 고통의 고결한 증류수를 무엇보다 높이 평가했지만 겨울날 아침 빈속에 베이컨을 안주삼아 화주를 마시는 것도 좋아했다. 당신은 가을의 숲과 그 진홍빛 현란함을 사랑했지만 숲이나 가을의 현란함 없는 카페에서 더 자주 시간을 보내고 또 그곳에서 더 편안하게 느꼈다. 당신은 이 불멸의 고귀한 감정, 사랑을 무척 소중히 여겼지만, 결국 불멸의 존재도 아니고 고상하지도 않은 여인들로 늘 만족했다. 당신은 밝은 걸 좋아했지만 전기 요금이 너무 많이 나오면 불평을 늘어놓았다. 당신은 무한함을 꿈꾸었지만 전철의 무임 승차권 한 장을 얻으려고 온갖 꾀를 짜내었다. 당신은 다름 아닌 시인이었던 탓에 구름을 사랑했다. 그러나 또한 인간이기도 했다. 그러니 돼지 불고기를 부인하지 말라.

성공

성공은 수상한 것이다. 집에 오는 우편 집배원의 칭송을 받는다고 뭐가 달라진단 말인가? 그 성실한 남자는 최고의 남편이고 아버지이며, 직장인과 시민으로서도 흠 잡을 데 없다. 그러나 나는 최고의 남편이며 시민인 그로부터의 호의적인 갈채가 필요하지 않다. 그보다는 아는 게 많아서 대적하기 어려운, 나와 동등한 독자와의 한판 싸움을 더 원한다. 인간은 세계를 정복할 수 없으며, 오로지 세계를 설득할 수 있을 뿐이다. 세계가 양팔 벌려 껴안는 정복자는 언제나 스스로를 포기하기 마련이다. 설득하는 자는 누군가나 무엇을, 다시 말해 어떤 사람이나 모종의 어리석음을 굴복시킨다. 나는 평생 한 영혼만을 설득하고자 하는, 언제나 개인적인 것에 지나지 않는 이 성공을 추구한다. 그것이 거의 전부다. 나머지는 모두 판매 부수이고 돈 계산일 뿐이다.

나비

이성의 광채 속에서 한순간 상념이 나비처럼 번쩍였다. 그러나 하필이면 바로 그때 당신은 다른 것에 한눈이 팔려 있었다. 누군가가 말을 걸어왔거나 때마침 뭔가를 갈구했거나 무슨 일인가에 열중했거나 괴로워했다. 그러다 정신을 차렸을 때는 이미 상념이 날아가버린 뒤였다, 나비처럼.

그러니 아무리 주의 깊게 사고해도 충분하지 않다는 것을 명심하라. 사고하려면 항상 마음의 준비를 하고 살아야 한다. 세상을 뒤흔들지 않는 미소한 생각이 이따금 번득이기 때문이다. 어쩌면 조심스럽게 손가락으로 붙잡아 핀으로 꼽아서 영원히 유리관 속에 보관할 가치가 있는 괜찮은 생각인지도 모른다. 주의를 기울이지 않으면 이 다채로운 무無는 날아가서 다시는 돌아오지 않는다. 그러면 세상이 좀 더 공허하고 빈약해진다. 그러니 언제나 당신 주변에서 무슨 이야기를 하는지 귀를 쫑긋 세워 들어라. 춤을 추듯 살랑살랑 날갯짓을 하며 이성의 광채를 스쳐가는 반짝이는 나비에 주의하라. 너무 게으르거나 피곤해서 아니면 무관심해서 나비를 향해 손을 내밀지 않는 일이 없도록 조심하라.

❧

온 힘을 다해

온 힘을 다해 마음껏 글을 써라. 그들의 충고에 귀 기울이지 말고 그들의 취향과 유행, 명령에 개의치 말라.

서로 싸우고 당신을 규정짓는 일은 그들에게 맡겨라. 당신은 다만 온 힘을 다해 글을 쓰는 데 전부를 바쳐라. 그 밖의 일에는 절대로 눈길을 돌리지 말라. 문장이 완전하고 솔직하고 조화로우며, 풍부하면서 냉혹하고, 절도 있으면서 진실하기 위해서 필요한 반 시간이나 반나절을 주저하지 말고 선사하라. 성숙의 기간이 지나가고 더 이상 피할 수 없어서 어느 날 글을 쓰게 되기까지 필요한 십 년, 아니 이십 년을 아까워하지 말라. 당신 자신을 불쌍히 여기지 말라 — 당신이 글을 쓰는 일에 건강과 행복 전부를 바치지 않는다면 삶이 무슨 의미가 있겠는가. 당신이 할 일을 하지 않고 맡은 임무를 완수하지 않는다면 행복하거나 병이 드는 게 일 년 아니 백 년 후에 무슨 대수겠는가? 전부를 바쳐라, 명심하라! 온 힘을 다해, 조건 없이, 마음껏 주어라. 전부를 바치면 무슨 일이 일어날 것인가? 아무 일도 일어나지 않는다. 그러나 그것이 당신 임무이니 오직 그렇게 하는 길만이 순리일 것이다.

도망자

등장 인물이 소설에서 도망치는 일도 있다. 어디로 갔을까?…… 방금 전만 해도 분명히 있었는데, 이를테면 100쪽에서 감정에 사로잡혀 큰 소리로 열변을 토하고 잘난 척 으스대며 자리를 지켰다. 그러더니 잠깐 한눈을 파는 사이에 114쪽에서, 슬그머니 방에서, 줄거리에서, 소설에서 빠져나가서는 꿀과자로 유혹해도 돌아오지 않는다.

왜 돌아오지 않는가? 갑자기 무슨 생각이 떠오른 것일까? 자존심이 상해서일까? 원래 천성이 그런가?…… 평소에 영웅들에게 하듯이 소설의 주인공들에게도 주의를 기울여야 한다. 소설의 주인공들은 이따금 변덕스럽고 제멋대로 군다. 격정의 폭발과 반항은 현대의 소설 장르, 그리고 이 장르 안에서도 특히 주인공들의 태도를 특징짓는다. 작가여, 당신 소설의 주인공이 줄거리 한가운데서 반란을 일으켜 문장을 말하다 말고 휑하니 나가서는 다시는 돌아오지 않으면, 당신은 어떻게 대처하고 무엇을 하는가? 그냥 가도록 내버려두어라. 대부분 질 낮은 주인공들이 그런 행동을 한다. 자연주의 소설의 작가들이 이해할 수 없이 혹은 쓸데없이 엄격하고 고집스럽게 백 쪽 아니 수백 쪽에 걸쳐 그랬듯이 억지로 붙잡는 것보다는 그냥 가게 내버려두는 편이 훨씬 낫다. 그런 성향을 가진 주인공이 있다면 이렇게 말하라.

"좋아, 당장 꺼져버려. 나도 네 녀석이 더 이상 보고 싶지 않아. 두고 봐, 2권이 끝날 무렵이면 다시 오고 싶을걸! 하지만 그때는 후회해도 소용없어. 네 인생은 문학사가 아니라 거름 더미에서 끝나게 될 게야."

그러면 엉엉 울면서 애원할 것이다. 그래도 끝까지 당신의 태도를 굽히지 말라.

낱말 하나

이따금 낱말 하나, 정확하게 낱말 하나가 생각나지 않을 때가 있다. 문장, 단원, 어쩌면 책 전체를 보다 생생하고 순수하고 함축성있게 할 수도 있을 낱말 하나. 운명을 부르듯이 부드러우면서 힘차게, 듣기 좋으면서 섬뜩하게, 진솔하면서 채찍질하듯 날카롭게 진실을 말할 확실한 낱말 하나. 이따금 아니 대부분 이 낱말 하나가 떠오르지 않는다. 문장이 무척 아름답게 흘러가고 모든 게 — 수식어, 동사, 주어 — 서로 잘 어울리고 설득력이 있으며 생기가 넘친다! 그런데 애통하게도 낱말 하나, 하필이면 이 낱말 하나가 부족하기 때문에 문장의 의미가 살아나지 않는다. 어떤 낱말이냐고? 잠깐, 지금 당장 말해주지. 그 낱말이 혀 끝에서 뱅뱅 맴돈다.

음향

문학의 글은 원고로 읽을 때와 교정쇄로 손에 들었을 때 각기 다르게 들린다. 신문이나 잡지에 인쇄되었을 때와 책으로 다시 접하는 경우도 다르게 들린다. 출판된 지 몇 년이 지나서 귀가 떨어져나간 채 헌책방에 꽂혀 있는 것을 발견하거나 결국 '전집'으로 발간된 글을 뒤적거리며 재회하는 경우에도 또 다르다. 낱말들의 음향과 비중이 경우에 따라 각기 다르기 때문이다. 작가는 떠오르는 생각을 종이에 남기는 순간, 먼 미래를 내다보고 귀를 기울일 줄 알아야 한다. 원고지에서는 듣기 좋고 힘차게 울리는 낱말이 인쇄된 다음에는 아무런 감흥 없이 어설프게 들릴 수도 있다. 그러나 이십 년 후에 다시 살아날 수도 있다. 그러니 현재 낱말이 울리는 대로 들어야 한다. 그것이 바로 어떻게 듣느냐의 문제이고, 또 어쩌면 글을 쓰는 비밀일지도 모른다.

유하츠

세계가 단 하나의 표상에서 생겨났듯이, 유하츠의 문학은 단 하나의 회상에서 생겨났다. 아니, 이 회상은 안나가 아니다. 이 회상은 아픔이다.

모든 사물의 밑바탕, 깊은 바다의 밑바닥, 남자와 여자들의 그리움 깊숙한 곳에 아픔이 자리하고 있다. 아픔은 바람과 빛처럼 세상을 움직인다. 검은빛. 이 빛은 밝은 대낮에도 잠을 잘 때에도 어디에서나 밀려오고 넘쳐

난다. 시인의 영혼은 이 검은빛으로 가득 찼다. 피조물이 존재의 체험을 상기하듯이, 시인은 아픔을 회상했다. 사랑하는 여인을 잃은 남자가 죽은 연인의 추억을 사랑하듯이 넋을 놓고 이 아픔을 사랑했다. 또 어머니가 죽은 아이의 보드라운 몸을 껴안듯이 이 아픔을 두 팔에 안고 애무했다. 늘 아주 멀리, 세상 위가 아니라 저 깊은 곳, 인간 의식의 근저에 있는 검은 하늘만을 바라보듯이 눈을 감고 그 이야기를 했다. 그렇게 그것을 불렀고 그것을 위해 노래했으며 그렇게 그 아픔을 사랑했다. 정열이 향하는 사람들인 정열의 대상이 아니라 오로지 정열 자체만을 사랑하듯이.

안나 : 시인 귈라 유하츠가 찬미한 시의 여신.

세계

문학은 단순히 작가가 쓰는 것만도 작가의 사상과 감정의 세계만도 아니다. 문학은 고유의 법칙과 대기와 혹성을 가진 태양계처럼 이해할 수 없는 현실의 세계이며 그 자체로 하나의 세계다. 우리는 이 세계가 무한하여 그 끝을 알 수 없다는 사실만을 예감한다. 이 세계에 들어서는 사람은 지상에서의 모든 경험이 통용되지 않는다는 것을 깨닫는다. 지상에서와는 다르게 숨을 쉬고, 심장도 이 섬뜩한 세계의 대기 속에서는 다르게 고동친다. 이 수수께끼 같은 성좌의 법칙에 따라서 다르게 살고 다르게 죽는다. 방랑자여, 정신을 바짝 차려라. 이 세계가 전혀 안전한 것만은 아니다.

성령

그가 최근에 출판된 그의 새 시집을 보내왔다. 금빛 활자로 이니셜이 새겨진 양장본에 진심 어린 헌사가 씌어 있었다. 나는 아침 식사 전 공복에 그 시들을 읽었다.

뛰어난 시들이었다. 감정과 사상, 열광, 열정을 담고 있으며, 말라르메, 릴케, 아라니, 바비츠와 코츠톨라니를 품고 있었다. 운율이 잘 맞고 비유 역시 적절했다. 시들은 정취가 넘치고 윤기가 흘렀으며 듣기 좋고 고상했다. 청아하게 울려 퍼지고 극적인 긴장감도 있었다. 모든 것을 두루 갖추었는데, 꼭 한 가지, 성령이 빠져 있다. 그래서 나는 하품을 하며 시집을 훌쩍 던져버렸다.

미할리 바비츠Mihaly Babits(1883~1941) : 헝가리의 시인이며 문학사가.

소설의 주인공

소설의 주인공이 방 안에 들어와 신경질적으로 헛기침하고 코를 풀며 흥분하더니 숨이 찬 듯 헐떡거리며 말했다.

— 우리 서로 터놓고 말을 좀 해봅시다. 나는 그런 이야기에는 전혀 흥미도 없고 올가를 눈곱만큼도 사랑하지 않아요.

마침 수식어를 다듬고 있던 나는 고개를 들고 안경을 이마 위로 밀어올린 다음 근엄하게 말했다.

— 나는 당신이 올가를 사랑하기를 바라지 않소. 나는

인간에게서 불가능한 것을 요구하는 신이 아니오. 다만 소설을 쓰는 사람으로서 내 주인공들이 운명을 견뎌내기를 기대할 뿐이오. 당신의 감정이야 어떻든 내 알 바가 아니오. 올가가 싫으면 사랑하지 마시오. 대신 그녀와 함께 도망치시오. 내 소설의 비밀스러운 율법, 법칙, 명령이 그걸 원하기 때문이오. 그리고 내 허락 없이는 두 번 다시 이곳에 얼씬거리지 마시오. 지금 당신의 자리는 다른 곳이 아닌 130쪽이오. 이 뻔뻔한 풋내기 양반, 당장 소설로 돌아가시오!

나는 자리에서 몸을 반쯤 일으켜 단호하게 손을 뻗으며 호통을 쳤다.

수식어

문장의 구성 성분과 관련하여 이런저런 결정을 내릴 수 있으며, 정원사처럼 색채와 향기, 꽃송이를 원하는 대로 골라 마음에 드는 꽃다발로 묶을 수 있다는 믿음이 나한테서 점점 사라져간다. 수식어가 스스로 모습을 나타내는 경우가 있다. 그러면 정말로 '적절한' 수식어다. 그렇지 않으면 직접 수식어를 찾아 나서야 한다. 그렇게 찾은 수식어는 결코 진실하지도 않으며 듣기 좋게 어울리지도 못한다. 대상이나 인물, 현상의 특성에서 아주 자연스럽게 비유가 우러나는 법이다. 수수께끼를 풀듯이 수식어를 '알아낼' 수는 없다. 시인이여, 펜대를 깨물지 말라. 당신 연인의 눈빛이나 폭군의 오만한 분노를 생생하게 표현할 수 있는 '~처럼'은 하늘에서도 땅에서도 찾을 수 없다. 좋은 비유는 운명처럼 이미 너의 손 안에 있다. 성격이 사람에게서 저절로 우러나듯이, 힘찬 수식어는 특징지으려는 개념에서 용솟음쳐 나온다. 그렇지 않으면 이 세상은 '~처럼'이 아니다. 필요한 자리에서 수식어가 스스로 모습을 나타내지 않으면 강요하지 말라. '~처럼' 대신 그저 힘찬 목소리로 '그렇게'라고 말하라.

리테누토

글을 쓰면서 자제하라, 속도를 늦추어라. 주제나 주인공 아니면 작가 자신이 별안간 초조해지는 경우, 이따금 한 문장이나 단원이 끝, 무엇보다도 작품의 결말을 향해서 서두르기 때문이다. 누구나 종결의 고비를 빨리 벗어나고 싶기 마련이다…… 그러면 불어나고 팽창하는 것을 제어하고, 정열과 긴장, 말, 모든 소재를 규제하고, 박자와 속도를 일부러 늦추면서 여유를 갖도록 해야 한다. 꼭 필요한 것이 아니면 단 한 쪽, 단 한 줄도 더 써서는 안 되듯이, 때가 무르익어서 소설의 '결말'에 이르러 인용 부호를 찍기 전에는 단 하루, 단 한 시각이라도 일찍 작품을 끝내서는 안 된다. 서둘러서는 안 된다. 글을 쓰면서 스스로에게 고삐를 채우고 불어나는 소재를 다 잡아라. 그러면 내적인 리듬도 따라서 보다 진실해지고 내적인 진동도 보다 활발해진다.

리테누토Litenuto : 속도를 늦추라는 의미의 음악 용어.

성공

당신은 성공했는가? 조심하라. 성공은 언제나 수상한 것이다.

관람객들이 어스름한 관객석에서 뜨거운 박수 갈채를 보내면, 당신은 신이 나고 당신의 심장은 높이 고동친다. 당신이 이 성공에 기여한 몫은 미미하고 무상하다는 사실을 명심하라. 극장도 구체적인 존재라서 웅장한 말과 힘찬 장광설로만 이루어진 게 아니다. 극장은 땀에 절은 트리코, 물감, 전등, 극장 안내원과 급료를 받는 심부름꾼이 어우러진 조직이다. 화려하게 장정된 당신의 신간 서적이 서점의 진열장에서 눈에 띄는가? 그러면 즉시 시선을 돌려라. 모든 성공은 온갖 오해에서 시작되어서 커다란 사건으로 발전하기 때문이다. 그래, 당신은 성공을 거두었다. 이발사조차도 깊숙이 허리 숙여 당신에게 절을 하고, 여점원들은 당신 이름을 입에 달고 다닌다. 분별있는 숙녀들이 당신 작품을 가슴에 꼭 껴안고, 분개한 신사들은 당신 작품에 대하여 진지하게 대화를 나눈다 — 하지만 조심하라! 세상은 언제나 자신과 본질적으로 유사한 것만을 받아들인다. 그런데 그것은 너무 미미하다.

트리코 : 주로 운동 선수, 무용수, 곡예사들이 입는 옷으로 신축성이 뛰어나 몸에 꼭 들러붙는다.

그 동안에만

일을 하면서 또 일을 시작하기 전과 일을 하고 난 후에, 길을 갈 때나 카페와 전차 안에서도 글을 쓴다는 책임 때문에 이따금 두려움에 떨고 숙명적인 거대한 과제와 그 엄청난 결과에 경악하는 동안에만, 당신은 살아서 글을 쓸 권리가 있다. 스스로 아는 것을 지조있게 표현할 용기가 없는 사람들 대신에 좋든 싫든 목숨을 걸고 말하는 이 위험한 역할을 하필이면 다른 사람이 아닌 바로 당신에게 맡긴 운명을 모든 인간의 말 배후에서 감지하는 동안에만. 성직자들이 스스로 믿음을 가지고 자신이 개인적으로 하느님을 책임진다고 느끼는 동안에만 벌을 주고 보속을 내릴 권리를 가지듯이, 당신은 그 동안에만 글을 쓸 권리가 있다. 언젠가 더 이상 두려움에 떨지 않게 되는 날, 당신은 무명의 인간, 무無에 지나지 않게 된다. 기껏해야 성공한 작가일 뿐 더는 아무것도 아니다.

나는 괴테를 읽는다

진정으로 위대한 사람들이 그렇듯이 괴테도 우러러 보이는 장중한 숭고함 저편에 극히 세속적인 교활함 같은 것, 페스트에서 '왼쪽'이라고 표현하는 면모를 지녔다. 괴테는 이따금 올림포스에서 내려와 우리 앞에 서서는 장중함과 교활함이 뒤섞인 나폴레옹풍 푸른 연미복의 벌어진 틈새로 한 손을 밀어넣는다. 그러고는 눈을 깜박거리며 사람들의 말에 귀를 기울인다. 우리는 괴테의 눈빛과 헛기침에서 평상시에 신들과 대화를 나누는 천재가 사람들에 관해서 모르는 게 없으며, 사람들의 하찮은 잔걱정과 싸구려 정열, 사랑하는 연인을 두고 달려가는 매춘부들의 주소까지도 소상히 안다는 것을 깨닫는다. 또한 괴테는 고리대금업자에게 돈을 빌리는 빚쟁이들의 주소도 알고 있다. ― 주소를 기억한다! ― 빚쟁이들이 밤에 방에서 혼자 무엇을 하고, 무슨 속셈으로 눈물을 흘리고 맹세를 하는지도 안다…… 괴테는 모든 것을 안다! 노련한 대가이고 천재이기 때문이다. 이런 세속적이고 섬세한 교활함이 없다면 진정으로 위대한 인간이 아니다. 괴테는 그 모든 것을 안다. 그러고는 몸을 돌려 올림포스로 돌아가서 피리를 불며 천상의 천둥소리가 울려 퍼지게 한다.

합의

그들의 합의에 손대지 말라! 인간의 온 세계가 그것에 토대를 두고 있다. 그들이 그릇된 가르침과 애매모호한 소원, 귀찮고 한심한 질서에 대해 합의한 사실을 못 본 척 묵인하라. 다른 방도가 없을지도 모른다. 그들의 믿음, 그릇된 관념과 불가피하고 막연한 합의를 뒤흔들지 말라.

그들을 내버려두다보면 당신이 그들과 합의하지 않았다는 사실을 당신 스스로 똑똑히 알게 될 것이다. 다른 도리가 없는 사람처럼 가만히 있어라. 당신도 동의하는 듯 침묵을 지켜라. 이 세상에는 그들에게 대적할 만한 것이 없다. 고문대에서 침묵을 지키는 사람처럼 입을 굳게 다물어야 한다. 쉬운 일은 아니다. 진실을 알고도 침묵하는 것은 거짓을 말하기보다 훨씬 더 어려운 법이다.

일정표

날마다 당신 작품을 손보고, 또 매일 조금씩 써라. 그럴 여력이 없으면 그저 작은 단원 하나라도 고치거나 정돈을 하고 엉성한 문장이나 단락을 바로잡아라. 그러나 어찌되었든 날마다 작품을 붙잡고 일하라.

그것이 당신의 임무다. 그러나 일을 하면서 영혼을 등한시하지 말라. 경외하는 마음으로 주의를 기울여 영혼도 날마다 가꾸어라. 그러면서 뭔가를 배우고 의견을 분명히 하고 정열이나 흥분을 자제하라. 당신 작품처럼 당신 영혼도 가꾸고 도야하라. 작품과 영혼은 별개의 것이니 둘을 간단히 동일시하지 말라. 병든 영혼이 뒤에 숨어 있는 위대한 작품도 있고, 열매, 작품을 이루지 못한 강하고 순수한 영혼도 있다. 초대 공동체가 장차 기도할 수 있는 교회를 지으면서 동시에 믿음의 규칙, 신앙과 기도의 기준이 되는 이념의 내적 틀도 만들었듯이, 당신은 두 가지를 다 손보고 가꾸어야 한다.

당신 안의 짐승이 야수가 될지도 모르니 한심하더라도 당신의 가련한 육신을 달래주어라. 그것에 부스러기를 던져주어라. 그것을 다독거려주고 진정시키고 위로하라. 그것이 당신의 일정표다.

❧

외로움

외로움은 횔덜린, 파스칼, 니체의 경우처럼 인간을 파멸로 이끌 수 있다. 그러나 정신적인 존재에게는, 달콤하게 유혹하여 무덤 속으로 밀어넣는 세상과 비굴한 관계를 맺기보다는 이처럼 차라리 좌절하고 몰락하는 편이 더 낫다. 외로움의 심연으로 더 깊이 추락하라. 그래서 당신은 몰락할지도 모르지만, 당신의 추락에 의해서 당신 작품과 영혼은 내적인 평온을 얻는다. 여기에는 소심하게 눈치를 살피거나 향락을 좇는 어설픈 해결책도 차지할 자리가 없고 홍정의 여지도 없다. 정원과 친구들도 비집고 들어올 자리가 없다. 삶과 죽음처럼 총체적인 외로움 속에서만 세상의 물음에 답변을 할 수 있다. 이 깊고 진한 외로움이 인간에게 해가 된다는 말은 맞지 않다. 당신은 세상만사에서 뒤로 물러날 때에만 인간들의 일에 완벽하게 도움을 줄 수 있다.

외로움 속에서 기억을 더듬어라. 외로움 속에서 지켜보아라. 외로움 속에서 답변을 하라. 희망에 마음을 뺏기지 말라. 다른 해결책은 없다. 결국 당신이 몰락해갈지라도 외로움을 고수하라. 그들의 조건에 맞추어 살기보다는 언제나 그편이 더 낫다.

프리드리히 횔덜린Friedrich Hölderlin(1770~1843) : 독일의 시인. 정신착란증에 걸려 비참한 일생을 보냈다.

귀를 쫑긋 세우라

기가 막히게 아름다운 것, 기상천외한 것 아니면 아슬아슬하게 개성적이고 독창적인 것을 말하려고 애쓰지 말라. 두 눈을 크게 뜨고 정신을 바짝 차려 귀를 쫑긋 세우라 ─ 그런 다음 눈을 감고 정신을 집중하여 기억을 더듬어라. 그러면 목소리가 들리고 얼굴이나 풍경이 보이고 뭔가가 뇌리에 떠오른다…… 이제 글을 쓰기 시작하라, 아주 천천히 성실하게.

나머지는 전부 사랑하는 하느님에게 맡겨라.

얼음

외로움에 주의하라. 사람들에 대한 태도라 할 수 있는 온유하고 참된 외로움이 있다. 이런 외로움은 유익하다. 그런데 당신 주변의 세계가 꽁꽁 얼어붙으면서 인간과 인간적인 것으로 가는 길이 얼음으로 뒤덮이는 비극적인 외로움이 있다. 그러면 당신은 길을 잃고 추위에 온몸이 마비된다.

배반

작업하는 동안 당신 작품이 당신에게서 생명력을 송두리째 요구했을 때 당신은 온갖 열정을 다 바쳤다. 그때와 똑같은 열정으로 이제 완성된 작품에서 멀어지는 편이 현명하다, 지극히 현명하다. 당신은 이 비밀스러운 폭군에게 피와 목숨을 바치고 충성을 다했다. 그러나 이제 당신이 원했던 것이 완성되었으니, 이 창조물로부터 혼신을 다해 멀어져라. 시선을 돌려서 새로운 목표를 주시하라, 배반과 더불어 살고 창조하라! 과거가 당신을 속박한다는 말은 진실이 아니다. 당신이 작품을 완성함과 동시에 의무를 진다는 말은 사실이 아니다. 글을 쓰는 양식, 고찰 방식, 어조나 표현 가능성이 한때 이 모든 것을 결합하고 창조한 작가, 당신을 어떤 식으로든 구속한다는 것은 진실이 아니다. 어떤 것도 그 누구도 당신을 구속하지 못한다. 당신이 글로 남긴 것은 더 이상 당신이 아니다. 그것에서 고개를 돌리고 앞을 보라. 이런 배반도 충성과 희생처럼 당신의 의무다.

❦

위기

당신의 육체와 영혼이 일을 하지 못하겠다고 유례없이 반항을 하고, 당신 심장과 위가 아프다고 꾀병을 부려 하소연을 하고, 며칠 동안 담배를 구석에 내던지고, 죽음을 두려워하며 세상을 견디지 못하고, 모든 합의에 전쟁을 선포하는 날들. 더 이상, 도저히 더 이상 글을 쓸 수 없고, 할 말을 다했으니 앞으로 어떻게 되어도 상관없고, 불가사의한 감흥과 확신이 사라지면서 보물 창고가 텅 비고, 무색의 윤기 없는 창백한 낱말들만 시큰둥하게 뒤적거린다는 느낌이 드는 날들이 오면 주의하라. 그런 날들에 조심하라. 그런 날에는 당신의 삶과 작품의 특별한 의미를 이루는 책 몇 장 아니 단 몇 줄을 준비하라. 인간은 자신의 운명과 그 운명이 직면하는 위험을 삶에서처럼 작품에서도 감지한다. 그러다 어느 날 이 고통스러운 저항을 이겨내는 순간이 온다. 그때 당신은 다시 일을 시작하고 모든 항의는 막을 내린다. 그러면 모든 게 아주 자연스럽고 간단하다. 그것은 축복받은 날들, 은총의 날들이다. 그러다 다시 니코틴 중독의 날들이 온다. 하지만 그게 무슨 대수겠는가. 그런 날들 후에 쓰는 몇 줄의 글만이 가치가 있다면야.

❧

어느 신간 서적

한 출판사에서 서평을 써달라며 책을 몇 권 보내왔다.

나는 그 책들을 책상 위에 올려놓고는 며칠 동안 손도 대지 않는다. 이따금 양심의 가책을 느끼며 책들을 홀끗 바라본다. 그러다 마음을 굳게 먹고 한 권을 집어들어서 대충 손길 닿는 대로 중간부터 읽기 시작한다.

"부르쿠쉬, 너 이 녀석!…… ― 안드리쉬는 개를 향해 바람 소리 나게 채찍을 휘두른다."

나는 책을 덮고 고개를 끄덕이며 하던 일을 계속한다.

일하다 말고는 생각한다.

"발췌한 일부 구절이나 광고 문구, 평론이 어떤 책의 진실한 면모를 알려준다는 말은 절대로 사실이 아니야. 표지를 펼쳐보기도 전에, 책은 이해할 수 없는 비밀스러운 방식으로 자신을 드러내기 마련이지. 내가 부주의해서 훌륭한 작품들을 그냥 지나쳤다고는 믿을 수 없어. 펼쳐보고 싶지 않은 책들이 있다면, 그 책임은 책들에게 있어. 단 한 마디의 거짓말, 단 한 번의 옹졸한 상스러운 행위만 보아도 어떤 사람인지 알 수 있듯이, 단 한 줄만 읽어도 어떤 책인지 충분히 알 수가 있어."

살아 있는 모든 것이 그렇듯이 살아 있는 책도 빛을 발한다. 인위적인 책, 억지로 만들어낸 책은 그저 존재할 뿐이다. 차이는 그것뿐일까? 나는 그렇다고 믿는다.

규칙

사람들이 허위로 가득 찬 위험한 환상에 필사적으로 매달리지 않는 세계를 창조해서 영원히 유지하려면, 그들이 삶을 영위하고 투쟁하고 질서를 유지하고 함께 어울려 살아가는 데 꼭 필요한 환상을 파괴하지 말라. 모든 위대한 문학의 비극은, 사람들을 거짓에서 해방시키려 하고 그 결과 공동 생활을 견디게 하는 규칙을 파괴한다는 데 있다.

부스러기

당신이 훌륭한 작품들을 쓴다고 해서 반드시 필생의 '역작'을 완성하리라고는 결코 장담할 수 없다…… 훌륭한 작품들을 쓴다고 당신 정력을 다 소모할 수도 있다. 오히려 당신이 부스러기에 지나지 않는다고 믿는 미소한 몇 줄이 바로 당신의 필생에서 유일하게 참된 작품일지도 모른다……

후추와 소금

프랑스 사람들은 마흔과 쉰 살 사이의 십 년을 '후추와 소금 사이'라고 일컫는다. 검은 후추 색이 밝은 소금 빛의 예지와 드문드문 섞이기 시작하는 머리카락에 빗댄 것이다. 또 이 말은 이 나이가 되어 온유해지며, 성급하고 무자비하기보다는 간직하고 보호하려드는 사람을 빗대고, 차츰 빛 바랜 듯 무미건조해지는 삶을 빗댄다.

마흔과 쉰, 후추와 소금 사이에서 삶은 정말로 무미건조해지는 것일까?…… 인생의 이 시절만큼 삶이 진실하고 풍요로운 적은 없었던 듯이 보일 때가 간혹 있다. 그렇다. 마흔과 쉰 사이에서 인간은 먼 훗날이나 순간을 위해 살지 않고, 또 젊은이나 노인처럼 욕심을 부리지도 않는다. 그것은 우리가 진정한 현재 속에서 낮을 위하고 밤을 위하여, 깨어나서 잠들 때까지 현재하는 오로지 그날 하루를 위하여, 감사하는 마음으로 의식적으로 살고 또 목표를 가지고 인내하며 거의 행복에 넘쳐 사는 시기이다. 현실을 인식하고 참아내며 이해하는 것말고 다른 행복은 없기 때문이다.

세상이 처음으로 흐릿해지기 시작한다…… 마치 시월 초 어느 날의 안개 낀 오후 같다. 어딘가에서 음악을 연주하는 소리가 들리고 깊은 사색 끝에 깨달음에 이르고 산 속 깊숙이 햇빛이 비친다. 우리에게 이 세상 어딘가에 아직 할 일이 있는 것이다…… 아, 이 축복! 하던 일을 멈추고 말없이 팔짱을 낀 채 미소를 지어보게나. 마흔과 쉰, 후추와 소금 사이에서.

코끼리

나는 철창 안에서 태어난 새끼를 짓밟아 죽인 코끼리를 보았다. 시간이 흐르고 심장과 감각이 무뎌진다. 다이해하고 용서하고 싶다. 그런데 지금까지의 경험과 이성이 우리의 삶에는 한 가지 좋은 점이 있으며 그래서 살아갈 만한 가치가 있다고 깨우쳐준다. 그 한 가지 좋은 점은 바로 자유다. 나는 코끼리를 이해하기 시작한다.

반지를 빼라

반지를 빼고 시계를 풀어라. 사는 동안 모으고 아끼고 소중히 여긴 것을 전부 미련 없이 훌쩍 던져버려라. 긴 방랑 끝에 낯선 숙소에서 휴식을 취하는 사람처럼 눈을 반쯤 감고 세상의 소리를 들어라. 방랑객이 낯선 도시, 사실 자신과는 아무런 상관이 없는 도시의 소리를 듣듯이 세계를 인지하라. 세상을 여행하다가 휴식처를 찾는 이방인의 마음에는 도시의 기쁨과 절망, 불륜과 미덕,

법질서와 금기가 마음에 깊이 와 닿지 않는다. 반지를 빼고 시계를 풀어라. 우리에게 꼭 필요하다고 믿었던 것들, 공명심과 자긍심, 환락에의 욕망과 일의 긴장을 전부 하나씩 포기하라. 낮에 보았던 형상들을 망각하듯이 사랑하는 얼굴들을 잊어라. 세상의 소리를 들어도 뇌리에 새기지 말고 추억을 더듬으면서 이제는 아프지 않다고 미소를 짓지 말라. 반지를 빼고 시계를 풀고 옷과 직함과 임무를 벗어던져라. 육신, 이 닳아빠진 수상한 물질도 벗어던져라. 불을 전부 끄고 혼자 있어라. 이제 두려움의 전율에서 벗어나 잠을 청하라. 깊이 잠들라.

오후 세시, 절망, 항의

그러나 나는 이 세상이 싫다! 그들이 성공이라 부르는 것이 필요 없고 그들과의 교제도 원하지 않는다. 커다란 세상의 한구석을 맴도는 우아한 댄디도 얌전한 소년도 되고 싶지 않다. 나를 칭송하고 애완용 개처럼 쓰다듬기를 바라지도 않으며, 그들의 합의와 내 맹세 사이의 이 영원한 오해에도 관심이 없다. 그들은 내가 친구가 아니라는 사실을 마침내 깨달아야 한다. 아니, 나는 그들의 적도 아니다. 그들의 일은 내 일이 아니고, 그들의 생활원소는 내 생활 원소가 아니며, 그들의 전리품은 내 공명심의 대상이 아니다. 나와 그들 사이에는 스라소니와 물개, 스라소니와 독수리처럼 공통점이 없다. 내가 속하는 수수께끼 같은 부류와 분야의 품 안에서 나는 머물고 일하고 고통받고 살다가 죽으려 한다. 나를 이대로 내버려두라.

의심

나는 우울한 기분으로 외롭게 카페에 앉아서 창밖을 바라본다. 세상이 낯설기만 하다. 그런데 별안간 의심에 가득 찬 눈길이 손으로 건드리는 것보다 더 강렬하게 내게 와 닿는다는 느낌이 든다. 누군가 나를 뚫어지게 바라보는 것이다. 분명 옆 탁자에서 나를 지켜보는 사람이 있다. 어쩌면 비밀 경찰이나 정치 요원, 아니면 영혼을

낚는 사람이나 사상을 감시하는 인물일지도 모른다. 나
는 기분이 상한다. 내가 의심을 받다니.

그러나 나는 무슨 정당의 당원도 아니고 세금도 꼬박
꼬박 납부했으며 도둑질을 하거나 사람을 살해하지도
않았다. 이웃집 여자에게 잠시라도 불순한 마음을 품어
본 적도 없다. 나는 이 지구상에서 사람과 사람, 여자와
남자 사이에 어떤 해결책도 없다는 사실을 인정하고 받
아들였다. 그런데 왜 지금 의심을 받는 것일까? 내가 무
슨 범죄를 저질렀던가?…… 아, 그렇다.

— 나는 생각을 하기 때문에 의심을 받는 것이다.

내 무기를 정돈한다

아니, 설사 지혜가 있다 해도 그것은 안전한 방패가
아니다. 욕구와 두려움의 냉혹한 창은 그것을 꿰뚫는다.
아니, 정신과 이성은 무적의 무기가 아니다. 선善의 탄
약을 장전하지 않으면 빈약한 화승총에 지나지 않는다.
아니, 조롱과 무관심은 나를 보호하지 못한다. 그 갑옷

은 싸늘하기만 하다. 차라리 다 포기하고 무방비 상태로
세상에 나서련다.

그렇다면 나는 무엇을 가지고 싸울 것인가? 비밀, 침
묵, 저항으로?······ 아니면 세상의 껍질과 나를 결합시키
는 모든 요구를 포기하는 경우 상처를 덜 입는다는 것으
로. 내가 하는 일, 화해를 모르는 무자비한 일을 위해 남
몰래 무장하는 것으로. 두 종류의 삶, 두 가지의 일이 존
재하기 때문이다. 너의 눈에 낮에는 종이 봉투를 붙이지
만 밤이 되면 감방의 창살을 줄로 자르는 죄수처럼 비치
는 내 일, 세상 사람들이 말하는 세속적인 내 능력이 나
의 진정한 일과 참된 모습을 보여준다고는 믿지 말라.
내가 무엇을 하냐고? 언젠가는 알게 될 것이다······ 나는
자유로워지고 싶다. 그러나 그때까지는 내 무기를 정돈
한다. 그리고 노예 주인인 이 세상이 내미는 빵을 조심
스럽게 가르고 그 안에서 줄을 찾는다.

허리띠

장갑 가게의 진열장에 허리띠가 진열되어 있었다. 어느 세련되고 우아한 부인이 그만 허리띠의 유혹에 넘어가고 말았다. 가늘게 엮은 붉은 포도주 빛 가죽에 둥근 황동 단추가 점점이 박힌 허리띠의 가격은 십오 펭고였다. 그것은 투르게네프의 소설에서 삼두마차의 마부가 말을 모는 채찍을 연상시켰으며, 중세 기사들의 정조대와도 어딘지 모르게 비슷했다. 간단히 말해서 감탄할 만했다. 그런데 가격이 십오 펭고였다. 그래서 부인은 잠시 망설이며 고심을 하다가 결국 장갑 가게의 문을 열고 들어가 허리띠를 샀다.

정오 무렵 허리띠를 산 부인은 오후에 옷을 입고 허리띠를 맨 다음 연인을 찾아갔다. 연인은 다른 일들에 관해 이야기하면서 허리띠는 전혀 안중에도 없었다. 부인은 한동안 기다리다가 한숨을 내쉬고는 옷을 벗기 시작했다. 옷을 벗는데 손이 허리 근처에 이르렀다. 허리띠의 고리가 손에 잡히는 순간, 무엇 때문에 자신이 십오 펭고나 내고 그것을 샀는지 마침내 분명하게 깨달을 수 있었다. 그것을 풀기 위해서였다.

젊은 처녀

젊은 처녀가 이유 없이 웃기 시작했다. 그러자 갑자기 주변이 환해졌다. 처녀는 풋풋한 몸속에서 삶의 기쁨을 느꼈거나 생크림 케이크의 달콤한 맛이 떠올라서 웃음을 터뜨렸다. 아니, 어쩌면 얼마 전 무도회가 열린 날 밤, 선정적인 왈츠의 선율이 새어나오는 복도에서 받은 첫 키스가 생각났기 때문일 수도 있다. 젊은 아가씨는 발끝과 무릎, 풍만한 어깨, 온몸으로 웃었다. 그녀는 현명하지는 않았지만 젊었다. 아직 행복이 뭔지는 모르지만 즐거웠다. 처녀는 사실 원하는 게 없었으며 그저 존재할 뿐이었다. 나는 마음 깊이 숭배하는 마음으로 젊은 처녀를 바라보고 머리가 땅에 닿도록 허리 숙여 절을 했다.

대기

　세상이 분노로는 그 무엇도 해결할 수 없다는 사실을 마침내 터득한 듯 밤 사이 대기가 차분해졌다. 분노하는 사람은 오로지 행위할 수 있을 뿐이다. 그러나 해결은 단순한 행위 이상의 것이다. 마음을 가라앉히면 평화가 찾아온다. 봄에 세상이 평화로워지는 것도 그 때문이다. 숲 속의 나무들만이 벌거벗은 채 칼을 빼 들고 싸움을 계속 한다. 그러나 골짜기는 노곤한 연인처럼 두 팔을 펼치고 온몸을 쭉 뻗는다. 어디선가 회전목마의 음악 소리가 들려오고 뭔가가 얼굴을 스친다. 나는 행복을 믿지는 않지만 한순간 세상이 고요하여 기쁘다.

아주 큰 소리로 던지는 질문

　고통이여, 너는 왜 나를 귀찮게 따라다니는가? 무엇 때문에 늘 나보다 한 발 앞서서 방에 들어가고, 너 아니면 기쁨과 안식이 기다릴 침대에 선수쳐 눕는가? 무엇 때문에 내 손길이 닿는 모든 것에서, 목을 축이려는 유리컵과 가까이 다가가는 입술 어디에서나 너의 자취가 느껴지는가? 고통이여, 나는 너를 가슴에 품고 애지중지하지 않는다. 너를 부둥켜안지도 않고 네 그림자를 숭상하지도 않는다. 울부짖으며 너를 부정하고, 활력을 불어넣어 스스로를 잊게 하는 기쁨을 소리쳐 부른다. 아름답고 고매한 수식어로 너를 꾸미지도 않으며, 네가 정의라고 믿지도 않는다. 다만 네가 존재한다는 사실을 알고 너를 혐오할 뿐이다.

헤어짐

'헤어지는' 사람들을 갈라놓는 끈은 어떤 소재로 만들어졌을까? 이 경우 헝가리 말의 낱말들은 정확하고 명료하다. 이 낱말들의 내적인, 상징적인 의미에 주의할 필요가 있다. 그러니까 두 사람이 서로 갈라지고 '헤어진다'. 사실 이 순간에 감정, 애정, 매력, 호기심, 슬픔과 욕구로 엮어진 섬세한 끈, 에테르 광선보다 더 미세하고 비물질적인 줄, 지금까지 하나로 묶어주고 응집시켜주었던 일종의 별들의 조직 같은 것이 동강난다. 서로 헤어지고 갈라서기 때문에 동강나는 것이다. 그것은 복잡하게 결합했던 사람들을 더 이상 결합시키지 않는다. 지구와 태양, 사상과 감정, 그리고 결국 갑돌이와 갑순이도 그런 식으로 헤어졌다. 이제 그들은 놀라 하늘을 바라보며 헤어짐은 개인적인 일이라고 생각한다. 아니다, 그런 경우 우주에서도 무슨 일인가가 일어난다.

조건 반사

파블로프의 실험은 동물들이 삼대에 걸쳐 지각과 경험을 토대로 반사 기능을 형성한다고 증명했다. 먹이를 줄 때마다 종을 울리면, 쥐는 종소리와 먹이 사이에 관계가 있다는 것을 배운다. 이 쥐의 새끼는 오백 번 연습한 다음 그것을 인식하고, 새끼의 새끼는 생존에 아주 중대한 이 요령을 오십 번의 종소리 후에 벌써 습득한

다. 새끼의 새끼의 새끼는 처음 종이 울리자마자 달려온
다. 선조들의 경험이 후손에게서 반사 기능을 형성했기
때문이다.

물론 췌장과 운동 신경만이 반사 작용을 하는 것은 아
니다. 모든 내분비선은 수천 년에 걸쳐 진화하는 동안
각자 교훈을 배웠으며, 이것은 비단 쥐에 국한된 이야기
가 아니다. 내분비선들은 교육을 받은 작가인 나에게,
예를 들어 극장의 홀에서 마주 오는 부인이 내 마음을 사
로잡을 거라고 알려준다. 내가 그리던 이상형의 여자로,
서리 내린 어느 날 아침 교외의 휘베스뷜기에서 그 여자
때문에 목을 매달게 될 거라고 귀띔을 한다. 주간지 기
사나 문학에서는 내분비선의 이런 기능에 대해 '사랑'
이라는 인구에 회자되는 표현을 사용한다. 나는 지금도
사랑이 비밀, 기적, 열정이라고 믿는다. 그러나 경험과
이성의 소리는 이 내적인 충격이 조건 반사일 뿐이라고
말한다. 정말로 그런 것일까?…… 나이 탓일지는 모르지
만, 나는 서서히 기적을 믿는다. 조건 반사에 지나지 않
는다는 말을 인정하고 싶지 않다. 그래서 고집스럽고 아
둔하게 거듭 말한다.

"사랑, 사랑."

휘베스빌기 : 부다 근교의 그림처럼 아름다운 골짜기. 당시 시민들이 애호하던 소풍 장소였으며, 지금도 부다페스트 시내에 있다.

의병 제대자

그렇다, 사랑의 감정은 소멸한다. 거들먹거리는 요란한 감정의 흐름은 흘러가버린다. 고인 물이 어느 날 강물을 타고 흘러가다가 물살에 휩쓸려 바다 속으로, 시간 속으로 사라지듯이, 감정은 사라지고 커다란 정열의 화약 연기도 자취를 감춘다. 그 대신 여름날 저녁 땅거미가 내려앉듯이 경험이 자리를 차지한다. 경험은 모든 것을 감싸 안고 하나로 용해한다. 너는 기억을 더듬으며 미소를 짓는다. 그리고 이제 아프지 않다면 왜, 도대체 무엇 때문에 그 모든 일을 겪었을까 의아해한다.

어둠이 깊어가면서 거뭇거뭇한 나무들 사이로 윙윙거리는 바람이 네 창가를 흔들고 굴뚝의 신음 소리를 자아내면, 너는 홀로 지난 삶을 돌아보고 추억을 회상하며 흘러간 정열이 네 삶의 비밀스러운 내용이고 원동력이었다는 사실을 깨달을 것이다. 이 이름 없는 무상한 힘이 네 삶의 모든 흐름을 움직였던 것이다. 그래서 너는 용감하면서 비겁하고, 무모하면서 창조적이고, 노련하면서 당돌할 수 있었다. 그러다 정열이 의미를 상실하면서 사랑의 체험은 바람에 날려 사라지고, 네 가슴을 채웠던 고통스럽고 어두운 격류도 자취를 감추었다. 모든 게 흘러가버린 것이다, 모든 게. 그러나 너의 임무는 이런 절망을 많이 체험하는 것이었다. 세상은 그렇게 절망과 고통을 빚어 창조하고 만들고 형성한다. 이제 너는 고통을 겪었으니 의병 제대자처럼 퇴장할 수 있다.

의병 제대자 : 질병 등의 이유로 군대 의무를 수행할 수 없어서 조기 제대하는 사람을 주로 일컫는다. 헝가리 말에서는 영웅적인 행위를 꿈꾸는 사람을 가리키기도 한다.

죄

　나의 죄는 이런저런 말이나 무슨 특별한 행동에 있지 않다. 나는 과부와 고아들의 물건을 훔치지 않았고 가난한 사람들을 약탈하거나 몇 푼 안 되는 시간당 임금을 떼어먹은 적도 없다. 그런데도 나는 죄를 지었다. 내 죄는 산다는 것이다.

　인간은 살아가면서 언제나 한두 사람 아니면 여러 사람에게 해를 입힌다. 언제나 다른 사람의 지방질, 일, 꿈과 행복을 먹고산다. 그러니 내 죄는 태어나서 이 세상에서 산다는 것이다. 커다란 죄악. 나는 그것이 용서받을 수 없고 또 용서할 수도 없는 일이라는 것을 차츰 이해한다.

혼란

　정찰을 하듯 살롱을 어슬렁거리던 이 청년, 불안한 애

송이가 '자유로운 사랑'의 구호를 울부짖는다. 나는 그의 하소연, 과장된 연설을 듣고는 담배를 피우며 상념에 잠긴다.

세상의 어리석음만이 아니라 조악한 책이 빚어낸 개념의 혼란도 커다란 재난을 야기한다 — 나는 그렇다고 믿는다. 게다가 결과는 언제나 같다. '자유로운 사랑'이란 대체 무엇인가? 사랑은 자유가 아니라 인간의 모든 결합, 부모와 자식, 남편과 아내, 연인과 친구 사이가 그렇듯 구속이다. 그들은 모두 구속 속에서 산다. 대부분 누구나 한번쯤은 이런 구속에서 벗어나고 싶어진다. 어쩌다 도주가 성공하는 경우도 있지만 대개는 실패한다. 사랑을 '자유롭게' 놓아줄 수는 없다. 그것은 사랑의 의미가 아니기 때문이다. 이 수수께끼 같은 인간의 결합은 그것의 제물이 된 사람들에게 구속을 뜻하는 동안에만 지속된다. 우리는 같은 식으로 강도 살인범에게서 동정심과 자비심 또는 이해를 바라거나 맹인에게서 예리한 시선을 요구할 수 있을 것이다. 간단히 말해서 말도 안 되는 불가능한 요구다. 이런 개념들을 한번 논리적으로 설명해보자. 강도 살인범은 약탈을 하고 살인을 저지르는 동안에만 강도 살인범이며, 맹인은 마네의 그림이나 새벽에 숲의 여명을 볼 수 없는 동안에만 맹인이다. 사랑에 빠진 사람은 마법과 마력에 정신을 잃고 구속당해서 사는 동안에만 사랑을 한다. 그것에서 벗어나 더 이상 구속당하지 않는 순간부터는 사랑하는 게 아니라 헛기침을 하면서 어떻게 갑순이를 떨쳐버릴 수 있을까 노심초사하는 갑돌이에 지나지 않는다.

고백

당신이 전부를 원했다는 말을 하는 순간이 언젠가 올지도 모른다. 대용품이나 그 비슷한 것, 부수적인 것이 아니라 전부, 진실을. 아무리 끔찍하고 저속할지라도 진실, 행복과 정의, 전부를. 당신은 삶 대신에 삶과 유사한 것을, 영혼과 활자 대신에 영혼과 활자를 정교하게 흉내 낸 것을 원하지 않았다. 당신은 순수한 여인들을 사랑하려 했고, 순수한 책들을 쓰려 했으며, 순수한 사람들과 싸우고 화해하려 했다. 당신은 일부, 부스러기가 아니라 전부를 원했다. 이 소원은 이루어지지 못했고, 당신은 실패했다. 그러나 패배한 투사, 당신은 바닥에 쓰러져 오물 속에 뒹굴면서 중얼거릴 것이다.

"하지만 적어도 나는 전부를 열망했고, 적어도 올바른 것을 원했다. 적어도 그 정도는 너희들이 이해하고 나를 용서해야 할 것이다."

숲

다섯시 무렵, 숲이 시월의 황금색 화염과 빛에 싸여 불타올랐다. 그러다 오솔길이 끝나는 곳에 이르자 화염이 사라지면서 차가운 연기와 어스름한 땅거미가 숲과 공터, 우리를 뒤덮었다.

어둠이 내려앉는 가운데 우리는 서두르기 시작했다. 삶의 의미와 무의미, 숙명적인 과거와 미래, 그를 의미하는 비밀과 나를 의미하는 비밀, 이런 모든 것을 서둘러 급히 말해야 하는 순간이 온 듯이 어둠에 싸여가는 오솔길에서 흥분하여 화를 내며 거의 외침에 가까운 소리로 조급하게 말을 이었다. 시월의 숲 속에서, 앙상한 나무들 아래서, 뒤엉킨 잿빛 그림자들 사이에서 — 숲을 가로지르는 이 숙명적인 길에서 서로 말을 가로막고, 때로는 말을 멈추고 숨을 헐떡거리며 상대방의 눈을 응시하고, 그러다 다시 서둘러 숨을 몰아 쉬고 서로 목청을 높이면서 이해할 수 없는 싸움을 계속하였다. 숲이 윙윙거렸다. 그것은 나무들이 자라는 순간, 하늘까지 뻗어 오르는 순간이었다. 차가운 황혼, 숨찬 대화, 조급함, 모든 것에 운명이 스며 있었다. 길을 찾듯이, 폭풍우에 흔들리는 나무들 사이에서 도움을 간청하듯이, 울창한 깊은 숲 속에서 길을 잃고 도움을 외치듯이, 윙윙거리는 바람 소리와 거무스름한 나무들의 신음 소리, 외침이 되어 되돌아오는 자신의 말소리, 심장의 거센 고동 소리만이 들리듯이, 그는 이따금 한 팔을 앞으로 쭉 뻗었다. 그렇게 우리는 길을 걸어 숲을 빠져나왔다. 저 멀리 초원이 시작하는 곳에서 불빛이 보였다. 우리는 발길을 멈추고 입을 다물었다. 그러다 시내로 돌아갔다. 가는 도중에 나는 삶의 한 마당이 끝났다는 것을 깨달았다. 내 나이 마흔이 넘은 지금 뭔가 새로운 일이 시작되는 것이다.

적

나는 폭탄이나 탱크도 악명 높은 위협적인 적도 두렵지 않다. 한 번 더 세상을 돌아보고, 이제는 나를 옭아매는 것이 없다는 사실을 놀라워하며 확인한다. 이제는 아무것도, 정말로 아무것도 두렵지 않다. 잃어버릴 것을 가진 사람만이 두려워하는 법이다.

그러나 나 자신한테는 아직도 두려움이 남아 있다는 것을 부정하지 않는다. 은밀히 무슨 생각을 하는지 다 알면서도 행동이나 거취를 예상할 수 없는 이 독특한 적, 나 자신을 불신의 눈길로 지켜본다. 나는 나 스스로가 두렵다. 갖은 수단을 동원하여 나 자신으로부터 방어하고 자신을 억누르고 필요한 경우 위협하고 심지어는 벌까지 내린다. 과연 누가 더 강자인가?……

이따금 나는 명함이나 육신은 없지만 적어도 내 손이나 눈처럼 나인 존재, 잘 알면서도 이해할 수 없는 또 다른 나가 결국 더 강자가 아닐까 두렵다. 상대방을 얕잡아보고 장난치듯 슬쩍슬쩍 상처를 입히지만, 이 대등하지 않은 결투가 ― 우선은 ― 재미있어서 결정적으로 칼을 휘두르지 않는 펜싱 선수처럼 나를 경멸하듯 다루는 탓에 그가 더 강자일까 염려된다. 그에게 용서를 청할 것인가? 그러면 모든 게 의미가 없어진다. 인생에서 도망칠 것인가? 그러면 승리는 그의 것이다. 나는 아무것도 할 수 없다. 적을 설득시키고 누르는 것만으로는 충분치 않다. 적을 견디어내야 한다. 그것이 더 어려운 일이다.

편지

편지를 보내고 싶은 사람이 내 인생에는 없다.

다이어트

행복했든 불행했든 과거의 장소로 돌아가서는 안 된다. 십 년 아니면 이십 년 전, 성장 과정에서 두고 떠나온 사람들을 다시 만나서는 안 된다. 옛 친구들의 편지에 정중하게 답장을 하라. 그러나 만남을 약속하지는 말라. 지난날의 여자 친구들은 더더욱 만나서는 안 된다. 장례식에 가서도 안 된다. 어쨌든 당신과 상관없는 낯선 인생의 소용돌이에 끼어들지 말라. 뒤돌아보지 말라.

이 모든 것은 사람들에 대한 배반이나 무정함이 아니다. 그저 다이어트일 뿐 아무것도 아니다. 영혼도 오래 묵어 부패한 자양분은 소화하지 못한다. 영혼에 비타민을 주어라, 싱싱하고 상큼하게 입맛을 돋워주어라. 사람들을 사랑하라, 그러나 그 의문스런 이야기에는 거리를 가지고 신중하게 대처하라. 사람들을 동정하라. 그러나 언젠가는 당신 가족의 운명에 눈물을 흘려야 한다는 사실을 기억하라. 세상과 연대감을 유지하라. 그러나 당신이 세상의 법칙을 변화시킬 수 없다는 것을 명심하라 ― 세상은 희망이 없다. 흥분하여 하소연하는 자들의 한탄에 끼어들지 말라. 당신 몸뿐 아니라 영혼에도 다이어트를 처방하라. 그것은 더 오래 살기 위해서가 아니다. 세속의 기준으로 삶을 가늠할 수는 없다. 보다 풍성하고 진실하게 살려면 다이어트를 하라. 삶의 향긋한 맛을 유지하라. 조미료로 맛을 낸 음식을 너무 많이 먹지.말라.

현명한

"현명한 여자!"

이런 말을 들으면 여자들도 이따금 고개를 끄덕이며 다른 여자가 현명하다는, 아주 현명하다는 사실을 받아들인다. 그러고는 미소를 지으며 오만하게 덧붙인다.

"그래요, 여성적인 현명함이죠."

남자들이 이 여성적인 현명함을 제대로 이해하고 결국 받아들이기까지는 어느 정도의 시간과 많은 인내심이 필요하다. 나는 이따금 여성적인 현명함을 이해한다고 믿는다. 말하자면 이 여인은 언제나 같은 생각, 한 가지 생각만을 하기 때문에 현명하다. 그래서 '좋지도' '나쁘지도' 않으며 그저 여자일 뿐이다. 우리가 교각이나 혈청, 시, 불멸을 생각하면, 그 여인도 우리와 함께 생각하고 우리의 일과 삶에 참여한다. 마치 교각, 시, 혈청이 삶에 꼭 필요하지만 궁극적으로는 중요하지 않다는 것을 아는 듯 살짝 한숨을 내쉬며 많은 이해심을 보인다. 그러나 삶과 죽음, 출생과 임신, 직업, 이 모든 일에서 과연 중요한 것은 무엇인가? 물론 남자와 여자의 일이 중요하다. 그래서 여자 가운데 가장 현명한 그 여자는 남자가—물론 가장 현명한 남자도 흥미있고 돋보이긴 하지만—애석하게도 좀 불완전하고 어리석다고 생각한다. 모든 것을 알지만 정말로 중요한 것은 정확하고 철저하게 알지 못하기 때문이다…… 그래서 우리는 가슴에서 우러나오는 소리로 경탄하며 말한다.

"현명한 여자."

그러고는 복잡하게 뒤엉킨 거북한 일을 이야기한 사람처럼 당황하여 입을 다문다.

세기말

세기말은 많은 여인들의 입맞춤, 사랑의 풍습, 근심과 동경, 기쁨과 관능 속에 여전히 살아 있다. 이 여인들이 모두 세기말에 태어난 것은 아니지만, 19세기의 몸매와 영혼의 구조를 유산으로 물려받았다. 그런 여인들은 눈에 잘 띄지 않는다. 그들은 속세의 대중들 틈에 낀 여사제처럼 현대적인 아가씨들 사이에서 조심스럽게 움직인다. 또 신념이나 태도에 관한 추억에 비밀을 담아 수호한다. 이 비밀의 여자야말로 하느님이 이브를 창조하시면서 의도했던 여자다.

집시 소녀

금화를 목에 걸고 붉은 장미 한 송이를 헝클어진 검은 곱슬머리에 꽂은 집시 소녀가 이렇게 말했다.

— 우리 부모님은 저 때문에 늘 걱정이 아주 많으셨어요. 집을 소유하고 한 곳에 머무르는 사람들을 조심하라고 늘 타이르셨지요. 우리는 아름다운 초록색 마차와 말한 필을 가지고 있었어요. 아버지는 아주 고상한 분으로, 은 단추 달린 조끼를 입고 다니셨어요. 우리는 매일다른 도시에서 밤을 보냈어요. 다들 재주가 하나씩 있었는데, 저는 춤을 추며 신사들을 즐겁게 했고, 오빠는 칼

과 불을 삼키고, 사촌 형제들은 기와와 바퀴를 돌렸어
요. 그렇게 우리는 질서를 지키며 조용하고 견실하게 천
막에서 살았어요. 하지만 우리 무리의 추장 역할을 하신
아버지는 돌로 지은 집에 살면서 착실한 집시 아이들을
강탈하여 온갖 끔찍한 일을 시키고 괴롭히는 나쁜 사람
들 이야기를 자주 하셨어요. 그 사람들은 순진한 아이들
에게 천성에 맞지 않는 기술을 가르치고, 처녀들을 결혼
시키고 또 나이 든 집시들을 붙잡아서는 시민권을 보여
달라고 요구하신댔어요. 이 세상에는 그렇게 할 일 없이
어슬렁거리는 경찰들이 우글거리기 때문에 아주 조심해
야 한다는 말씀이셨어요.

　　집시 소녀는 이렇게 이야기하고 깊이 한숨을 내쉬었다.

용매溶媒

　　스탕달은 사랑이 형태를 갖추며 응축하는 과정을 더
없이 정확하게 묘사했다. 그러나 사랑을 보는 또 다른
관점이 있다. 그것은 물리적이기보다는 화학적인 관점

으로, 지금까지 그것을 묘사한 사람은 소수에 지나지 않으며 묘사 자체도 아주 불완전하다. 사랑은 일종의 용매다. 우리의 감탄을 자아내는 손과 발, 또는 이와 비슷하게 보기 좋지만 결국 덧없이 사라질 신체적 특징을 가진 아름다운 여인은 사랑의 용매 속에서 기묘하게도 사랑스런 매력을 상실한다. 사랑에 빠지고 석달째 접어들면 매혹적인 여인의 신체적인 매력은 더 이상 눈에 들어오지 않는다. 적어도 '그대로', 그 자체 고유한 현상으로는 보이지 않는다. 어디선가 살고 있으며 사랑의 마법에 의해 우리와 묶인 여자만이 보인다. 사실 우리는 특별히 그녀의 손이나 발, 눈에 주의를 기울일 시간이 없다. 불운하게도 인간은 사랑 말고도 할 일이 많다. 사랑, 이 용매 속에서 타인의 육체는 둘도 없는 특성을 상실한다. 사랑 속에서 여인은 처음 만난 순간의 깊은 인상, 마법, 설명, 교통이었던 것이 아닌 다른 수단을 통하여 결국 — 남자도 마찬가지다 — 힘을 발휘하고 매혹시키고 자신을 설명하고 전달한다. 처음에 비밀스러운 힘을 발휘했던 것들은 사랑의 용액 속에서 효력을 상실한다. 그러다 손과 발까지 갖춘, 아니 손과 발이 그저 부수적으로 따라오는 기적이 시작된다. 아니면 여전히 아름다울지는 모르지만 더 이상 관심을 끌지 못하는 손과 발만이 남는다.

건포도 빵

골목길에 위치한 작은 스낵 코너의 진열장, 투명하고 부드러운 종이를 깐 쟁반 위에서 그 가게의 명물, 꽈배기 빵이 화려한 자태를 자랑한다. 진열장 앞을 지나가는데 뭔가가 내 발길을 잡아끈다.

나 자신은 스스로 원하는 것과는 다르게 얼마나 많은 거짓으로 살아가는가! 나는 스낵 코너에 발을 들여놓지도 않고 건포도가 박힌 달콤한 꽈배기 빵과 비엔나 커피를 주문하지도 않는다. 왜냐하면…… 그 음식점이 내 생활 환경에 어울리지 않는 것이다. 나는 다른 곳에서 다른 방식으로 살아간다. 그런데도 뭔가가 자꾸만 나를 그곳으로 잡아끈다. 수공업자로 소시민적인 삶을 살던 선조들이 이런 방식으로 기억에 떠올라서 나를 잡아끄는 것일까? 아니, 더 간단할지도 모른다. 쓸데없는 의무에서 벗어나 고향같이 친밀하고 소박한 장소에서 꽈배기 빵을 먹으며 겸허하게 살고 싶은 동경인지도 모른다. 나는 바로 그것을 희구한다. 그런데 그것은 이제 나한테 이루어질 수 없는 일이다.

없어도

친애하는 아둔한 여인, 그 여인이 말한다.

"친칠라 모피가 없어도 나는 살 수 있어요."

그 여인이 가고 난 다음, 나는 마치 누군가에게 해결해야 할 임무라도 부여받은 양 '없어도'라는 낱말과 관련하여 이런저런 생각을 한다. 인간은 무엇이 '없어도' 살 수 있을까? 중국이나 행복감이 없어도, 정의에 대한 지식이 없어도?…… 이런 가능성들은 나를 당혹하게 한다. 혼자 방 안에서 가진 것 없이 팔다리 없이 눈멀고 귀멀고 벙어리가 되어서 살 수 있을지도 모른다. 세상이 비집고 들어오지 못하도록 완전히 담을 쌓을 수도 있고,

우리 스스로 세상에서 완전히 벗어날 수도 있다.

그러나 우리 안에는 살아가기 위해서 꼭 필요한 '없어서는' 안 되는 무언가가 있다. 육체이면서 영혼이고, 모든 삶의 전제 조건을 이루는 어떤 소재. 이 소재가 육체나 영혼 안에서 사라지기 시작하면 우리는 숨을 거둔다. 중요한 것은 바로 그 점이다. 그렇다, 그 친애하는 아둔한 여성의 말이 맞다. 친칠라 모피가 없어도 살 수 있다.

충고와 맹세

그렇다, 드디어 이 세상 모든 것과 담판을 지어라. 세월이 흘러도 당신은 더 나아지거나 젊어지지 않으며 더 인간적이 되거나 진실해지지도 않는다. 더 건강하거나 온유해지지도 않고 이해심이 더 많아지거나 욕심이 없어지지도 않는다. 당신의 나이 마흔이 넘었으니 이제 이 사실을 인정하고 받아들여라. 당신이 나이 들어가고, 시간이 당신을 쫓아오고, 당신의 명성이 좀먹어 초라해질 거라는 사실을 받아들여라. 벌써 당신 이름을 말하면서 하품을 할 젊은이들이 있다. 여인들이 당신 때문이 아니라 기껏해야 그들의 호기심을 자극하는 당신 이름이나 돈 때문에 당신을 사랑하는 것도 참아야 한다. 그들은 당신에게서 받은 돈을 주머니에 쑤셔넣고 더 젊은 사람들에게로 달려간다. 당신이 다시는 '그런' 책을 쓰지 못하리라는 사실과도 타협하라…… 이 사실이 다른 무엇보다도 당신 마음을 아프게 할지 모른다. 그래도 타협하라! 이제 당신이 무엇을 할 수 있겠는가? 하루하루가 허락하는 대로 살아라. 지나치게 덕망이 높은 척하지도 말고 지나치게 목표에 집착하지도 말라. 기적을 믿지 말고, 사람들이 하는 것을 지켜보고, 다른 사람들에 앞서서 처음으로 무엇인가를 인지하고 이해했다고 생각되면 메모를 남겨라. 여자들이 당신에게 주는 것을 받고 대가를 지불하라. 포도주를 마실 때 너무 과음하지 말고, 당신 건강이 허락하는 한 입맛에 맞는 것을 마음껏 먹어라. 글을 많이 읽고 미리 죽음을 준비하라. 기쁨은 사라지기 때문이다. 불가사의하게도 단순한 현실은 남는다. 이해했는가?…… 그러면 따라서 말하라.

"나는 이해하고 맹세한다."

의심

순수한 여인들은 자신이 인간적으로 더없이 밀접한 관계를 맺고 사는 남자가 그 결합을 은밀히 경멸하지 않나 하고 언제나 의심을 품는다. 그들은 그 남자가 자신 없이는 살 수 없으며, 자신이 그의 허영심이나 정열, 애정에 되돌릴 수 없는 치명적인 상처를 입힐 수 있다는 것을 안다. 또한 자신이 그 남자를 마음대로 할 수 있다는 사실을 잘 알면서도, 이 정복당한 적수가 사슬을 흔들며 남몰래 하품을 하고 태연하게 고개를 끄덕이고 어깨를 으쓱하며 사태를 지켜보지 않을까 염려한다. 치열한 사랑의 경쟁에서 누구보다도 경쟁력이 뛰어난 여인들을 괴롭히는 이 의심, 이 세상에서 가장 아름답고 고귀한 의심은 한순간도 누그러들지 않는다. 제아무리 마법에 걸리고 현혹당해도 남자가 더 강하다. 그래서 그들은 서로를 유심히 지켜본다. 남자는 환회에 넘치는 강자의 태연함으로, 여자는 의심에 가득 차서.

비

나흘째 비가 내린다. 나는 이른 오후에 전등 불빛 아래서 이 글을 쓴다. 하늘이 세상을 향해 부드러운 기관총의 여린 총알을 마구 쏘아대듯이 비가 창문을 때린다. 모든 게 군함처럼 짙은 잿빛에 싸여 있으며 눅눅하고 뒤숭숭하다.

나흘째 비가 내리고, 나한테는 삶에서 벗어날 길이 없다. 당장 벌거벗은 채 국도에 드러누워서 세상 만물 깊숙이 스며들어 분해시키는 비가 나를 축축한 행주처럼 만들기를 기다리는 편이 나을지도 모른다. 빗소리를 듣는 동안 그런 생각이 뇌리를 스친다. 나는 정신을 바짝 차리고 귀를 기울인다. 비에도 의미가 있기 때문이다.

산딸기

이제 나는 안다. 내 육신, 이 특이한 조직이 산딸기처

럼 상하기 쉬운 흐물흐물하고 연한 소재로 만들어진 것
을 꿈에서뿐 아니라 깨어서도 안다.

그러던 어느 날

　그러던 어느 날 모든 것의 의미가 달라질 것이다. 당
신이 지금 사는 공간을 유심히 훑어보라. 당신 방 창문
을 통해서 수십 년에 걸쳐 온갖 모습을 보여주는 풍경
을 바라보라. 당신이 알고 사랑하고 미워한다고 믿는
사람들의 얼굴을 돌아보고 당신의 삶을 둘러싼 사물들
을 주시하라. 그 모든 게 다만 기호, 중국의 문자였다는
것을 알게 되는 순간이 온다. 당신은 이 두렵고 단순하
며 무정하고 무심하며 공허한 이성적인 순간에 이르러
서야 그 기호의 진실한 의미를 깨닫는다. 더 불행한 것
은 당신이 지금껏 뭔가를 안다고 믿어왔다는 사실이다.
그러나 당신은 여태까지 진정 아무것도 몰랐다는 사실
을 인식한다. 그래서 이 최후의 새로운 깨달음, 이 의미
를 누구에게도 전할 수가 없다.

여행을 떠나다

"그러고 나서 같이 여행을 떠나면 좋을 거예요."

그녀가 말했다.

남자는 못마땅한 표정으로 침묵을 지켰다. 물론 같이 여행을 떠나면 좋겠지! 그는 생각했다. 이 소박한 여인이여! 같이 떠나는 여행보다 나은 것이 인생에 많이 존재하는 양 그런 말을 그렇듯 쉽게 하다니. 언뜻 그것은 아주 평범하게 들리지만 현실, 일상 생활에서는 신비하고 장엄한 선물이다. 세계이면서 사랑이고, 도주이면서 투항, 풍경이면서 서로를 향한 의존이다. 즉흥적인 안식처이며 낙원 같은 호텔 방. 역의 매표구에서 기차 냄새로 시작하여 낯선 도시와 종업원의 친밀함으로 끝나는 모험. 그 사이에서 일어나는 온갖 일, 서둘러 대략 윤곽만 거창하게 계획을 세우고 신속하게 몸을 놀린다. 삶의 모든 체험, 강렬한 만남…… 아, 소박한 이여! 같이 떠나는 여행만은 바라지 말라!

긴장

사랑에서 돈의 긴장은 문장에서 술어 아니면 말에서 동사에 버금가는 위치를 차지한다. 보다 정확히 말하면 돈 자체가 사랑의 표현이다. 사랑의 수단일 뿐만 아니라 미온적인 감정, 멍한 호기심을 정열과 순수한 결합으로 이끌어주는 활력이다. 돈이 없으면 사랑의 관계는 맥이 빠져 시들해지고 결국 식어버린다. 돈은 소유의 상징이며 사랑의 자연스러운 연료다. 사랑하는 사람들이 파렴치한 의도에서 그렇게 생각하는 것은 전혀 아니다. 돈이 없으면 생식력이 제대로 힘을 발휘하지 못하고, 순수한 감동과 진실한 정열, 헌신도 존재하지 않는다. 남자든 여자든 세속적인 존재에 따르는 모든 필수품들처럼 돈 또한, 아니 무엇보다도 돈을 사랑의 불길에 녹여 정화시켜야 한다. 돈은 여러 가지 모습을 가지고 있다. 현금, 이것이 가장 진부하다. 현금 다음으로 선물, 이름, 생계 보조, 세속적인 일에의 참여가 있다. '플라토닉 사랑'은 거짓말이다. 채식을 하는 호랑이처럼 터무니없는 말이

며 존재하지 않는다. 사랑의 목적은 플라토닉해지는 데
있지 않다. 사랑은 자유분방하며 야성적인 이익 공동체
다. 그런데 왜 하필 돈이 없어야 한단 말인가?…… 사랑
하는 사람은 대가를 지불한다. 대가를 지불하지 않는 사
람은 제대로 사랑하는 게 아니다. 잘못 사랑하는 것이
고, 그래서 진정으로 사랑하지 않는 것이다.

자의식

　우리는 우리의 몸에 대해 전혀 모르는 것과 다름없다.
제대로 교육을 받지 못한 것이다. 나는 내 방에서 샌프
란시스코에 전화를 걸 수는 있지만, 그 순간에 내 간이
나 쓸개에서 무슨 일이 일어나는지는 예감조차 못한다.
현대 교육은 우리 내부 기관의 활동을 주지시키는 데 주
안점을 두어야 할 것이다. 내가 내 손이나 눈, 입의 움직
임을 알듯이 위와 내분비선, 신장의 기능에 대해서도 알
아야 하고 또 알 수 있을 것이다. 인간은 자기 자신과의
관계에서 아직껏 충분히 강하거나 용감하지 못하다. 별

들을 똑바로 바라볼 배짱은 있으면서 비장이나 내장에는 접근할 용기를 내지 않는다. 심오한 자의식, 방사선으로 보는 듯한 자신과의 결합, 그것이 우리 인간이 나가야 할 길이다. 그러나 이 길은 달을 향한 여행보다 더 복잡하고 으스스하다.

갈비뼈

그렇다면 당연히, 아니 무엇보다도 그녀를 새로이 창조해야 할 것이다. 어쨌든 내 갈비뼈로 그녀를 만들지 않았던가. 하느님은 원형이 혼자서 너무 외롭고 불완전한 것을 알아차리시고 말씀하셨다.

"그래, 여자가 하나 있어야겠어."

그래서 심심풀이로, 덤으로, 그러니까 별다른 생각 없이 가볍게 손을 놀려 그녀를 창조하셔서 원형에게 붙여주었다. 원형은 그녀와 함께 행복해지는 것말고 다른 도리가 없었다. 그래서 그들, 원형과 갈비뼈, 피조물과 덤, 남자와 부산물은 함께 살았다. 그런데 함께 살아가는 동안 기묘하게도 두 사람의 역할이 뒤바뀌었다. 분명 남자가 할 일이 많아서 그것에 주의할 시간이 별로 없었으리라. 그래서 부속품, 덤은 자신이 잘난 줄 알고 오만불손해졌다. 이런 것을 전부 이해하고 능력껏 받아들여야 한다. 그러나 남자들이여, 우리가 잠깐 정신을 놓은 사이에 상황이 이리 되었으니, 그녀를 새롭게 창조하는 것이 더 중요하지 않겠는가. 정육점 주인이 살에다 뼈를 덤으로 얹어주듯이, 하느님이 조각을 떼어내 손바닥으로 몇 번 쳐서 그녀를 만들어주셨기 때문이다. 이제 이 뼈를 교육시키고 여러 가지를 가르쳐야 한다. 아주 별볼일 없는 여자도 자신이 동등한 줄 알고 온갖 일에 참견을 하기 때문이다. 그렇다, 그녀를 새로이 창조해야 한다. 그러니 우리 작은 것부터 시작하자.

천천히

놀란 소원, 정신을 차린 의식, 경고하는 목소리가 이따금 발언을 한다.

"천천히! 천천히 살라!"

삶을 램프의 심지와 불꽃처럼 추켜올리고 내리눌러서 그 타오르는 화염을 작게 줄일 수 있지 않을까! 그렇다, 천천히 살아야 한다. '천천히'라는 말이 ─ 항상은 아니지만 ─ 대부분 '더 오래'를 뜻하기 때문만은 아니다. '천천히'에는 의식적이라는 의미와 더불어 더 직접적으로 그리고 더 인간적으로 산다는 뜻도 있기 때문에 천천히 살아야 한다. 사람은 구 개월 만에 지상의 존재로 성숙한다. 인간의 법칙에 따르면, 그것은 죽음을 맞이하기까지 구십 년은 성숙해야 삶을 조금이라도 이해한다는 것을 뜻하리라.

실패한 인생

카샤우에서의 사흘. 나는 옛날에 살던 집을 돌아본다. 추억들을 그 옛날 폼페이의 시민들처럼 싸늘한 재속에 응고시키는 차가운 마그마 속에서 낯설면서도 동시에 친밀한 사람들에 둘러싸여 있다. 집들을 둘러보고 무덤들을 찾아가고 많은 얼굴들을 응시한다. 온종일 무엇인가를 찾아헤매고 기억을 더듬는다. 나는 내 방식으로 카샤우를 낯선 사람들에게서 되찾아야 한다. 그런데 친숙한 얼굴들마저 낯설게 느껴진다. 성령 강림절이다. 바람이 귀를 스친다. 나는 뭔가가 생각나지 않는 사람처럼 하루 종일 배회하고, '범행 장소' 주변을 슬그머니 돌아보고, 추억 속의 현실을 본다, 이십, 삼십, 사십 년 전의 눈으로.

그리고 저녁 무렵 수첩에 메모를 한다.

"나는 인생에 실패했다."

깊은 생각 없이 반사적으로 만물을 지배하는 근본적인 감정을 좇아서 그렇게 쓴다. 나는 여기 이 골목들을 떠났으며, 이제 마흔 살이 넘어서 죽은 어린 아들과 돌아가신 아버지를 온종일 생각한다. '범행 장소'로 돌아온 지금, 내 인생이 실패한 사실을 절감한다. 판결을 받은 사람처럼 너무나 확실하게 안다. 아니, 이제 이의를 제기할 일이 없다. 그저 감내하는 도리밖에 없다.

성城

석양이 질 무렵 나는 타향을 떠도는 이방인으로 성에 도착했다. 건물은 쇠락하고 그곳에 살던 오만한 신사들은 천지 사방으로 흩어져 지금 어딘가 대도시의 가구 딸린 방에 앉아 자존심이 상한 표정으로 긴 손톱을 바라보며 전등 불빛 아래서 낱말 맞추기 퀴즈를 푼다. 그러나 성은 이곳에 남아 중병을 앓는 환자처럼 하루하루 빛을 잃고 쇠잔해갔다. 오늘은 기둥 하나가 무너졌고 내일은 창문턱 하나가 내려앉을 것이다. 돌사자는 푸른 이끼로 뒤덮여 있으며 분수는 물이 마르고 금붕어는 죽은 지 오래였다. 거미줄 늘어진 텅 빈 홀의 깨어진 창문 뒤에서 바람이 고통에 못 이겨 문을 뒤흔들었다. 이 세상 모든 것처럼 성들도 숨을 거두기 때문이다. 그것들도 당신과 나처럼 죽는다. 자, 우리 성의 문지방에 앉아보세.

먼 곳

아디의 아름다운 시를 인용해서 자신을 설명하는 남자만큼 견디기 힘든 사람도 없다.

"너를 잃을까 두려워 나는 도주하노라."

그리고

"너를 향한 사랑이 시들지 않도록,

아름다워 보이게 하는 먼 곳을

너의 영원한 수호자로 선택하노라."

이쯤 되면 그들은 흐느끼면서 저주와 욕설을 퍼붓고 광분한다. 그들은 그 까닭을 안다. 그리고 그들의 생각이 백 번 옳다.

그들은 아무리 복잡하게 뒤엉키더라도 가까이에서 지내는 현실이 '아름다워 보이게 하는 먼 곳'보다 값진 것을 안다. 그리고 어디에서 어디로 가는지 알 길 없이 늘 밖으로 떠도는 남자. 다른 여자들이나 사업, 사교 모임이나 자오선, 아니면 다리 건설, 원자 변환, 상대성 이론, 소설 집필 같은 임무나 그릇된 이론을 쫓아다니고,

흔히 이런 임무나 일을 핑계로 둘러대면서 '잃을까' 두려워 도주한다고 여자에게 말하는 남자. 그는 이런 식으로 여인을 붙잡아서 '아름다워 보이게 하는 먼 곳'을 사랑의 수호자로 삼아서는 안 될 것이다. 원하는 것을 하더라도 멀리 떠나서는 안 된다. 이 '아름다워 보이게 하는 먼 곳'보다 더 위험하고 절망적이며 마음을 상하게 하는 것은 없다. 멀리 떠나려는 수상쩍은 계획, 이 '아름다워 보이게 하는 먼 곳'보다는 차라리 추하고 지겹더라도 함께 지내는 현재, 현실의 미소한 파편과 손으로 붙잡을 수 있는 현재를 받아들이지 않을 여자는 없다. 그래서 여인들은 이 아름다운 시구를 듣게 되면 울부짖는 것이다. 그들은 그 까닭을 안다…… 그렇다, 나도 안다.

앤드르 아디(1877~1919) : 산도르 페퇴피와 함께 헝가리 최고의 서정 시인으로 꼽힌다. 주요 작품으로 『신시집』(1906), 『피와 황금』(1907) 등이 있다. 아디는 헝가리 문학에서 새로운 정신과 참신한 내용, 현대적인 것을 상징한다.

그 사이에

그 사이에, 지금까지 살아온 사십 년이란 세월 동안, 다시 말해 '사람의 반평생'을 훨씬 넘어설 때까지 무엇을 배웠고, 어떤 경험을 통해 풍성해졌고, 어떤 진실 때문에 괴로워했으며, 어떤 지혜에 의해 견문을 넓혔냐는 물음에 번개처럼 빠르게 대답을 해야 한다면, 나는 서둘러 숨 가쁘게 그러나 힘껏 답변할 것이다.

"음료수나 술을 지나치게 많이 마시지 말라, 심장에 해롭다. 음식에 소금을 너무 많이 넣지 말라. 그러나 피망과 약간의 후추는 즐길 수 있다. 일주일에 한두 번 좋아하는 음식을 양껏 먹어라. 그러나 고기는 하루에 한 번, 가능하면 점심에 먹어라. 한 가지 요리로 만족하고, 사과 같은 과일이나 야채를 많이 섭취하라. 속을 거북하게 하지 않는 과일이 몸에 좋을 것이다. 레몬수를 많이 마시고, 하루에 담배 스무 개비로 만족하라. 심신을 다 바쳐, 두려움이나 양심의 가책 없이, 숨을 쉬듯이 계획을 세우지 말고 사람을 사랑하라. 미심쩍은 징후가 보이는 즉시 의사에게 가라. 전화번호부를 보고 아무나 찾아가지 말고, 네 비밀스러운 본능을 좇아 선택하고 시험을 해봐서 진정한 의사라고 판단되는 사람에게 가라. 사람이란 원래 비열하니 말을 조심하라. 규칙적으로 일하고 가능한 한 자주 일터에서 벗어나 멀리 여행을 떠나라. 잠시만 떠나도 생각이 많이 달라지는 법이다. 프랑스 사람들이 말하듯이, 거짓에서 벗어나 건강하려고 노력하라…… 나는 그 사이에, 사십 년 동안 이런저런 수많은 경험을 했다."

그러자 다른 목소리가 마찬가지로 서둘러 숨 가쁘게 말한다.

"기분 내키면 언제든지 알코올을 마셔라. 거나하게 술에 취해 모든 걸 잊어버릴 필요가 있다. 돼지고기 요리나 로스구이를 마음껏 먹어라. 적어도 부분적으로 성취한 소원이 지리하고 삭막한 건강보다 낫기 때문이다. 여자들 꽁무니를 쫓아다녀라, 달리 어쩌겠는가. 어쩌다 심각한 병에 걸리는 경우 어차피 손도 못 쓸 테니 아예 의사들을 존중할 생각도 말라. 건강이 허락하는 한 마음 놓고 담배를 피워라. 십 년 더 산다고 무슨 대수랴. 여행이란 지저분하고 불편하기 그지없는 일이다. 차라리 집에서 푹 쉬면서 사람들과 수다를 떨어라. 그래서 생명이 좀 위태로워진들 어떠랴. 사람은 혼자서는 살 수 없지 않은가. 무슨 말인지 알았는가?······ 이것이 내가 그 사이에 살면서 배운 것이다."

별일 아닌 양

　셰익스피어 작품의 주인공들이 사소해 보이지만 아주 중요한 탓에 큰 소리로 말하는 대사와 줄거리보다 중요해서 도저히 비밀로 할 수 없는 진실을 속삭이듯이, 너도 손으로 입을 가리고 별일 아닌 양 고백해야 한다.

　"사십 세를 넘긴 지금도 모든 게 네 손에 달려 있다. 앞으로 얼마나 더, 어떻게 사느냐의 문제도 마찬가지다. 사십 년을 더 살든가 아니면 내일 당장 카페의 의자에서 나동그라지든가 하는 것은 여전히 내가 결정한다. 생활 환경, 일, 행복, 인생의 모든 변화를 결정하는 것도 여전히 나다. 나는 장차 자식에다가 손자까지 볼 수 있으며,

또한 합당한 생활 조건하에서 고매하든 무익하든 말 뜻 그대로 진실하고 유용한 글을 쓸 수도 있다. 질병과 건강을 결정하는 것도 나다. 모든 것이 내 손아귀에 들어 있다. 주어진 시간이 다 지나갔다는 말은 사실이 아니다. 시간과 삶, 일에 대한 책임은 전적으로 나에게 있다. 이제는 경험이 없다는 말로 변명을 할 수 없다. 나는 전문가, 예언가, 비밀을 알고 현실에 정통한 사람이다. 그러니 더 이상 회피하지 말라. 네가 원하는 대로 살고 죽어라. 결정은 바로 네가 한다."

나는 별일 아닌 양 이렇게 속삭인다.

걸작

그러나 그들에게 경의는 표해야 할 것이다. 그들의 창작물, 작품, 결과는 아닐지라도, 그들이 창조적인 행위에 접근하는 숭고한 의도는 존중해야 한다. 날마다 시간만 나면 하루에도 몇 차례씩 머리, 분, 매니큐어, 옷과 장신구를 매만지는 여자들처럼, 평범한 화가나 작가, 예술가가 필생의 정신적인 과업을 이루기 위해 온갖 정성을 바친다면, 백화점의 여점원이 눈썹의 결, 얼굴의 여드름 흔적, 손의 피부에 신경 쓰듯 표현의 뉘앙스나 미묘함에 주의를 기울인다면, 어떤 화가든 무리요가 되고 어떤 작가든 프루스트가 될 것이다. 여자들은 위대한 예술가다. 다만 안타깝게도 그들의 작품은 덧없을 뿐이다.

바르톨로메 에스테반 무리요Bartolome Esteban Murillo(1627~1682) : 에스파냐의 화가. 에스파냐 회화의 황금 시대를 대표한다.

완성

젊은 시절이 더 나았다는 말도 사실이 아니다. 사실 그 시절이 더 불안했다. 나는 뭔가를 놓치지 않을까 늘 전전긍긍했다. 지금은 매일, 매 순간 많은 것을 놓친다는 사실을 잘 안다. 그러나 이런 인식도 이제는 마음을 아프게 하지 않는다. 젊은 시절은 일종의 슬픔으로 가득 차 있었다. 나한테 그 슬픔은 깊은 바다 밑에 사는 물고

기에게 꼭 필요한 수압과 어둠 같은 생활 원소였다. 나는 더 높이 올라가서 다른 대기권, 표면에 이를까봐 두려움에 시달렸다. 이제는 긴 병마와 부당한 굴욕, 오욕 말고는 무서운 게 없다. 죽음, 빈곤, 인간의 끝없는 무지, 지상의 모든 나쁜 점은 두려움을 안겨주지 않는다. 아니, 젊은 시절이 더 낫지 않았다. 이제 모든 것에서 제 맛이 난다. 단 것은 달고 떫은 것은 떫고 향기로운 것은 향기롭고 악취를 풍기는 것은 악취가 난다. 마흔과 쉰 사이의 나이는 아마 완성의 시간이 아닐까. 시간이여, 나는 너의 소리 없는 숭고함에 깊숙이 고개 숙여 절한다. 그리고 말없이 진심으로 찬미한다.

어느 아이의 죽음에 바치는 글

아이의 무엇이 남아 있는가? 이름,
이 빗의 머리 내음, 그뿐이다.
곰 인형, 초라한 사망 진단서,
피에 절은 수건과 이 한 편의 시.

세상은 지배자의 망상과 정신으로 이루어져 있다.

아니, 나는 납득할 수 없다. 왜 나한테 이런 일이 일어나는가.

나는 싸우지 않을 것이다. 오로지 침묵을 지키며 목숨을 부지하리라.

이제 아이는 천사가 되었으리라 — 천사가 존재한다면 —

그러나 여기 지상에서는 모든 게 공허하고 허무하다.

나는 용서할 수 없다. 다시는 그 누구도.

눈

삼월 중순에 눈이 내렸다. 혹독한 마법이 세상을 뒤덮었다. 습기 찬 바람이 숲 속을 뒤흔들고, 살아 있는 모든 것이 도망을 친 듯 바닥에 짐승들의 흔적이 선명했다. 나는 오슬오슬 추위에 떨며 온기 없는 방의 창가에 서서 눈 덮인 푸르스름한 먼 산봉우리를 바라보았다. 그리고 더 이상 행복해지고 싶지 않다는 생각을 했다. 담배를 피웠다. 내 귀밑머리는 벌써 오래전부터 희끗희끗하다.
더 이상 슬프지 않았다. 그저 부끄러울 뿐이었다. 그러
나 많이는 아니었다.

시간을 가져야 할 것이다

그렇다, 당연히 시간을 가져야 할 것이다. 정확히 말
하면 마흔 살이 넘은 지금 시간이 필요하다. 이제 마침
내 한 번 더 그만큼—이십 년이나 삼십 년 정도, 잠깐.
그런데도 삶이 더럽힌 모든 것을 물에 불려 삶의 재료를
세척하기에 충분히 긴 시간. 삶의 이미 범람한 지역 너
머 깊숙이 밀고 들어가 잡초 무성한 메마른 불모지를 모
조리 물에 적셔 부드럽게 녹이고 비옥하게 하는 시간.
정열은 이성이 되고, 이성은 스스로를 자각한 선량하고
온유한 정열과 짝을 이루는 시간. 당연히 마흔이 넘은
지금 시간을 가져야 할 것이다. 형식이 내용이고 내용이
형식이며, 형식과 내용이 서로 상대방을 창조하고 충전
시킨다고 가늠하는 지금 새로 시작할 수 있을 것이다! 여

성들이 너에게 흥분과 의혹만이 아니라 삶의 원재료를 선사하는 지금, 예술가의 소명은 뭔가를 완성하고 과정의 끝에서 뭔가를 표현하는 데 있다는 사실을 이해하는 지금. 그 과정은 많은 시간과 많은 삶이었다. 지금 너는 시간을 가져야 할 것이다. 마침내 그들에게 이런 말을 할 수 있게 된 지금 한 번 더 그만큼. 가슴을 치며 우렁찬 소리로가 아니라 현명하게 고개를 끄덕이며 그들 자신의 목소리로. 야수들은 청각이 예민하기 때문이다. 그렇지만 위압적으로 선언하는 힘이 동시에 네 목소리에 깃들어 있어야 한다. 시간을 가져야 할 것이다.

로마인

나는 빠르게 교체되는 황제 시대의 옛 로마인들처럼 산다. 느지막이 일어나서는 여유를 부리며 아침 식사를 하고 양서를 몇 장 읽는다. 침대에 누워 덧창 뒤에서 지저귀는 새의 봄맞이 노래에 귀를 기울인 다음 대중 목욕탕에 간다. 산뜻한 책 한 권을 손에 든 채 목욕탕의 돌 의자에 앉아서 요란하게 법석을 떠는 젊은 육체들을 보고 삶의 소리와 형태를 오랫동안 즐긴다. 가볍게 요기를 하고는 일지에 몇 줄 적거나 써놓은 글을 정리한다. 저녁에는 친구들과 함께 정원에 앉아서 도수 낮은 시큼한 포도주를 마시며 사회 문제에 대해 의견을 주고받는다. 한밤중이 되어 잠자리에 들면, 달은 중천에 떠 있고 나무 사이로 부는 바람도 잠잠해져 공동묘지에 있는 죽은 자들의 영혼처럼 침묵을 지킨다.

나는 꽃과 젊은 육체, 지혜를 알려주는 책과 내 친구들의 온유한 말에 기뻐한다. 비와 햇빛도 내 마음을 기쁘게 한다. 나는 사형 선고를 기다린다. 미소를 지으며 기다린다. 이성을 좇아서 살았기 때문에 이제는 이 삶을 떠나도 여한이 없다. 당신들에게 평화가 있기를.

가난하고 조급하게

당연히 돈도 필요하다. 그러나 번 돈을 다 내주었어도, 다시 조급하고 가난하게 사랑할 수 있다.

모든 것을 단념할 준비가 된 사람처럼 가난하게, 그리고 큰불이 나면 제아무리 현명하고 신중해도 건질 게 없으며 오리털 이불 하나 아니면 주식이나 유가 증권 단 몇 장도 구할 수 없다는 사실을 아는 사람처럼 조급하게…… 화염 속에서는 같이 불타올라서 전소하여 가난해지는 도리밖에 없다. 그렇지 않으면 그 무엇도 얻지 못한다. 이 유희는 그렇게 진행된다. 그것이 유희의 전제 조건이고 규칙이다. 정신을 바짝 차려라, 당신은 불타오르고 꽁꽁 얼어붙을 것이다. 극지방에 가면서 동시에 불 속에 들어가듯이 신중하고 따뜻하게 옷을 입어라. 앞날을 내다보고 큰 모험에 필요한 것을 세심하게 챙겨라. 가난하고 조급하려면 어느 것도 잊어버리지 말라.

사자

그렇지만 조심, 또 조심하라! 사자를 노리고 겨냥하면서 손이 전혀 떨리지 않는 사냥꾼처럼 당신은 말한다.

사자를 두려워할 필요는 없지만 사자가 있다는 사실

은 알아야 한다. 밤이면 덤불 속에서 사자의 울부짖는 소리가 들려온다. 황야의 어디를 가든 해골과 짐승의 뼈가 사자의 존재를 상기시킨다. 사자는 당신 삶의 황야, 덤불, 정글 어딘가에서 언제라도 뛰쳐나올 준비를 하고 있다. 그것은 어딘가에 존재하며, 앞으로도 영원히 존재할 것이다. 당신을 제압할 수 있는 적이며 약탈자인 동시에 노획 대상이기 때문이다. 아직 위험은 사라지지 않았다. 사자는 언제나 굶주려 있다. 스라소니의 눈으로 망을 보고 표범처럼 냄새를 맡고 영양의 귀로 소리를 들어라. 당신 스스로 끊임없이 찾는 위험을 인간의 두려움과 작가의 이성으로 직시하라. 위험에서 벗어났다고 믿으면 오산이다.

오욕

나는 부끄러울 만큼 수상한 모험, 졸렬한 착각, 무절제한 거친 언행, 야만적이고 방탕한 행위를 한 적이 없다. 하느님은 우리 모두의 일에 관여하시고, 교회에서만

이 아니라 사창가에서도 우리를 굽어보신다.

　나는 기꺼이 해보고 싶었지만 비겁한 탓에 하지 못한 일만을 부끄러워한다. 오성으로 비겁했다면 당연하지만, 나는 가슴으로 비겁했다. 이것이 '그' 오욕이다. 그런 경우에 하느님은 외면을 하시며, 비겁하고 우유부단한 나에게 침을 뱉으셨다.

잡동사니

　이제는 아무래도 상관없다. 그래서 나는 그녀의 자질구레한 물건들을 갈색의 판지 상자에 담았다. 덧없는 짧은 사랑이 지나고 남은 것은 얼마 안 된다. 세상을 떠난 아이가 남긴 것보다 그리 많지 않다. 나는 은 손잡이가 달린 빗과 실내화 한 켤레, 붉은 포도주 빛 우단 잠옷, 붉은 바다거북의 등딱지로 만든 반짇고리 그리고 자잘한 화장품과 향수를 그녀에게 주려고 상자에 챙겼다. 또 붉은 모피로 만든 크람프스 인형과 베를렌 시집도 우연히 눈에 띄어서 같이 넣었다.

전부 꾸린 다음, 전에 없이 피곤이 엄습해서 자리에 주저앉았다. 삶이니 결합이니 그런 것들은 전부 얼마나 절망적이며 또 얼마나 빨리 지나가는가! 조금 더 세월이 지나면, 다른 사람들이 내 물건도 그렇게 꾸릴 것이다. 이런 잡동사니는 현실이면서 동시에 인간적인 것 너머를 암시한다. 그것은 이해할 수 없는 것을 붙잡고, 극히 비밀스러운 지상의 소재, 두 사람의 결합, 인간의 감정 같은 것들을 원시적인 방법으로 보존한다. 그 모든 것은 갈색의 판지 상자 속에 자리를 잡았다. 상자는 가벼웠다. 손으로 들어보니 아이의 관보다 그다지 무겁지 않았다.

크람프스: 악마의 모습을 하고서 나쁜 아이들에게 벌을 준다고 전해지는 산타클로스의 시종.

너

너의 머리, 손, 다리, 치마,
너의 눈, 꿈, 치아, 입,

너의 손톱, 블라우스, 물방울무늬의 원피스,

너의 눈꺼풀, 혀, 당황한 웃음,

너의 향기, 신발, 가슴, 입맞춤,

너의 미소, 아픔, 외로움,

나의 삶, 너의 삶, 그리고 나의 죽음 또 너의 죽음.

선고

사교 활동이라 불리는 것이 이제 나한테는 필요하지
않다. 다들 쓸모 없는 대화는 나누면서 개념들을 살려내
빛을 발하게 하는 특별한 힘을 지닌 솔직한 말은 하지 않
는 응접실. 저녁 식사와 이어지는 친교 시간. 참석자들
이 서로 많이 아는 척 자신을 과시하기 위해 말꼬리를 잡
고 눈을 부릅뜨며 호언장담을 하는 우스꽝스럽고 곤혹
스러운 자리. 또 친족들, 나를 지배하려드는 이 끔찍한
적대적인 관계도 필요 없다. 나는 친구들에게도 전혀 가
치를 두지 않는다. 그들이 내게 내린 선고가 지켜보고
묘사하는 것말고는 다른 어떤 인간적인 관계도 용납하

지 않기 때문이다. 고통스럽더라도 세상을 떠나 혼자 살아가라. 사무적인 관계만을 유지하고 깊어가는 고독에 파묻혀 진정으로 깊숙이 은둔하라. 거의 눈에 띄지 않게. 이것이 선고의 내용이다.

예술가

방 안, 새벽 네시. 사람들이 품어내는 혼탁한 공기와 담배 연기 속에서, 음식과 음료에서 피어오르는 수증기 속에서 사람들은 분위기에 취해 스스로를 잊고 떠들썩하게 이야기하기 시작했다. 누군가 자신이 뜻을 이루지 못한 이유를 말하자, 다른 사람은 기꺼이 가지고 싶었던 것을 이야기한다. 또한 동경하는 것이나 열다섯번째 실망에 대해 목청을 높이는 사람들도 있었다. 뭐라도 의견을 말해야 하고 또 보고할 수 있는 순간이 마침내 온 듯 다들 우왕좌왕 흥분하여 서로 말을 가로막고 넋이 나간 듯 두서없이 이야기했다.

사람들은 그렇게 이야기를 했다, 새벽 네시에. 그러

나 창문 옆 한구석에 누군가가 침묵을 지키고 앉아 있었다. 그 사람은 술잔을 앞에 두고 손에 담배를 든 채 조용히 물러나 앉아 방향 감각을 잃은 이방인처럼 멍하니 담배 연기를 주시했다. 다들 드디어 말을 해야 하고 또 말할 수 있는 순간이 왔다고 믿는 와중에서 침묵을 지키는 사람, 그는 그 모임에서 예술가였다.

텔

텔은 복수심으로 죽인 게 아니다. 복수심 때문에 타인을 죽일 권리를 가진 사람은 이 세상에 없기 때문이다.

텔은 숭고한 명령을 좇아서 죽인다. 격정에 사로잡혀서가 아니라 거의 마지못해 그 명령에 따른다. 텔은 가능하면 '평화롭게 살고' 싶어한다. 그런데 그게 가능하지 않은 것이다! 텔의 비극은 스스로 영웅이 되려고 하지 않는 데 있다. 그래서 그는 위대한 인물이다! 텔은 오로지 평화만을 원하고, 평화를 위해서 굴욕을 감수할 준비가 되어 있다. 인간으로서 참을 수 있는 한 횡포조차도 묵묵히 견딘다. 태수의 모자에 기꺼이 경의를 표하고, 어린 아들의 머리 위에 놓인 사과를 향해 화살을 날린다 ―물론 자진해서 한 일은 아니었다. 잘못되는 경우 결국 태수의 가슴에 석궁을 겨누었을 것이다! 아니, 텔은 비극을 원하지 않는다. 그는 영웅이 아니라 소시민이고 싶어한다. 낚시와 사냥을 하고, 아이들에게 숲에서 토끼를 잡아다 주고, 땔나무가 필요하거나 막내 아이의 머리에 부스럼이 났다는 아내의 걱정거리를 부뚜막에 앉아 들으려 한다. 텔은 그렇게 살고 싶고, 그래서 폭정도 견딘다. 그러나 어느 날 자신이 ―사람들과 시대에게서― 명령을 받았다는 것을 깨닫고는 탄식을 하며 들고일어나 영웅이 된다. 이것이 진실한 영웅 정신이다. 타고난 성향이나 의도와는 달리 자신이 영웅이라는 것을 알고 어느 날 활을 높이 드는 소시민…… 그는 다른 영웅이며, 그의 행위에는 요란한 팡파르가 따르지 않는다.

텔 : 스위스에 전해 내려오는 빌헬름 텔 전설의 주인공. 텔은 당시 백성을 괴롭히던 포악한 태수에 항거하여 활로 쏘아 죽인다.

마술사

시민적인 삶을 영위하는 낮 동안에 마술사는 신뢰할 수 있는 성실한 변호사다. 다만 특별한 저녁에 동료 마술사들이 모여서 손수건과 하트 에이스, 달걀과 작은 토끼를 가지고 새로운 마술이나 묘기를 보여주는 사교 클럽에서는 마술사 — 요술쟁이이면서 마법사 — 가 된다.

마술사는 늘 분주하고 호기심이 많으며 유머가 넘치는 사람이다. 끊임없이 사물들과 싸움을 하고 비밀을 찾아 이리저리 더듬고 헤맨다. 세상은 — 보는 사람에 따라 — 마술과 술수로 가득 차 있다. 실크 모자 안에는 작은 토끼가 웅크리고 있고 지배인의 귀 뒤에는 하트 에이스가 숨겨져 있어 적절한 순간에 번개처럼 잡아 빼기만 하면 된다. 물론 마술사는 잃어버린 가능성을 애석해하고, 달이나 별, 구름에게서 좋은 평판을 받지 못해 한탄한다. 밑으로 가라앉는 지옥과 사탄에 대해서는 말할 것도 없다.

나는 마술사의 익살을 지켜보고, 키가 큰 전기 스탠드

를 성냥갑 속으로 사라지게 하는 묘기를 부러운 마음으로 뒤쫓는다. 나도 실크 모자 안에 토끼가 들어 있다고 믿었으며, 지금껏 실망했으면서도 여전히 그렇다고 믿는다. 다만 마술을 부려 이 다른 종류의 토끼를 모자 안에서 꺼내기는 아주 어렵다. 숙련된 손가락만으로는 충분하지 않다. 기적과 믿음이 뒤따라야 한다. 나는 무엇을 할 수 있는가?…… 마술사를 지켜보고 부지런히 연습하는 것.

바이마르의 롯데

그렇다, 그 여인들이 돌아온다. 등골이 오싹하는 유령의 출몰이다. 돌아오는 여자들은 살아 있는 비난이다. 그들은 우리가 자신들보다 오래 사는 것을 용서하지 않는다.

살아 남아서 창작할 이유를 다른 힘, 영감이 선사한 사실을 여인들은 용서하지 않는다. 또 자신들이 중요한 게 확실한데도 받아 마땅한 대접을 받지 않은 것도 용서하지 못한다. 그리고 사실 그들의 생각이 옳다. 그러나 그들은 한 여자가 아니라 모든 여자가 중요한 것을 용서할 수 없다.

우리, 베르테르와 남자들도 우리 스스로를 용서할 수 없다. 그렇지만 우리는 참고 감내한다. 그래서 바이마르의 모든 롯테를 정중하고 다감하게 죄책감 없이 맞아들인다. 너도 그녀보다 오래 살면서 한 가지 일에 충실했기 때문이다.

롯테 : 볼프강 폰 괴테의 역작 『베르테르의 슬픔』 (1774)의 여주인공 롯테를 가리킨다. 바이마르는 괴테가 오랫동안 살았던 독일의 바이마르 공국을 가리킨다.

나이아가라

"자, 모든 것을 두고 떠나자. 나는 모험이고 삶이며 사멸이고 완벽함이다. 우리 함께 나이아가라에 뛰어들자!"

이렇게 말하는 여인이 있다면 경계해야 한다. 여자들은 신중하게 뛰어내리기 때문이다. 그들은 폭포에 뛰어

들기 전, 오랫동안 뛰어내리는 훈련을 하고 수영 연습을
통해 심신을 단련한다. 또 막상 뛰어내리려면 허리에 긴
줄을 묶고 마지막 순간에 별일 아닌 듯 상냥한 말로 보험
증서에 대해 묻는다.

난쟁이 여인

함박눈이 내리는 도심의 거리에서 서리 내린 듯 백발
이 성성한 푸른 눈의 모르 요카이가 목에 털이 달린 검은
외투 차림으로 나를 향해 걸어왔다. 로자 라보르팔비는
세상을 떠나고 벨라 그로츠와는 아직 재혼하지 않았을
무렵, 일흔 아니면 일흔다섯 살 가량의 모르 요카이……
자연이 장난삼아 요카이의 모습을 그대로 한 번 더 보여
주는 것 같아서 으스스하면서도 친밀한 느낌이 들었다.
노인은 좋은 기분과 삶의 농담에 살짝 취한 듯 만족한 표
정으로 비틀거리며 눈보라 속을 느릿느릿 걸어갔다.

어느 난쟁이 여인이 요카이의 뒤를 바짝 쫓는다. 키가
작은 게 아니라 호적 등본에 '릴리펏' 출신으로 기록되어

있고 서커스에서 일하는 신분이 확실한 난쟁이 여인. 키는 잘해야 일 미터 남짓했으며, 늙수그레한 작은 얼굴을 붉은 화장으로 가리고 유행하는 옷차림을 하고 있다. 난쟁이 여인은 앙증맞은 장화를 신고 작은 모피에 몸을 감싼 채 종종걸음으로 뒤를 따라갔다. 요카이와 난쟁이 여인은 눈보라를 맞으며 차례로 길모퉁이를 돌아 사라졌다.

나는 두 사람의 뒷모습을 바라보면서 상념에 빠져들었다. 삶은 깊이를 알 수 없다는 생각이 들었다. 난쟁이 여인의 마음속에서는 어떤 일이 일어나고, 또 모르 요카이를 닮은 남자의 영혼에서는 무슨 일이 벌어질까? 그리고 난쟁이들과 눈보라, 모르 요카이를 흉내내는 사람들 사이에서 살아가는 내 영혼은 어떤 모습인지 스스로에게 물어보았다. 나는 작가이며 행복하고 싶다. 그러나 글을 써야 하는 탓에 행복할 수 없다. 나는 눈보라 속에 서서 난쟁이 여인을 생각하고 깊은 굴욕감을 느꼈다.

로자 라보르팔비(1817~1886) : 모르 요카이의 첫번째 부인이며, 당시에 명성을 날린 헝가리의 여배우.

벨라 그로츠 : 벨라 나기Bella Nagy라 불린 연극 배우. 1899년 젊은 나이에 백발의 요카이와 결혼했다.

릴리펏 : 『걸리버 여행기』에 나오는 난쟁이 나라.

가사假死

　나는 포유동물들의 겨울잠이 가사 상태라고 배웠다. 체온이 섭씨 35도 내지 37, 8도에서 7, 8도까지 내려가고, 맥박은 깨어 있을 때의 팔 분의 일로 느려진다. 그들은 그렇게 살아 있다. 동물들을 가사 상태에서 고의적으로 깨우면 거의 정신을 차리지 못한다. 무리하게 여러 번 깨우는 경우 가장 힘센 동물인 사자조차도 배겨내지 못하고 죽는다. 생명을 유지하기 위해서는 단계적인 변화, 비밀스러운 평온, 자연과의 협동이 필요하다.

　인간의 삶에도 가사 상태 비슷한 시기가 있다. 그러면 인간은 동굴 속에서 마비된 듯 졸면서 혼란스런 꿈속에서만 삶을 상기한다. 외부의 영향을 받아 인위적으로 깨어나면 삶과 세상의 부름에 제대로 응답하지 못한다. 깨어나는 것은 좋지 않다. 가사 상태에 빠진 사람은 잠을 자야 한다. 그러니 제발, 나를 내버려두시오!

이름

이 덧없는 인생, 무상한 시간 속에서 네 이름이 — 지금도 그리고 앞으로도 영원히 — 어두운 숲 속의 봄바람처럼 내 삶을 뒤흔든다는 말만을 나는 너의 등 뒤에 외치려 한다.

심장

깊은 바닷물 속에 진한 소금과 해초가 가득하듯이 우리의 심장은 추억 어린 감정의 재료로 그득하다. 이런 감정들은 차츰 제멋대로 뒤섞여 씁쓰름하고 칙칙한 감정의 덩어리로 굳어진다. 어제 아니면 이십 년 전에 찬란한 기쁨, 순수한 욕구, 환희의 노래를 부르던 행복감이었던 것이 우리의 심실 안에서 서서히 무미건조한 물질이 되어 간다. 심해의 바닥같이 무한한 우리의 심실은 지상의 빛나는 세계, 물 위를 살랑거리며 지나가는 배,

그리고 구름과 우연이 내던진 모든 것을 받아들여 해초로 부식시키고 분쇄하려 할 뿐이다.

유배

오펜 온천장 호텔에서의 이틀. 유배 생활을 하는 세르비아의 왕 밀란이 된 기분이다.

방은 평화롭던 시절에 러시아 총독 관저의 주변에 있던 근사한 호텔 특실 같다. 장화 신는 것을 도와주는 기계와 타구唾具가 있으며, 가구는 육, 칠십 년 전의 것으로 보인다. 산업화, '미국화 하는' 도시 부다페스트가 균형을 맞추려던 시절 '최신식의 것'으로 구입한 '예술적인 가구들'이다. 침대와 장롱은 서유럽풍의 취향을 드러낸다. 호르토바기에서 돼지를 치는 사람이 중산모를 쓰고 어슬렁거리며 돼지 떼를 뒤따라가는 것 같다.

시설과 종업원, ─ 종업원들이 전부 반장님, 곱추, 절름발이, 귀머거리 같은 장애인이라는 사실은 요양지 호텔로서의 특성을 무엇보다도 잘 보여준다 ─ 모든 것이

외지인들에게 둘도 없는 매력이다. 전부를 자신있게 자연사 박물관으로 공개할 수 있을 것이다. 게다가 "이래도 흥 저래도 흥"하는 식의 슬픈 신경질적인 무관심이 이곳을 지배한다.

말하자면 이곳에서 나는 유배 생활을 한다. 이따금 파리를 잡거나 창가에 서서 카타리나 황제를 생각하며 소식, 편지를 기다리고 기적을 학수고대한다. 그러나 찾아오는 사람은 간수처럼 수프 접시를 들이미는 귀먼 종업원뿐이다. 나는 자리에 앉아 수저로 묽은 수프를 뜨며 생각한다.

"은총은 없다."

밀란 : 세르비아의 밀란 왕 4세(1854~1901). 본명은 밀란 오브레노비치. 재위 기간 1882~1889년. 국가의 근대적 발전을 위해 힘을 쏟았으나 민심의 이반離反과 급진파의 압력으로 1889년 신 헌법 제정 직후 아들인 알렉산드르 오브레노비치에게 왕위를 넘겨주고 파리로 떠났다. 1894년 민심을 잃어가는 새 왕을 옹호하기 위해 귀국하여서 군의 총사령관이 되었다가 왕과의 의견이 맞지 않아 1900년 이후 빈에 은거하였다.

호르토바기 : 헝가리의 저지대 평원에 위치한 광대한 방목지.

항의

은총이 없다는 말은 진실이 아니다. 기적이 없다는 말은 진실이 아니다. 삶이 내린 판결에 항소할 수 없다는 말은 진실이 아니다. 우리 인생에 관한 서류들을 ─ 별나게 아무렇게나 ─ 모아두었다가 때때로 살펴보고, 소송을 제기하여 새로운 판결을 선언하고, 옛 판결을 번복하는가 하면, 사람들이 오래전에 최종 판결을 내린 묵은 사건을 들춰내어 놀랍게도 무죄를 선언하고, 전혀 기대하지 않았는데 은총을 베푸는 상급 법정이 존재한다. 우리가 개선의 여지없는 범죄자이며 은총이 없다는 말은 진실이 아니다. 최고 법정에서 이 은총의 진실한 이름은 무엇인가? 평정이 아닐까? 아니면 삶. 가족과 연인, 직장 동료와 친구들로 구성된 비밀스러운 피의 법정에서 사람들이 너에게 유죄 판결을 내렸어도, 마침내 이 다른 법정은 어깨를 으쓱하며 용서한다. 그러고는 말한다.

"은총을 받았으니 가서 살아 있는 한 속죄하라."

일요일

나는 지금껏 살아오는 동안 일요일이 가장 고통스러웠다. 지금도 일요일은 장엄한 강제 노동처럼 권태와 시편, 목적 없음과 제식으로 나를 덮친다. 세상은 저 어딘가에 웃으며 존재하고, 사람들은 기쁨을 쫓아간다. 그러나 나는 병원이나 교도소 복도처럼 우중충한 일요일에 머리끝까지 빠져 있다. 일요일은 나한테 외출하는 날이 아니다. 어디에선가 회전목마 소리가 들려오고, 어른들과 행복한 사람들은 서커스에서 어릿광대와 물개의 재주를 즐긴다. 그러나 나는 다른 사람들이 즐기는 일요일에도 어려운 과업을 해결해야 한다. 어떤 어려운 과업? 삶.

사전

사랑에 빠진 연인들의 사전은 그야말로 간단한 문장, 명령문과 의문문으로 이루어진다. 사랑은 명령이고 물음이다. 대부분 이런 식의 문장들이다. '기다릴게', '어디 갔었어?', '나를 사랑해줘', '내 곁을 떠나지 마!' 원시인들의 더듬거리는 고백에서 시작하여 '노래 중의 노래'의 비유를 거쳐 스탕달과 오르테가 이 가세트의 장황한 사랑 선언과 로미오의 열정에 이르기까지, 인류는 오십만 년 전부터 하늘을 향해 이렇듯 짧고 깊게 탄식했다. 사랑은 단순한 문장을 통해서만 알릴 수 있다. 해명하기 시작하여 반박하고 설득하는 경우는 사랑이기보다는 인간적인 거래, 슬픈 실패다.

'노래 중의 노래' : 구약성서 가운데 한 책으로, 8장으로 된 짧은 시가서 「아가雅歌」. 남녀 사이의 사랑의 시를 모아 놓았다.

호세 오르테가 이 가세트Jose Ortega y Gasset(1883~1995) : 스페인의 철학자. 주요 작품으로 『대중의 반역』 등이 있다.

꽃

백합과 붓꽃, 꽃받침 모양의 꽃, 관엽 식물들이 관 주변에서 보초를 섰다. 꽃송이들은 유리로 만든 것처럼 창백해 보였으며, 죽은 사람 앞에서 살며시 숨을 쉬듯 은은한 향기를 내뿜었다. 죽은 자가 잠을 자고 있으니 우리 방해하지 말자! 꽃들은 그렇게 향기로웠다.

자제하는 온유한 태도, 부드럽고 은은한 색채, 친밀한 향내를 통해서 꽃들은 죽은 자의 세계 안으로 성큼 들어섰다. 죽은 자가 화학적이고 관념적인 의미에서만 이 지상의 세계에 존재하듯이 꽃들도 더 이상 지상의 꽃이 아니었다. 죽은 자도 아직은 완전히 익숙해지지 못한 상태에, 꽃들은 훨씬 더 섬세한 감각으로 적응했다. 별안간 눈먼 어른을 차갑고 부드러운 손으로 잡아서 향기 가득하고 선선하지만 사자와 살쾡이가 웅크리고 있는 숲 속으로 인도하는 아이들처럼 꽃들은 죽은 자를 에워쌌다.

타자기

깜박 잊고 닫지 않은 타자기가 밤의 적막 속에서 딸그락거리며 짧은 이야기나 편지, 세상에 보내는 소식을 쓰지 않을까 이따금 나는 기다린다. 그래도 전혀 놀라운 일은 아닐 것이다. 능히 그럴 수 있기 때문이다. 밤에 타자기가 저 혼자서 딸그락거리며 무엇을 쓸 수 있을 것인가? 어쩌면 이렇게 쓰지 않을까.

"종이 쪽지에 연필로 구태의연하게 아무렇게나 끄적거리는 이 졸렬한 수공업자들, 시인들한테는 이제 질렸어!"

또는 더 암울하게.

"셰익스피어가 나를 이용해서 뭐라 썼을 것 같아?"

중국의 동화

— 그럼 올 거야?……

그녀가 말했다.

그는 침묵을 지켰다. 장갑을 만지작거리더니 이윽고 시선을 떨군 채 말했다.

— 언젠가 동화를 한 편 들은 적이 있어. 중국의 동화였는데, 이런 내용이었어. 어느 외딴 지방에 한 남자와 한 여자가 살고 있었어. 두 사람은 서로 모르는 사이였는데, 어느 날 아침 웬 목소리가 자신들에게 무슨 소식

이나 명령을 전달한다는 느낌을 받았어. 그래서 침상에서 몸을 일으켜 몽유병자처럼 서로를 향해 길을 떠났지. 아내와 남편, 가족, 모든 것을 그대로 둔 채 삶의 어두운 숲에서 마침내 서로 만나 하나가 되어 행복해지기 위해서 집을 떠났어. 그렇게 두 사람은 최면 상태에서 서로를 향해 앞으로 나아갔어. 끝없는 황무지를 건너서 드디어 어둠에 싸인 숲에 도착했지. 그런데 숲 한가운데를 냇물이 가로지르고 있었어. 두 사람은 말없이 눈을 감은 채 행복한 미소를 지으며 명령을 좇아 서로 맞은편에서 냇물을 향해 다가갔어. 냇물 위에는 겨우 한 사람만 지나갈 만한 좁은 나무 다리가 금방이라도 무너질 듯 걸려 있었어. 두 사람은 미소 띤 얼굴로 서로를 갈구하며 냇물을 사이에 두고 마주 보고 있었지. 그러면서 누가 먼저 상대방을 향해 달려갈 것인지 잠시 망설였어…… 그러자 여자가 애타는 소리로 나지막이 말했어.

"어서 건너오세요!"

이 말을 들은 남자는 시선을 들어 위를 바라보고 두 손으로 눈을 비볐어. 여자를 쳐다보고 하늘을 올려다보더니 훌쩍 몸을 돌려 자신의 삶으로, 가족에게로 돌아가

서 마음속에 의구심을 품은 채 말없이 살았어. 여자가
너무 성급히 말했기 때문이야. 그런 경우에는 전혀 말을
하면 안 돼. 요구나 부탁을 하지 않아도 자진해서 남자
가 냇물을 건널 때까지 기다릴 줄 알아야 해. 중국의 동
화는 대충 그런 이야기였어.

— 그렇구나.

여자가 말했다. 두 눈에 눈물이 글썽했다.

— 그럼 올 거야?……

— 그러면야 좋겠지.

남자는 정중하게 말하고 장갑의 단추를 채우고 모자
를 찾았다.

— 아쉽지만 오후에 상담이 있어. 이번 주에는 약속이
꽤 많아.

끈기 게임

독일의 게임 생산업체들은 지능이 약간 낮은 사람들
을 위하여 끈기 게임이라는 것을 제조한다. — 예를 들

면 상자 안에 숫자가 씌어진 주사위들이 가득 들어 있다. 숫자들을 이리저리 움직여서 모든 주사위를 숫자의 크기 순서대로 먼저 배열하는 사람이 이긴다. 또는 유리 뚜껑을 덮은 미세한 미로 속에서 아주 작은 구슬을 목적지까지 굴려야 하는 '아르투어 항구의 포위'라는 게임도 있다. 아니면 이와 비슷하게 도저히 이해할 수 없는 기발한 착상들! 인생도 이런 게임들처럼 끈기 어린 손재주 없이는 장악할 수 없다. 우리의 복잡다난한 일에는 대부분 체계라는 게 없다. 적어도 육안으로 인식할 수 있는 체계는 존재하지 않는다. 좋다, 저 밑바탕에 일종의 질서가 존재한다는 것은 사실이다. 그러나 우리는 뒤늦게야 그것을 깨닫는다. 끈기 게임에서처럼 전체가 제자리를 찾아 완전한 의미를 갖게 될 때까지 동강난 조각들을 오랫동안 이리저리 움직여야 한다. 그러려면 무한한 인내심이 필요하다. 분별없는 사람만이 '결정을 내리고' 결코 정돈할 수 없는 것을 무리하게 정돈하려 든다. 신중하고 경험이 많은 사람, 끈기있게 게임에 열중하는 호모 루덴스는 이리저리 밀고 정돈하며 무질서 속에서 체계를 발견하려 노력한다. 그편이 훨씬 더 어렵다. 끈

기 게임. 조용히 구석에 앉아서 술수와 요령을 터득하여
비밀을 알아내려고 노력해보라.

호모 루덴스 : '유희하는 인간'이라는 뜻. 네덜란드의 문화사학자 J. 호이징거
(1872~1945)가 제창한 개념.

세월

    세월의 진실한 내용은 아주 서서히 이해되고 분명해
진다. 누군가가 지난 십 년 아니 사십 년 동안 '살았다'.
그의 육체와 정신이 성장을 하고 여행을 하고 일을 하고
행복해하고 병이 들었다. 그런데 그동안에 과연 무슨 일
이 '일어났는가?' ……

    살아온 지난 세월의 내용을 이루고 있는 것에 대해 말
하자면, '행위'를 표현하는 — 삶이 세포의 성장, 꿈과
환희만이 아니라 특정한 목적을 좇는 행위인 것은 의심
의 여지가 없기 때문이다 — 특별한 경험, 체험을 가리
키는 적절한 명칭이 인간의 사전에는 없다. 지난 세월의

의미와 내용이 무엇이었는가? 성장? 너무 모호하고 불분명한 개념이다. 생존? 그것을 표현하기에는 아주 미미한 낱말. 탐구와 연구? 지나치게 의식적인 면밀한 해석이 아닐까! 기쁨과 행복에의 추구? 내가 언제나 기쁨만을 추구한 건 아니었다. 그렇다면 지난 세월 동안 나는 무엇을 원했는가? 아무것도 원하지 않았다. 사는 것, 어쩌면 이것만을 원한 게 아닐까.

궁핍

지금은 지구상 어디에서나 궁핍이 문을 두드린다. 영국산 수건이 모자라는가 하면, 반질반질한 좋은 비누나 설탕, 포르투갈산 정어리, 석탄이나 나무가 부족하다. 또 단순히 고전적인 것, 돈이 아쉬운 사람도 있다. 이러한 궁핍감은 불쾌감에 의해 고조된다. 문명이 제대로 기능을 발휘하지 못하여 삶의 원기를 북돋우는 쾌적함을 적시에 제대로 공급하지 않으면, 문명화된 인간은 모욕감을 느끼고 분노하여 주위를 돌아본다.

이런 한탄은 내 마음을 동정심과 경멸로 가득 채운다. 추위에 떨면 불편하고, 차에는 대부분 설탕이 필요하기 마련이다. 또 비누가 없거나 구두창을 갈지 못하면 당연히 기분이 좋을 리 없다. 그러나 그것과는 다른 궁핍감이 있다. 의식한 순간부터 내 영혼을 가득 채운 이 다른 궁핍감은 갈수록 까다롭게 굴며 난폭하고 가혹해진다. 억눌려 타오르는 이 다른 궁핍감을 누군가가 아니면 무언가가 끝내준다면, 나는 설탕이나 땔나무, 또는 여행용 비누까지도 기꺼이 포기할 수 있다. 나는 궁핍감, 영혼과 감정의 고통스러운 궁핍감과 더불어 평화롭게 살아왔다! 포르투갈산 정어리가 없으면 어떠랴? 그런 것은 얼마든지 감내할 수 있다. 그러나 ― 살아오는 동안 항상 ― 뭔가가 부족한 전체, 이 전체는 도저히 견디기 어렵다.

빛

별안간 빛이 넘치기 시작한다. 세상은 빛의 손길 아래서 보다 이성적이 되고 동시에 한층, 한층 더 냉정하고 객관적이고 현실적이 된다. 겨울의 안개 베일에 덮여 있던 모든 것이 메마른 형상을 적나라하게 드러낸다. 빛이 비추는 세상은 그렇다. 아름답지도 추하지도 않으며, 때로는 섬뜩하고 때로는 매혹적이다. 그러나 안개와 어스름, 거짓보다는 언제나 현실이 더 견딜 만하다.

빛이여, 빛나거라. 우리가 잔인하고 웅대한 현실을 감내하는 법을 배우도록 소재와 물질을 꿰뚫고 빛나거라. 빛이여, 바닷물이 해변가 양지 바른 곳에 뱉어내었다가 이내 다시 깊은 물속으로, 어둠 속으로 휩쓸어가는 자갈돌처럼, 내가 소박하고 객관적이 되도록 세상과 내 영혼을 밝게 비추어다오.

이윤

하박국, 이사야, 예레미야, 크고 작은 모든 예언가들이 입을 모아 한탄하는 지금, 그래도 결과적으로는 모든 게 웅대했다는 사실을 잊지 말라. 구월에 햇살이 온 누리에 따사하게 비쳤고, 사람들은 외투를 입지 않은 채 숲을 산책할 수 있었다. 불가사의한 선의의 판결이 마지막 순간에 은총을 내린 듯 오전의 해변가에서 벌거벗은 몸으로 기지개를 켰다. 잊을 수 없는 온후한 것이 세상 만물에 스며 있었다. 흥분하여 아우성치는 신문, 잡지를 읽는 것도 좋았고, 따분한 양서들을 뒤적이는 것도 좋았다. 여행을 떠나 벨기에 플랑드르의 어느 정원에서 테니스 치는 소녀를 보는 것도 좋았으며, 파리에 도착하고 런던을 떠나는 것도 좋았다. 부디 전부를 정확하게 계산하라. 자세히 보면 결국 이윤이 남는다는 것을 확인할 수 있을 것이다.

하박국, 이사야, 예레미야 : 구약 성서에 나오는 예언가들.

자화상

언젠가 나는 노인이 될 것이다. 늙은 작가가 되어 퀴퀴한 변두리 카페에 죽치고 앉아서 삼 주일 이상 지난 낡은 잡지에 고개를 박고 있을 것이다. 그리고 아무도 관심 갖지 않는 글을 이따금 떨리는 손으로 몇 줄 적을 것이다. 내가 젊은 날 썼던 것과 내 인생 체험에 대해서 글을 쓸 것이다. 가을과 봄, 눈과 산딸기, 나를 버린 여인들과 내가 버린 여인들, ─신의를 배반하고─ 장관직을 받아들여 이제 찌푸린 얼굴과 생각하는 눈빛으로 내 공손한 인사에 대답하거나 세상을 떠난 친구들에 대해서. 나는 곱실거리는 백발을 바람에 나부끼며 강가를 따라 걸을 것이다. 바람과 강물만은 나를 알아보겠지. 다 내 곁을 떠나도 나무들만은 남아 있겠지. 그러면 얼마나 좋을까!

새들

나는 포도주를 마셨다. 그리고 밤에 강변을 따라 걸어서 집에 돌아왔다. 어둠 속에서 철새 떼가 머리 위를 날아갔다. 내 머리는 벌써 희끗희끗하다. 이러다 때가 되면 언젠가 세상을 떠날 것이다. 그래, 왜 새들에게 주의를 기울이지 않았을까.

아침에

겨울의 지저분한 마구간에서 떨고 있는데, 칠월의 아침에 밤새 창문을 활짝 열어둔 방에서 눈을 뜨고는 여름날의 온화한 숨결을 연인의 한숨처럼 들이마시고 싶은 욕구가 전기 충격처럼 불현듯 전신을 휩쓴다. 그것을 향한 동경이 온몸을 뒤흔든다. 여름의 품 안에서 느긋하게 기지개를 켜고, 창문 앞의 나무들이 살랑거리는 소리와 잠에서 깨어난 새들이 앞을 다투어 엮어내는 아침의 합창을 즐길 수 있다면. 한 번 더 살아서 여름날 아침에 헝클어진 머리와 잠이 덜 깬 부스스한 눈으로 삶의 달콤함과 열기를 느낄 수 있다면! 그게 전부인가? 그렇다, 그게 전부다.

교훈

그런데 나는 사십 년 동안 배운 게 있다. 삶의 선물을 경외하는 마음으로 아무리 겸손하게 받아도 충분하지 않다는 것을 배웠다. 또 살아 있는 사람들에게 남김없이 마음을 주지 않도록 아무리 주의해도 충분하지 않다는 것 역시 배웠다. 사람들에게 조건 없이 자신의 감정을 얽매는 자는 고통을 겪고 종내는 파멸에 이른다. 나는 무관심이나 교만한 우월감, 싸늘한 냉정함을 고집하라고 설득하려는 게 아니다. 다만 사랑을 하더라도 적당히 절제하라는 말만을 하고 싶을 뿐이다. 격정, 무분별한 희생, 완벽한 헌신을 요구하는 사람들을 믿지 말라. 그런 사람들은 고리대금업자다. 자신들의 올가미에 걸려든 사람의 피와 감정을 마지막 한 방울까지 빨아먹는다. 그러면 끝장이다. 빛을 즐기고 사랑하라. 감사할 줄 알되 너 자신을 위해서도 조금은 남겨 두어라. 그런 사실을 크게 떠벌리지 말라. 미소를 지으며 삶을 즐기고 받는 만큼만 주어라. 절대로 더 주어서는 안 된다. 알아들었는가? 한 번의 악수나 미소도 더 주지 말라! 이것은 아주 진지하게 하는 말이다. 내게는 이렇게 말할 이유가 충분하다.

잠에서 깨어난 나그네

나는 어느 날 잠에서 깨어나는 나그네를 상상한다. 나그네는 두 주먹으로 눈을 비벼 잠을 쫓아내고는, 잠들기 전에 산비탈 배나무에 매어둔 말부터 찾는다. 정신을 차려 주위를 돌아보고 구름을 올려다보고 멀리 도시, 냇물과 성, 꽃과 풀 베는 사람을 바라본다. 여름의 웅대한 파노라마를 쳐다보며 불현듯 격렬한 아픔을 느낀다. 그가 없어도 삶이 이어지고 여행이 계속되는 것을 깨닫기 때문이다. 그가 없어도 새들은 하늘을 날고 금 세공사들은 목걸이와 팔찌를 만들 것이다. 그는 빠르게 앞으로 나갈 수도, 민첩하게 몸을 움직일 수도 없다. 결코 여행의 목표, 완벽함, 세상, 삶에 이르지 못할 것이다. 그래서 나그네는 낯선 언덕에서 창백한 표정으로 진지하게 주위를 돌아본다. 그러고는 처량하게 몸을 일으켜 휘파람으로 말을 부른다.

지도

다른 고향의 지도도 그려야 할 것이다. 여기에 우리가 베이컨을 구운 산이 있고, 저기에는 — 삼십 분 동안 — 행복했던 집이 있다. 여기 이 평원, 두 골목길이 마주치는 광장에서 우리는 카탈라우눔 전투를 했다. 베스트팔렌 평화 조약을 맺은 카페와 결코 정상을 정복하지 못한 가우리상카르 산도 여기 있다. 그리고 이 늪은 게노베바다. 이것은 아주 정확한 지도가 될 것이다. 적어도 헝가리의 지형도처럼 현실적이고 정밀하리라.

카탈라우눔 전투 : 451년 파리의 북동쪽 평원에서 있었던 훈족과 서로마군의 결전.

베스트팔렌 평화 조약 : 1648년 독일의 30년 전쟁을 종결시킨 조약.

가우리상카르 산 : 네팔의 히말라야 산맥 북동부에 있는 봉우리. 높이 7144미터.

게노베바 : 76쪽 참조.

나무들

　창문 앞에서 나무들이 잎새와 새, 열매, 축축하고 미지근한 향내와 이야기를 하기 시작했다. 나는 방에 앉아서 세상을 떠난 친구의 시를 읽었다. 그런데 나무들이 하는 이야기가 무심결에 귀에 들려왔다.

　나무들은 말했다.

　"삶은 현상 배후에서 일어난다. 사물과 현상으로부터 삶을 만들어내는 힘, 그 힘은 선하지도 악하지도 않으며 어떤 의도에도 구속받지 않는다. 이것이 그 힘에 대해 알 수 있는 전부다."

　그러더니 나무들은 나에게 속삭였다.

　"이 말을 받아 적어라."

　그래서 나는 받아 적었다.

별들

……너는 별들의 비밀을 알아내려 노심초사하고, 외로움의 수수께끼에 대해 깊이 사색한다. 또 나무들의 언어를 가슴과 이성으로 이해하고 눈물의 화학 방정식을 규명하고 싶어한다. 두 눈을 크게 떠라, 그러면 전혀 다른 별들이 보일 것이다. 길에 떨어진 성냥갑을 걱정하는 사람들을 보라. 그들은 몸을 굽혀 성냥갑을 주워 들고는 그 안에서도 가능성이 있는 물질을 찾아낸다. 다가오는 봄에 대비하여 구두 수선소에서 낡은 구두의 굽을 가는 게 과연 이득이 있을까 면밀한 전문 지식을 가지고 심사숙고하는 여자들을 보라. 그들의 진지함은 원자의 비밀에 대해 노심초사하는 플랑크에 버금간다. 이가 없는 턱으로 우물거릴 부드러운 버터 빵, 음식만을 생각하는 노인들과 '츠비른(Zwirn, 실)'이나 '츠비벨(Zwiebel, 양파)'이란 낱말들을 아주 경건하게 발음하는 어린이들을 보라. 그 모든 것은 별들처럼 이해할 수 없으며 장엄하고 무한하다.

서커스

프로그램들이 빠르게 이어졌다. 나는 맨 앞줄에 앉아서 입을 벌리고 감탄했다. 어린 시절 늘 서커스 단장 아니면 적어도 곡예사라도 되고 싶었다. 장대를 든 건장한 곡예사가 퇴장하자 음악이 멎었다. 사형 집행 직전처럼 북소리가 요란하게 울려 퍼지고 조명등이 꺼졌다. 푸른 불빛이 번쩍이는 무대 한복판에 하마가 등장했다.

하마의 곡예를 지휘하는 젊은 여인이 검은 야회복 차림으로 조명등 불빛 아래 서 있었다. 여인의 독특한 아름다움이 빛을 발했다. 하마도 하마 특유의 아름다움을 발했다. 여인과 하마, 둘 다 신의 피조물인 탓에 여인은 하마에게 명령을 내렸고 하마는 다소곳이 명령에 따랐다. 하마는 조련하는 여인의 작은 입과 마찬가지로 애정, 기쁨, 먹이를 갈구하는 입을 활짝 벌렸다. 그러고는 악단이 유명한 '쾨뢰쉬의 아가씨'를 연주하는 동안, 조명등 불빛 아래서 우아하게 무대를 몇 바퀴 돌며 곧 주어질 저녁 식사를 생각했다. 벌써 열한시가 지난 뒤였다. 그리고 팔 년 전에 떠난 나일 강을 생각했다. 지구는 우리와 함께 돌고 하마는 입을 크게 벌렸다. 그 순간 우리 오천 명의 관객들은 대형 천막 아래 딱딱한 나무 의자에 앉아 있었고, 세상에는 남자, 여자, 조련사, 관객, 하마, 수십 억의 생명이 살고 있었다! 참으로 보기 드문 광경이라는 생각이 들었다. 등골이 오싹했다. 그래서 나는 프로그램을 사 들고 선입견 없이 내 사회적인 위치와 문학적인 신념에 맞게 처신하려 노력했다.

적대자

길을 가는데 그 사람이 내 옆을 지나간다. 우리는 상냥하고 정중하게 인사를 나눈다. 그러나 스쳐 지나가자마자 내 뒷모습을 바라보는 그의 시선이 따갑게 느껴진다. 자신도 모르게 단도를 반쯤 빼듯 예리하고 가혹한 눈길이다.

그 사람은 나의 적대자다. 그가 왜 나를 증오하는가?

그 사람도 나도 이유는 모른다. 우리는 우연히 같은 시대를 살아가는 사람들일 뿐이다. 나는 그의 집을 부러워하거나 그의 부인을 탐하지 않았으며 그의 돈이나 은그릇을 욕심낸 적도 없다. 사실 나와는 전혀 상관이 없는 사람이다. 그가 하는 일은 나와는 방향이 아주 다르고, 우리의 인생 행로는 지금껏 한번도 맞부딪치지 않았으며, 서로 언쟁 한번 벌인 적이 없다. 두 사람의 사회적인 관심이 비슷하긴 하지만, 나는 그의 빵을 슬쩍하거나 그의 허영심에 상처를 입히지 않았다. 그런데도 그 사람은 내 적수인 탓에 합법적으로 그리고 운명적으로 신의 섭리에 따라서 나를 증오한다. 그는 내가 결코 원만하게 지낼 수 없으며, 언젠가는 무찌르고 섬멸하기 위해서 전쟁을 한판 치를 수밖에 없는 사람이다. 그 사람 때문에 나는 한밤중에 깨어나 잠들지 못하고 어둠을 응시한다. 내 적대자, 그는 거의 친지나 다름없다. 사실 온건하고 무관심한 사람들보다 훨씬 더 내 마음을 차지한다! 내가 사랑하는 얼마 안 되는 사람들만큼 내 주의를 끈다. 그가 이 세상에 존재하는 것은 행운이다! 그가 없다면 삶은 절대로 완벽하지 못하리라. 그러니 형제여, 우리 시작해보세!

유독 물질

만일 이 세상에 유독 물질이 없다면 어떻게 할 것인가? 삶의 온갖 달콤한 마취제로 스스로 목숨을 끊을 것인가. 온 인류를 둘러보아도 건강이 삶의 유일한 목표가 아닌 탓에, 나는 다른 도리가 없는 것을 잘 안다. 누구나 건강할 수 있으며, 또 이가 모조리 빠지고 정신이 반쯤 나간 채로 침을 질질 흘리며 수용소의 침대 가장자리에 걸터앉아 있는 아흔다섯 살 노인처럼 될 수 있다. 그 노인들은 자신이 살아온 인생의 비밀을 누구에게도 알려 줄 수 없다. 그들은 유독 물질의 유무와는 상관없이 자신의 운명에 복종하여 단순히 살았을 뿐이다. 앞으로 이십 년을 더 산다 — 이 무슨 분별없는 계획이란 말인가! 자연은 그렇듯 덕망 높은 이론보다 인간의 본성에 더 충실하고 더 인간적이다. 자연은 말한다.

"네게 유독 물질이 조금 있다. 그것을 씹어서 폐 깊숙이 흡입하고 들이마시라. 그리고 행복을 만끽하라. 그 순간에 너는 살아 있으며 모든 아픔을 잊을 수 있다. 시간과 비밀은 나한테 맡겨라."

　자연의 말이 옳다. 그래서 나는 담배에 불을 붙인다.
웨이터, 슈티어블루트 삼 데시리터 가져오시오!

슈티어블루트 : '황소의 피' 라는 뜻. 헝가리의 유서 깊은 붉은 포도주 이름. 부다페
　스트에서 북동쪽으로 약 백 킬로미터 떨어진 포도주 생산지의 특산품.

작별

　살며시 소리 죽여, 우리 조용히 작별을 하자. 자리를
뜨면서 좌중을 방해하고 싶지 않아 손으로 입을 가리고
당황한 듯 헛기침을 하며 묻는 말에 대답은 하지만 눈으
로는 문을 흘낏거리는 사람처럼. 작별 인사를 하여 집주
인의 기분을 상하게 하거나 자신이 자리를 뜨는 것을 다
른 사람들이 눈치챌까 우려하며, 눈에 띄지 않게 슬쩍
일하는 아이에게 자신의 외투를 가져오라고 눈짓하는
사람처럼…… 싫증나지도 않았지만 갈망하지도 않았고,
무조건 행복하지도 않았지만 절망하지도 않은 이 멋진

모임에서 적절한 순간에 별일 아닌 듯 자연스럽게 퇴장하자. 그래, 마음의 준비를 하라. 사람들의 시선을 끌지 말고 정중하게 작별을 시작하라.

정원

나는 구월의 아침나절에 모자를 쓰지 않고 호두나무 그늘에 앉아 있을 수 있는 정원만을 갈구한다. 오로지 그것말고는 갈구하는 게 없다. 사람은 결국 평범한 것만을 갈망하기 마련이다. 정원은 평범한 것이다. 자, 우리 집에 돌아가 호두나무 아래에 앉아보세.

애호가

소유지 돌보는 일에 만족하며 수염이 허옇고 손가락에 도장 반지를 낀 말수 적은 이 시골 신사는 문학을 사랑한다. 자기 입으로 직접 그렇게 말했다. 지금 그 시골 신사는 내 맞은편에 다리를 포개고 앉아 필터 달린 담배를 편다. 손이 섬세하고 길쭉하다. 이따금 뼈마디 굵은 손가락으로 가느다란 수염을 매만지고는 눈을 깜박거리며 신사답게 그러나 주의 깊은 표정으로 침묵을 지킨다. 그는 문학 애호가다.

그에게 뭐라고 말하면 좋을 것인가? 문학이 무슨 혈통 좋은 사냥개라도 되듯, 그는 점잔을 떨며 관대하게 문학 이야기를 한다. 그가 '사랑하는' 것이 바로 무한함, 기분, 두려움, 무제한, 창조이면서 동시에 파괴라는 사실을 내 입으로 말할 수 있을까? 마치 끝없는 대양, 다이너마이트, 운명, 저승과 하늘, 다시 말해 더없이 진실한 의미에서 생명을 위협하는 모든 것을 '사랑한다'고 말하는 것과 다름없다는 사실을 내 입으로는 차마 이야기할 수 없다. 차라리 그가 문학을 '사랑하는' 것을 참는 편이 낫다. 어느 날 야수가 씩씩거리며 그의 가슴에 뛰어들면 그는 기겁을 하며 놀랄 것이다.

정원

정원을 가꾸듯이 당신의 영혼을 꾸미고 돌보아라. 김을 매고 잡초를 뽑고 거름을 줄 인생의 계절, 또 당신 영혼 안의 모든 것이 향기롭고 풍요롭게 꽃을 피우거나 시드는 계절에 유의하라. 그것에도 결국 질서, 죽음이 흰 베일로 모든 것을 감싸고 뒤덮는 질서가 있다. 정원처럼 꽃을 피우고 소멸하라. 모든 게 당신에게 달려 있기 때문이다. 당신은 정원이고 동시에 정원사라는 사실을 명심하라.

저녁

그날 저녁은 따사하고 변덕스러웠다. 우리는 포도나무 덩굴 우거진 정자에 앉아서 포도주를 마시며 달을 바라보았다. 거리를 따라 자전거 한 대가 달려왔고 뒷바퀴의 후미 등이 달빛을 받아 빛났다. 밤이 깊어 어디선가

라디오 소리가 들려오더니 아나운서가 모두에게 잘 자라는 밤인사를 했다. 그리고 나자 정적이 감돌았다. 나는 포도주를 옆으로 밀치고 담배를 눌러 껐다. 포도주가 더 이상 필요없었으며 유독한 더운 연기를 더 들이마시고 싶은 욕구도 없었다. 사랑하는 여인이 마침내 쑥스러운 듯 입을 다물었다. 나는 밤을 향해 귀를 기울였다. 아무런 느낌도 없었다. 내가 행복했던 순간이라는 생각이 뇌리를 스친다.

질서

　인생에서 모든 것의 기준이 되고 실패와 출세를 결정짓고 성공과 행복, 시련과 불행의 기복을 규정짓는 이 질서는 얼마나 불가사의하고 두려우며 또 얼마나 화해의 여지없이 단호한가. 이 질서는 늘 균형을 맞추고, 주는 만큼 받고, 주의를 깨우쳐주며 경고하고, 자만하지 말라 충고한다. 당신이 불완전하고 의지가 약하여 쉽게 파멸에 이르기 때문이다. 게다가 당신은 늘 용서받을 수만은 없는 죄인 아니면 그 운명에 가혹한 판결을 내릴 수 없는 순결한 사람이다. 그렇다, 이 질서는 완벽하다. 그 법칙을 야심만만하게 또는 제멋대로 무리하게 위반해서는 안 된다. 당신은 이 질서 속에 태어났고 그 안에서 살았으며 그 법칙에 따라 세상에서 사라질 것이다. 순종하라, 말없이 감탄하라.

절망감

엘비라가 요염하고 냉혹하다는 확신이 들었을 때 절망감이 나를 휩쓸었다. 절망감은 청부 살인범처럼 내 갈비뼈 사이 심장 바로 옆에 단도를 꽂고 비틀었다. 나는 고통스러웠지만 소리 지르지 않았다. 창백한 얼굴로 말없이 그냥 서 있었다. 내 자존심은 세상이 내 고통을 눈치 채는 걸 허락하지 않았다.

나는 그렇게 심장에 단도가 꽂힌 채 오랫동안 고통과 싸우며 살았다. 그러다 시간이 자비롭다는 사실을 깨달았다. 내 이성이 절망감의 목에 칼을 들이대고 필사의 사투를 벌였다. 나는 관심을 가지고 지켜보았다. 절망감과 시간, 이성의 투쟁을 지켜보는 동안 — 그 모든 게 일 미터 칠십의 키에 프랑스 가사로 된 노래를 부를 수 있는 엘비라 때문이었다! — 나는 멍하니 갈비뼈 사이에 꽂힌 고통의 단도를 빼고는 그 뾰족한 칼날로 손톱을 다듬기 시작했다. 그것을 깨닫고 정신을 차렸을 때 얼굴이 붉게 달아올랐다. 나 스스로 더 이상 사랑받을 자격이 없다고 느꼈기 때문이다. 그러나 엘비라는 더 이상 생각나지 않았다.

거리

당신이 그녀와 나란히 걸었던 거리, 그녀와 함께 잠시 걸음을 멈추고 찰랑거리는 물속을 깊이 바라보거나 구름에 가린 달을 올려다보았던 다리, 당신이 그녀의 눈을 응시한 순간 그녀의 뺨을 스친 나무의 잎새, 그녀가 언젠가 향기를 맡았던 섬의 장미, 이런 모든 흔적, 증빙 자료와 증거들은 세상에 남아서 당신이 진정으로 그녀를 사랑했다는 사실을 증명한다. 그러던 어느 날 사랑이 자

취를 감추었다. 대체 어디에서, 어느 거리 모퉁이에서
사라졌단 말인가? 어느 다리에선가 찰랑거리는 깊은 물
속에 뛰어들었거나 달빛 환한 밤에 하늘로 올라갔는가?
아니면 향긋한 장미 내음과 하나가 되었는가? 그래서 지
금 칠월의 향기가 그렇듯 진하고 강렬한가? 나는 대답을
아는가? 고개를 떨구고 거리를, 다리 위를 걸어보라. 곰
곰이 생각을 더듬고 추억을 돌아보라.

'그녀가 언젠가 향기를 맡았던 섬' : 부다페스트 교외의 마가레테 섬을 가리킨
다. 길이 2.5킬로미터, 넓이 500평방미터의 이 섬은 부다페스트의 이름난 휴양지이
며, 다뉴브 강을 가로지르는 마가레테 다리에 의해서 부다페스트 시내와 연결된다.

걸작

평범한 여느 날들과 전혀 다르지 않으며 특별한 큰 비
극이 숨어 있지 않은 하루. 그런데도 매순간 일어나는
사소한 작은 사고가 넘친다. 제자리에 있는 게 하나도
없으며 어느 것도 제 시간에 도착하거나 세상의 질서와
합치하지 않는다. 물건들이 제멋대로 종적을 감추었다

가 히죽 웃으며 다시 모습을 나타내고, 사람들은 마치 당신에게 반대하자고 공모한 것만 같다. 시간의 톱니바퀴가 사건들을 사리에 맞게 이어주지 않는다. 모든 게 불운과 간계, 미숙과 상실, 작은 재난과 천인공노할 분노의 연속이다. 바로 그런 날에 괴테는 침대에서 일어나려 하지 않았다.

그런 날이면 당신은 흥분하고 저주를 퍼부으며 당신 권리를 찾고 제멋대로 희롱하는 운명과 싸움을 벌인다. 그러다가 이윽고 그런 날도 걸작이라는 사실을 깨닫는다. 매 순간 그렇듯 완벽하게 뒤엉키고 꼬이다니 기가 막히게도 뜻대로 되는 게 하나도 없다. 별자리와 유령, 사람과 사물, 우연과 계획이 빈틈없이 네 삶과 평화, 계획과 휴식, 그리고 당신을 덮친다. 악운이 흠잡을 데 없이 기능을 발휘해서 당신은 결국 숨을 멈추고 생각한다.

"그래, 삶은 걸작이야."

그러고는 숨을 몰아쉬며 이 기적에 감탄한다.

파멸

칠월이었다. 갑자기 모든 것이 넘치게 무르익었다. 냉장고 안에서 우유가 응고하고 살구가 상하고 고기가 부패했다. 감정들이 시큼하게 변질되고 사회 구조가 조각나 떨어져나가고 국제 협정이 해체되었다. 보리수나무에 새싹이 돋는가 하면 장미가 시들었다. 사방 천지에서 파멸, 악운이 시큼하게 발효하며 부풀어올랐다. 들판에 널려 있는 시체들은 멍한 눈빛으로 하늘을 응시했다. 플랑드르에서는 어느 외로운 농부가 밀짚모자를 쓰고 폭격 맞아 부서진 탱크 사이에서 밀을 베었다. 사랑은 단 하룻밤 불타오르고 시들었다. 칠월, 파멸의 달이었다고 기억한다.

길

사람들은 오랫동안 길을 이해하지 못한다. 길을 이용

하고 길을 걸으면서 다른 생각을 한다. 길은 때로는 넓게 포장되어 있지만, 곧 다시 고랑이 패어 울퉁불퉁하고 가파르다. 우리는 오랫동안 길을 사무실이나 연인, 또는 환호하는 봄의 숲으로 가는 가능성, 기회로만 여긴다.

그러다 어느 날 길에도 의미가 있다는 사실을 문득 깨닫는다. 길은 어디론가 통한다. 우리만이 길을 걸어 앞으로 나가는 게 아니라 길도 우리와 함께 움직인다. 길에는 목표가 있다. 모든 길은 결국 공동의 목표에서 만난다. 그러면 우리는 걸음을 멈추고서 깜짝 놀란다. 입을 벌리고 감탄하며 이리저리 얽힌 도로와 길의 불가사의한 질서에 당황한다. 우리 모두 걸어서 결국 정확하게 같은 목적지에 이른 많은 방사선 도로, 국도, 골목길과 길에 탄복한다. 그렇다, 길에는 의미가 있다. 그러나 우리는 목적지를 코앞에 둔 최후의 순간에야 그것을 이해한다.

부서지기 쉬운

당신의 인생이 한순간 찬란한 햇살을 받아 밝게 빛나고 따사한 전류가 당신의 신경 조직을 따라 흐르고 다정한 눈길들이 당신을 향해 미소짓고 인간의 말이 당신을 위로하기 때문에 당신은 열광하고 기뻐하는가…… 삶은 베푼 것을 단호하게 다시 거두어들이고 쌓아올린 것을 허물고 선물로 들이민 것을 짓밟는 탓에 내일이면 모든 게 폐허와 쓰레기가 될 것을 아직도 알지 못하는가…… 인간과 관계있는 모든 것이 말 그대로 부서지기 쉽다는 사실을 여전히 모르는가?…… 나는 잘 안다. 정신을 차리고 기쁨을 향해 두 손을 내밀어라. 그러나 아주 조심하라. 그것은 부서지기 쉽다.

보초병

세월이 흐른다. 한 손에 무기를 들고 누구도 믿지 않

으며 화해의 여지없는 단호한 눈빛으로 망루에서 보초를 서는 보초병처럼 당신은 살아간다. 정신을 바짝 차리려고 쉴새없이 커피를 마시면서 누가 다가오면 예외없이 냉정하게 불러 세운다.

"정지, 서라! 누구냐?……"

암호를 모르는 사람은 접근할 수 없다. 암호? 암호는 세 개다. 첫째 '명예', 둘째 '완벽하려는 의도', 셋째 '동정심'. 암호를 모르면서 감히 접근을 시도하는 자는 모두 사살하라.

제식

시간이 흐르면서 차츰 우리는 죽은 자들에게 가까이 다가가는 일종의 제식을 발전시킨다. 이 제식을 통하여 죽은 자들과 관계를 맺고 그들을 방문하고 그들에게 경의를 표하여 조촐한 저녁 모임에 초대하고 그들과 정중하게 의견을 교환하고 아스라이 빛바랜 물음에 다소곳한 어조로 답변한다. 살아 있는 사람들이 생일을 축하하듯이, 그들의 기일을 기억하여 꽃으로 경의를 표하고, 의중을 완전히 간파할 수 없어 왠지 위험한 특이한 존재처럼 그들을 대한다. 그들은 스스로 원하면 언제든지 화를 낼 수 있다. 그래서 그들과의 관계에 금이 가지 않도록 우정을 유지하는 것은 해가 되지 않는다. 이 제식은 슬픔의 극단적인 형식이며, 제식의 도구는 삶에서 빌려온 것이다. 사람들은 처음에 한탄을 하고 그러다 울음을 터뜨리고 나중에는 말없이 슬퍼한다. 결국은 죽은 자들에게 정중해져서 그들의 추억 앞에서 격식을 차려 몸을 일으키고는 자리를 권한다. 어쨌든 그들이 더 존경받는 연장자들이다. 죽은 자는 언제나 살아 있는 사람들보다 더 출세한 데다가 나이도 더 많다.

분노

삶, 세월, 경험과 피곤이 내 의식과 가슴속의 이 분노를 어느 날 가라앉힐 수 있는 가능성보다 더 두려운 것은 없다. 내 임무는 그들과 함께 법석을 떨며 코티용을 추는 게 아니었기 때문이다. 내 임무는 분노하는 것이었다. 당신의 분노를 간직하라! 그것이 당신의 역할, 임무, 소명, 삶의 의미다.

세상과 화해하고 두 주먹으로 등을 두드리며 이렇게 말하는 것보다 더 간단한 일은 없다.

"정말이야, 이제는 너희들에게 화를 내지 않아."

이보다 더 비겁한 일은 없을 것이다. 하느님, 계속 분노할 수 있는 힘을 제게 주소서. 이제 지쳤습니다.

코티용 : 무도회를 끝맺음하는 군무.

무언가를 위해서

무언가를 위해서 목숨을 바치라고 운명의 강요를 받는 경우는 진정한 비극이 아니다. 위대하고 순수하며 소중하다고 인식한 것을 위해서 살 수 있는 기회를 갖지 못하는 경우가 진실한 비극이다. 그것은 무엇보다도 잔인한 운명이다. 그리고 참으로 치명적이다.

오개년 계획

　보통 다들 마흔 고개를 넘기고 나면 오개년 계획을 세운다. 더 이상 미룰 수 없는 이런저런 일들을 해야 할 시간이 된 것이다. 편도선을 제거하고 필터 달린 담배를 피워야 하며 이틀 밤을 연달아 빈둥거려서는 안 된다. 아침저녁으로 한 시간씩 규칙적으로 책을 읽고 세금을 더 많이 내고 인생에 행복이 존재하지 않는다는 사실을 받아들여야 한다. 기껏해야 하루, 이틀의 상대적인 평화가 있을 뿐이다. 그 뒤를 이어 곧바로 물질적이거나 도덕적인 문제, 건강이나 감정에 관련된 일들이 고개를 내민다. 마흔이 되기 전에는 그런 것들을 마음 깊이 실감할 수 없다. 마흔이 넘은 후에야 비로소 우리는 감상에 휩쓸리지 않고 가능한 모든 경우에 객관적으로 냉정하게 대비한다.

　마흔 살에 세우는 오개년 계획은—다들 그보다 멀리는 계획을 세우지 않는다. 그러나 오 년은 단순히 하루 스물네 시간의 관점에서 한번 생각해보려는 것이다—

세계의 구원이 아니라 세세한 일들에 모든 힘을 경주한다. 수선을 피우지 않고 다만 주의를 기울여 가능한 한 완벽하게 삶과 일의 남은 임무를 해결하는 데 공명심과 힘을 바친다. 무엇보다도 산책을 하고 책을 읽고 시간표에 따라 일을 한다. 여인들은 벌써 용서했다. 여인들에게서 아직은 큰 기쁨을 느낄 수 있지만, 이제 그들을 위해 목숨을 바치려는 생각은 하지 않는다. 하느님을 인식하기 시작하고, 하느님의 소박함과 무심함에 감탄한다.

니코틴

마흔 살이 넘으면, 인생의 주요 관심사는 여자가 아니라 니코틴이다. 좀 지각 없는 소리로 들리지만 사실이다. 이 씁쓰름한 유독 물질과의 싸움은 인생의 힘을 가장 많이 소모시키는 것들 가운데 하나이며, 이렇게 날마다 소모되는 힘의 결과는 참패이고 굴욕이다. 이 싸움은 수치스럽고 어리석은 짓이다. 다른 병적인 욕망들처럼 이 정열 역시 결과와 함께 받아들이는 편이 보다 현명하고 인간다울 것이다. (인간은 왜 어둠 속에서는 담배를 피우지 않는가? 아주 미세한 불꽃만 있어도 충분히 담배를 피울 수 있다. 수중에 불꽃이 없으면 달아오른 난로의 불기로도 가능하다.) 이 정열은 치명적이다. 어리석을 정도로 치명적이다. 우스꽝스럽더라도 사태를 직시해야 한다. 그럴 '가치가 없을 지'는 모르지만, 나는 더 나은 방도를 모른다. 그래서 사태를 인정하고 담배에 불을 붙인다.

전화번호

이제 그녀의 전화번호가 생각나지 않는다. 그녀가 갈색 깃털 달린 검은 모자를 썼던 것은 아직 기억에 남아 있다. 그녀와 함께 살려 했으며 언젠가는 그녀를 위해 죽으려 했던 것도 기억난다. 그녀의 눈동자 색깔과 미소, 살갗의 내음도 어렴풋이 떠오르고, 그녀가 내게 안겨준 아픔도 아직 뇌리에 남아 있다. 그러나 마치 오래전에 세상을 떠난 사람의 죽음을 아쉬워하는 것과 비슷하다. 그녀가 나에게 선사한 기쁨도 기억한다. 그러나 언젠가 즐겼던 진수성찬, 어떤 음식들을 먹었는지는 오래전에 잊어버린 향연에 대한 기억과 비슷하다. 나는 그 모든 것을 희미하게 기억한다. 그런데 몇 년 전에는 언제나 자동적으로 접속사처럼 자연스럽게 튀어나왔던 전화번호가 이제는 생각나지 않는다. 그렇듯 우리는 다른 사람에게 죽은 사람이 된다. 먼저 전화번호가 죽는다. 향내에 대한 기억, 그리고 전화번호와 향내의 주인이었던 육신이 그 뒤를 따른다. 그런 다음 모든 게 죽는다.

무익하게

이제는 무익하게 살아갈 때가 되었다. 너는 오랫동안 충분히 유용한 삶을 살았다. 잘 생각해보라. 이른 시각부터 일을 하기 위해서 너는 수면 부족 탓에 어지러운 머리를 애써 가누며 아침 일찍 일어났다. 사람들이 유익한 것으로 여기지만 그들도 너도 기쁨을 맛보지 못하는 과제를 해결하기 위해서 관자놀이를 문지르고 눈을 비비며 허둥지둥 작업대로 달려갔다. 쉴새없이 전화를 하고 편지를 썼으며 나중에야 그런 일들이 목적이나 의미가 없다는 사실을 깨달았다. 너는 언제나 훨씬 더 유용한 임무를 맡겨주길 기다리는 사람처럼 살았다. 그리고 너한테는 삶이라는 유일한 임무밖에 없다는 사실도 알았다. 불행한 자여, 너에게 주어진 시간으로 무엇을 했는가? 이제는 그들의 법칙을 거부하고 오로지 네 법칙에 따라서 무익하게 살라. 그러면 결국 그들에게도 유익할지 모른다.

죄

우리는 스스로의 죄에 대해 시간과 더불어 점점 더 무뚝뚝하고 험악하게 군다. 더 이상 절망하지 않으며, 내일이나 월요일 아니면 초하루부터 모든 게 달라질 거라는 호언장담을 늘어놓지도 않고 냉정하거나 정열적인 맹세를 하지도 않는다. 우리는 어느 것도 달라지지 않으리라는 사실을 잘 안다. 자신의 죄에 익숙해지면서 죄와의 새로운 관계 속에서 죄와 더불어 살아간다. 애욕을 다스리지 못하고, 심지어는 탐욕스럽게 쾌락을 좇고, 심신을 마비시키는 온갖 수단, 포도주, 화주, 몸에 해로운 자극제, 여인들의 육신, 입맞춤 없는 싸구려 사랑, 방탕한 모험, 게으름과 천박함, 질투심을 버리지 않고 선한 일을 등한시하리라는 것을 우리 스스로 잘 안다. 우리는 그 모든 것에 반항하지만, 그 반항은 사실 마음속으로는 관심이 없으면서 그저 남들에게 보이기 위해 적당히 의무를 수행하는 것과 비슷하다. 우리는 자신의 죄를 알지만 스스로에 대해서도 잘 안다.

반평생을 보낸 이제 다른 방법을 한번 시도해보자. 죄와의 가망 없는 싸움은 그만두고 대신 죄와 성실하게 계약을 맺어보자. 포도주를 마시지만 꼭 필요한 경우에 좋은 포도주만을 골라 마신다. 그러고 나면 신체 기관이 독소를 망각하도록 스물네 시간 아니면 마흔여덟 시간 동안 절제하려고 노력한다. 담배를 피우지만 양을 반으로 줄이고 우리의 심장과 순환기를 치명적으로 오염시키는 독한 마취 성분을 필터로 거른다. 육신의 값싼 욕망에 굴복하더라도 침대 안팎에서 가능한 한 저항하려고 노력한다. 게으름을 부리더라도 여러 가지 방법과 시간표를 이용하여 부린다. 인색하더라도 스스로 인색하다는 사실을 알고서 이런 결점을 지닌 스스로를 경멸한다…… 이것이 우리가 할 수 있는 전부다. 참으로 전부인가? 아니, 그것만 해도 너무 많다. 성인들이라도 더 이상은 할 수 없다.

노년

보라, 노년이 찾아올 것이다. 예의를 갖추어 정중하게. 로마 시대에 귀족에게 부고를 전하는 임무를 맡은 형사 집행관이 사망 통지서를 전하면서 깊숙이 절을 하듯이. 노년은 드라마가 아니니 두려워하지 말라. 어느 날 네가 통지를 받는 것으로 전부다. 너는 별 생각 없이 일과 삶에서 눈을 들어 바라보고는 공손히 말한다.

"아, 그렇지요. 당연하지요. 그런데 잠깐, 하려던 일이 있었는데. 그게 뭐였더라? 아, 그래. 삶이었어. 하지만 이제 너무 늦었어. 자, 갑시다."

복음

　그렇다, 나는 세상을 떠난다. 어쩌면 이 글을 쓰는 오늘 아니면 독자여, 그대가 이 글을 읽는 그날 세상을 하직할지도 모른다. 독자여, 내가 그대보다 오래 살 수도 있지만, 그대가 나보다 하루 아니 천년만년 오래 살 수도 있다. 나는 세상을 떠난다. 어느 손이 시간의 장막을 들춘 듯 무無가 보인다. 이 얼마나 아득한가!……

　나는 무無에서 그대들에게 복음을 알린다. 그렇듯 무상하고 암울하며 수수께끼같아 보이지만 삶에는 분명 의미가 있다. 인간의 오성이라는 유일무이한 의미. 살아오는 동안 나는 두 무한함 사이에서 그것을 경험하고 배웠다. 이것이 내가 전하는 복음이다.

거미

　갈수록 냉혹한 세월. 네가 사랑하는 이들은

모두 세상을 떠났다. 안개가 달을 가리고,

너의 개도 늙어 목쉰 소리로 짖는다.

눈 속에 누군가 죽어 있다. 엉겨 붙은 피.

낱말은 낱말, 육신은 육신일 뿐이다. 자욱한 안개.

꿈들. 헐벗은 땅에 앉아라.

포효하는 바람이 너의 노래를 서투르게 연주한다.

그러나 너는 침묵을 지키며 가느다란 줄에 아슬아슬

하게 매달린 거미처럼 살아가라.

옮긴이의 글

산도르 마라이는 『하늘과 땅』에서 하늘과 땅 사이에 사는 이원적인 존재로서의 인간과 인간의 운명을 중심으로 한 크고 작은 세상사 모든 것에 대해 진솔하게 묘사한다. 평범한 서민에서부터 정신과 예술에 위대한 업적을 남긴 위인들에 이르기까지 온갖 종류의 사람들을 예리하고 날카로운 시선으로 지켜보고, 이들이 엮어내는 삶과 죽음의 서사시, 사랑과 정열, 문학과 예술에 관해 깊이 성찰하고 객관적으로 냉정하게 해부한다. 마라이의 예리한 시선은 현상의 배후 깊숙이 파고들어서 삶을 생성하고 파괴시키는 근원적인 힘, 이 힘이 엮어내는 변화무쌍하고 불가사의한 파노라마를 주의 깊게 뒤좇는다.

무엇보다도 천상적인 것, 신적인 것을 가슴에 품고 있지만 결국 지상에 두 발을 딛고 살 수밖에 없는 인간이 시종일관 작품의 중심을 차지한다.

"나는 … 불멸의 신神적인 것을 가슴에 품고 있지만, … 한번은 카페에서 술 취한 돈 많은 사업가와 주먹질하며 싸웠다. 세상 만사를 이해하고 슬기롭게 마음의 평정을 유지할 때는 공자의 형제지만, 신문에 오른 참석 인사의 명단에 내 이름이 빠져 있으면 울분을 참지 못한다."

인간은 선과 악, 천상과 지옥의 양극단 사이에서 끊임없이 많은 모순과 갈등, 부조리에 시달리며 서로에게 상처를 주고 좌절한다. 마라이는 이러한 한계와 굴레에서 벗어날 수 없는 인간과 세상에 절망하면서도 결국 이 절망을 넘어설 수 있는 인간의 힘과 미래에 대한 희망을 잃지 않는다. 평화와 질서 뒤에 파괴적인 힘이 숨어 있는 것도 사실이

412

지만, 페허와 죽음 뒤에서 끊임없이 생명이 탄생하는 것도 부정할 수 없는 진실이다.

"흑사병과 오욕 너머에 밝은 힘들이 존재하며, 언젠가는 인류를 밝게 비추어줄 광명이 숨어 있는 것을 믿는다."

마라이는 무상하고 허무해 보이는 인생과 자연에서 불멸의 소박한 아름다움을 찾아내고, 이에 대한 환희를 묘사한다. 마라이에게 결국 삶은 넘치게 풍성한 것, 경이로운 것이다. 우리는 마라이의 글에서 소박하고 진솔한 삶에 대한 경외심, 삶과 자연에 대한 사랑, 자연의 풍성한 선물에 대한 환희와 겸허하게 감사하는 마음을 느낄 수 있다. 『하늘과 땅』은 삶의 무상함이나 인간의 나약함에 대한 슬픔과 그런 삶이나 인간에 대한 애틋한 사랑, 절망과 희망이 현악 이중주처럼 어우러지는 마라이만의 독특한 세계를 그려낸다.

『열정』, 『반항아』를 비롯한 마라이의 많은 작품들이 자전적인 요소를 담고 있지만, 『하늘과 땅』은 다른 어느 작품에서보다도 생생하게 마라이의 진실한 모습을 보여준다. 작가가 직접 체험한 인생 경험과 감동적인 추억, 여기에서 받은 느낌과 이에 대한 성찰에서 출발하기 때문이다. 간단히 말해 마라이는 자신이 하늘과 땅 사이에서 보고 듣고 느끼고 겪고 인식한 것, 자신을 기쁘게 하거나 슬프게 한 것, 두려움을 자아내거나 놀라게 한 것, 절망하게 하거나 분노하게 한 것에 관해 이야기한다. 특히 2부 시론에서는 예술가로서의 절망과 고뇌, 긍지와 열정을 엿볼 수 있다. 마라이는 작가로서 맛보는 수많은 좌절과 시런에도 불구하고 글을 쓰고자 하는 불가사의한 욕구를 느끼게 하고 글을 쓰게 해준 운명에 겸허하게 감사한다. 여기에서 우리는 마라이의 문학적 세계를 일구어내고 지탱하는 작업장. 문학의 산실에 보다 가까이 접근할 수 있다. 『하늘과 땅』은 인간과 예술가로서 마라이의 솔직한 자화상을 보여주는, 삶과 인생에 대한 고백이라 할 수 있다.

마라이는 삶에 대한 진솔한 고백, 예리한 관찰과 냉정한 성찰을 마치 돌을 깎아 보석을 연마하듯이 세심하게 다듬고 간결하게 응축시켜 서너 줄 아니면 길어야 열 줄에 담아낸다. 언뜻 아주 단순하거나 평범해 보이는 사물과 사건도 심오한 사상과 인식을 담고 있으며, 주옥같은 영상과 문장을 통해 빛을 발한다. 그래서 독자는 한편 한편의 글을 마치 시와도 같이 되새기고 길게 가슴을 파고드는 여운을 음미하게 된다. 심오한 삶에 대한 고찰을 이렇듯 짧은 형식에 불러내어 독자를 사고의 세계로 끌어들이는 뛰어난 예술적인 능력에 감탄하지 않을 수 없다.

2003년 가을에
김인순

옮긴이 김인순

고려대학교 독어독문학과를 졸업하고 독일 카를스루에 대학에서 수학했으며 고려대학교 대학원 독어독문학과에서 박사 학위를 받았다. 현재 고려대학교에 출강 중이다. 독일 서적을 우리말로 옮기는 작업을 하고 있다.
옮긴 책으로는 『기발한 자살 여행』 『하늘이 내린 곰』(아르토 파실린나) 등이 있다.

하늘과 땅 산도르 마라이 산문집

　1판 1쇄 발행 2003년 11월 1일
개정판 2쇄 발행 2018년 6월 15일

지은이 산도르 마라이
옮긴이 김인순
펴낸이 임양묵
펴낸곳 솔출판사

주소 서울시 마포구 와우산로29가길 80(서교동)
전화 02)332-1526 팩시밀리 02)332-1529
이메일 solbook@solbook.co.kr
홈페이지 http://www.solbook.co.kr

출판등록 1990년 9월 15일 제10-420호

한국어판 ⓒ 솔출판사, 2003

ISBN 979-11-6020-024-9   03890